술과 바닐라

술과 바닐라

정한아
소설

문학동네

차례

잉글리시 하운드 독

민욱이 주말에 친구 부부를 초대해도 되느냐고 물었을 때, 미연은 말없이 한참 뜸을 들였다. 그녀는 그날 민욱과 함께 아파트의 발코니 벽을 페인트칠할 계획이었다. 지난해 은행에서 부장으로 승진한 민욱은 매일 야근을 했고 토요일 출근도 예사였다. 민욱이 승진하면서 맞벌이를 끝내고 전업주부가 된 미연은 되도록 주말만큼은 그를 쉬게 해주려 애쓰고 있었다. 하지만 어떤 일은 부부로서 함께 하고 싶었다. 이를테면 새로 산 집의 페인트칠 같은 것.

그들은 육 개월 전에 E시의 아파트를 사서 이사했다. 지은 지 이십 년도 더 된 낡은 아파트였지만, 누구의 도움도 받지 않고 그들 스스로 이룬 일이었다. 미연은 직접 발품을 팔아 수도부터 새시까지 새로 손을 보았다. 하지만 집수리는 대강 되었다고 해도, 미연이 생각해둔 대로 인테리어가 완성되려면 아직 부족했다.

"손님 초대는 좀 이르지 않아? 집 단장도 덜 되었는데……"

"성재가 한국에 왔대."

민욱이 무거운 목소리로 말했다.

"성재 아버지가 돌아가셨나봐. 연락했더니 정말 본가에 있더라고. 연주랑 같이 들어왔대. 장례는 벌써 마쳤고, 곧 베트남으로 돌아간다더라고."

민욱과 성재는 고등학교 동창이고, 그들을 통해 만난 미연과 연주도 십여 년이 넘는 인연이었다. 꽤나 가까운 사이였지만 성재가 사업 실패로 한국을 떠나면서 연락이 끊겼다. 미연은 자신이 연주의 이름을 오랫동안 잊고 있었다는 사실을 깨달았다. 더이상 뭐라고 할 말이 없었다.

"걱정했는데, 생각보다 목소리는 괜찮더라고."

성재는 처음에 민욱의 초대를 거절했다고 했다. 선약이 있다는 이유였다. 하지만 민욱이 재차 청하자 마음을 바꾸었다. 단, 다음 약속에 맞춰 가려면 여덟시에는 자리에서 일어나야 한다고 했다. 조금 이른 저녁을 먹고 차 한 잔을 마실 수 있는 시간이었다. 오히려 그 편이 더 좋을지도 모른다고 민욱이 말했다.

토요일 오전에 미연은 두 딸아이를 데리고 마트에 가서 고기와 채소를 샀다. 누군가를 초대해 음식을 대접하는 것이 정말로 오랜만이었다. 미연은 이제 네 살, 두 살 된 두 아이를 홀로 돌보았다. 인생의 가장 소중한 시간이라는 생각에 직장을 그만두면서까지 내린 결단이었지만, 힘에 부치는 것도 사실이었다. 때로는 집을 청소하고 아이들과 세끼 밥을 차려 먹는 일만으로 해가 지기도 전에 녹초가 되었다. 연주는 그녀가 새집으로 이사한 것도, 둘째 아이를 낳은 것도 알지 못할 터였다. 그 모든 일이 지난 일 년 사이 일어난 것이다.

미연이 마지막으로 연주를 본 것은 삼 년 전 부산의 P호텔에서였다. 성재의 사업이 최고의 호황을 누릴 때였다. 처음 성재가 사업을 한다고 했을 때만 해도 주위에서는 기대보다 염려가 컸는데, 몇 년 사이 그는 눈에 띌 만한 성공을 이루었다. 자연스레 연주의 씀씀이도 커졌다. 부산의 P호텔 숙박권도 연주가 끊어준 것이었다. 당시 미연은 직장생활을 하면서 아이를 돌보는 일에 허덕이고 있었는데, 어느 날 연주가 불쑥 휴가를 내고 겨울 바다를 보러 가자고 했다. 민욱도 대신 아이를 봐주겠다며 그녀의 등을 떠밀었다. 미연은 그저 홀로 있고 싶은 생각뿐이었지만 두 사람의 성의를 무시할 수 없었다.

연주는 직접 차를 몰아 미연을 데리러 왔다. 아이보리색 캐시미어 코트를 입은 연주는 근심 없는 철부지처럼 젊고 생기 있어 보였다. 가볍고 매끈한 캐시미어의 질감. 날씬한 연주의 몸을 감싸던, 아니 타고 흐르던 그것은 마치 어떤 후광을 발하는 듯했다. 그들은 여행 내내 호텔 안에서만 지냈다. 호텔 레스토랑에서 음식을 먹고, 프라이빗 비치에서 산책을 하고, 스파에서 마사지를 받고, 바다가 한눈에 보이는 객실에 머물렀다. 모든 비용은 연주가 결제했다. 미연으로서는 한 번도 경험해보지 못한 호사스러운 시간이었다. 하지만 무슨 이유에선지 여행을 다녀온 후 그들은 서서히 멀어졌다.

나중에 연주는 미연에게 부산에서 뭔가 섭섭한 일이 있었느냐고 물었다. 미연은 침묵했다. 그녀는 그 여행에서 하나도 기억에 남는 것이 없었다. 다만 첫날 연주가 입고 있던 코트만이 선명하게 떠올랐다. 어린 새의 솜털처럼 빛나던 코트. 미연은 그날 자신의 무거운 검정색 패딩을 팔에 걸치고 있었다. 하지만 그런 것들이 정말 관계를 멀어지게 했을까? 그녀는 쉽게 대답할 수 없었다. 그들이 이제 너무 달라졌다는 사실만 더듬더듬 되뇌었을 뿐이다. 그 말을 들은 연주는 공허하게 웃고는 더없이 차가운 목소리로 되물었다.

"우린 처음부터 달랐어. 그걸 몰랐단 말이야?"

미연과 연주는 십오 년 전 겨울, 인천공항의 맥도날드에서 처음 만났다. 삼십 일 일정으로 서유럽 배낭여행을 떠나는 길이었다. 원래 그 여행은 미연과 민욱 단둘이 계획했던 것이었다. 여행을 준비하면서 성재가 끼어들었고, 출발 직전에 그가 새로 사귄 여자

친구 연주가 합류했다. 미연은 낯선 사람과 여행을 할 수는 없다고 반대했지만, 성재의 생떼와 민욱의 회유를 끝내 이기지 못했다. 성재는 미연에게 연주와 죽이 잘 맞을 거라고 큰소리를 쳤다.

출국 날 공항에 제일 먼저 도착한 미연은 민욱과 성재에게 전화를 걸었다. 성재는 연주가 맥도날드에 있을 거라고 말했다. 미연은 눈으로 맥도날드 안에 있는 사람들을 훑어보았다. 긴 생머리를 허리까지 늘어뜨리고 지루한 표정으로 턱을 괴고 있는 여자아이. 미연은 한눈에 연주를 알아보았다. 연주는 성재의 말처럼 깜짝 놀라게 예쁘지는 않았다. 위태로울 만큼 말랐고, 핏기가 하나도 없이 하얬고, 그럼에도 화장이 짙어서 어딘지 음침한 분위기가 있었다. 미연은 먼저 다가가 반갑게 인사를 건넸지만, 연주와 친구가 되기는 힘들 거라고 생각했다.

연주는 한국무용을 전공한다고 했다. 자신은 할머니와 같이 살고 있는데, 여행을 허락해주지 않아서 말없이 아침에 짐을 싸서 나왔다고 스스럼없이 말했다. "그래도 돼?"라는 미연의 물음에는 눈이 휘어지게 웃으며 "몰라, 짜증나"라고 대답했다. 순간 미연은 깜짝 놀라게 예쁘다는 성재의 말이 뭔지 알 것 같았다. 크고 검은 눈동자로 가득차 흰자위가 거의 보이지 않는 눈이었다. 연주는 그 눈으로 미연을 뚫어져라 바라보았다. 사람을 그렇게 보는 것이 습관인 듯했다. 상대의 모든 것을 알고 싶다는 듯이.

성재는 연주를 보고 좋아서 어쩔 줄 몰라했다. 그녀와 함께 여행을 떠난다는 걸 믿을 수 없다는 듯 방방 뛰었다. 성재에게는 그런 아이 같은 면이 있었다. 그 옆에 있으면 미연과 민욱은 나이든 사람이 된 기분이었다. 어쨌든 그들은 스물두 살이었다. 첫 기내식에 와인을 주문해서 마셨고, 기념사진을 수십 장씩 찍어댔다.

열네 시간의 비행을 마치고 뮌헨에 도착했을 때 현지시각은 자정이 가까웠다. 차갑고 낯선 공기가 가슴을 파고들었다. 민욱이 지도를 들고 앞장서 그들을 이끌었다. 첫날 예약한 숙소는 시내의 유스호스텔이었다. 그들은 각각 남녀 도미토리 룸으로 갈라졌다. 미연과 연주는 이층침대 여섯 개가 좁은 틈을 두고 연달아 놓인 방으로 들어갔다. 침대마다 짐이 널브러져 있었지만, 다른 사람은 없었다. 가만히 있으면 몸이 덜덜 떨릴 만큼 추웠다. 그래도 다행히 따뜻한 물은 나왔다.

미연은 서둘러 씻고 옷을 갈아입었다. 불도 끄지 않고 침대에 누웠다. 한국을 떠나 다른 나라에 와 있다는 사실이 믿어지지 않았다. 옆방에서 웅웅 떠드는 소리가 들렸다. 영 잠이 오지 않았다.

"너 민욱씨를 사랑하니?"

미연은 옆 침대에 누운 연주의 말간 얼굴을 바라보았다. 민욱씨, 라는 말을 들으니 어쩐지 기분이 이상했다. 처음 만난 사이에 그런 걸 묻다니 무례하다고도 생각했다. 그렇지만 미연은 선선히 응, 이라고 대답했다.

"난 사실 성재를 잘 알지도 못해."

연주는 가느다란 목소리로 말했다.

"우리가 오래갈 거라고 생각하니?"

"글쎄…… 적어도 여행이 끝날 때까지는 가겠지."

미연의 무덤덤한 대답에 연주는 쿡쿡 웃었다. 정말 웃겨서라기보다 그렇게 웃고 싶은 것 같았다.

한참이 지나서 겨우 잠들었던 그들은 새벽녘 부서질 듯 문이 열리는 소리에 다시 깨어났다. 한 떼의 여자애들이 우르르 방에 들어와 속사포 같은 영어로 떠들어댔다. 맥주 냄새가 진동했다. 그들은 소리를 낮출 기색이 없었고, 급기야 큰 소리로 웃기까지 했다. 소음이 절정에 달할 무렵 연주가 벌떡 일어나더니 "미쳤어? 다들 조용히 좀 해!"라고 외쳤다. 좌중이 얼어붙었다. 잠시 후 그중 한 명이 조용히 사과했다. 그리고 곧 불이 꺼졌다.

다음날 아침 미연과 연주는 눈을 뜨자마자 식당으로 내려갔다. 남자애들이 미리 와서 그들을 기다리고 있었다. 민욱과 성재는 심각한 얼굴이었다. 지난밤, 방에서 섹스하는 소리를 들었다는 것이었다. 과연 남자끼리의 일인가, 아니면 밤사이 어떤 여자가 방에 몰래 들어왔는가, 둘의 의견이 분분했다.

"왜, 오늘은 너희도 끼워달라고 그러게?"

연주는 콘플레이크를 우유에 말아 먹으면서 그렇게 물었다. 성재의 얼굴이 조금 붉어졌다. 미연은 자율배식대에 수북이 쌓인 빵을 몰래 비닐에 쌌다. 점심에 먹을 빵이었다. 연주는 미연의 억척

스러움에 질색했지만, 그 빵을 같이 먹기는 했다. 그들은 삼십 일간 같은 음식을 먹고, 같은 방에서 자고, 간이 샤워실에서 서로의 알몸을 봤다. 첫날 이후 사랑 따위의 이야기는 다시 하지 않았다.

무용을 전공해서인지 연주는 몸을 움직이는 사소한 동작도 선이 아름다웠다. 미연은 연주의 가느다란 몸에 가닿는 국적을 초월한 남자들의 시선을 느낄 수 있었다. 성재는 우쭐해하면서도 짜증스러워했지만, 정작 연주는 신경쓰지 않는 듯했다.

연주는 감정의 기복이 심했고, 성재에게 다정하게 굴다가도 돌연 얼음처럼 냉랭해졌다. 성재는 연주를 이해하지 못했지만 어쨌든 그녀를 기쁘게 하기 위해 종일 애썼다. 미연은 그들의 관계가 불안하다고 생각했다. 어쩌면 여행이 끝나자마자 헤어질지도 모른다고 몰래 민욱에게 말했다.

하지만 그들은 헤어지지 않았다. 헤어진 것은 미연과 민욱 쪽이었다. 몇 년 뒤, 대학 졸업반이었던 미연은 민욱과 사소한 오해로 말다툼을 했는데 둘 중 누구도 사과하지 않는 식으로 멀어지고 말았다. 그들이 다시 만난 건 일 년의 시간이 지난 뒤였다. 연주와 성재는 아무 일도 없었다는 듯이 그녀를 반겨주었다.

졸업 후 미연은 그림책으로 유명한 아동문학 출판사에 들어갔다. 민욱은 은행에, 성재는 주류 회사에 자리를 잡았다. 연주는 항공사의 스튜어디스 준비를 했는데 잘 되지 않았다. 그녀는 결국 유치원이나 어린이집에서 시간제로 무용을 가르치는 일을 시작했다. 연주는 아이들을 좋아하지 않았다. 그러면서도 미연이 만드는 동화책은 좋아했고, 그 책들을 선물 받는 것을 굉장한 특권처럼 여겼다.

"넌 정말 대단해."

연주는 미연에게 말했다.

"너는 네가 원하는 게 뭔지 알고, 결국 그것을 향해 가지. 그건 정말 대단한 거야."

미연은 연주의 그런 말이 꼭 자신을 놀리는 것처럼 들렸다. 자신에 대한 무관심을 도리어 과장하는 것 같았다. 둘은 친구가 되기에는 공통점이 하나도 없었다. 하지만 민욱과 성재로 인해 넷이 한자리에 모이는 게 일상이 되었다. 미연과 연주는 서로의 시시콜콜한 일들까지 공유했다. 미연은 어떤 여자 친구와도 이처럼 가까운 사이가 된 적이 없었다.

서른 살이 되던 해 미연과 민욱이 먼저 결혼식을 올렸다. 연주가 부케를 받았고, 그다음 해에 성재와 결혼했다. 마치 이어달리기를 하는 것 같았다. 그들은 서로가 쌍둥이 형제처럼 비슷한 모양새로 살아갈 것이라고 생각했다. 하지만 연주와 성재는 아이를 가지지 않았다. 임신이 어렵다고 했고, 그 어려움을 이겨낼 만큼 아이를 원치는 않는다고 했다. 미연은 이해할 수 없었다. 그들이 핑계를 댄다고 생각했다. 만약 같은 상황이었다면, 미연은 할 수 있는 모든 일을 다 했을 것이었다. 대신 연주는 강아지를 입양해서 아이처럼 길렀다. 영국산 사냥개로 이름만 대면 알아주는 품종이라고 했다. 십오 평 신혼집의 곳곳에서 개의 배설물 냄새가 났다.

"앞으로 한참 더 클 텐데, 대체 어쩔 작정이야."

미연은 고개를 절레절레 저었다. 감당도 못할 대형견을 키우다니 무모한 결정이라고 잔소리를 했다. 하지만 걱정이 무색하게, 곧 성재가 사업에 수완을 드러냈다. 다니던 직장을 그만두고 재무 컨설팅 회사를 차린 것이다. 그곳에서는 주식과 보험 외에 이자율 높은 대출 건도 다루었다. 위험성이 높은 만큼 수익성도 높았다. 그들은 개인 뜰이 있는 고급 빌라로 이사했다. 넓은 풀밭에서 뛰어노는 개를 볼 때마다 미연은 생각이 복잡해졌다.

작은 주류 회사에 다니던 성재가 이만한 성공을 이뤄낼 줄 누가 알았단 말인가? 동창들 사이에서 가장 성공할 거라고 점쳐졌던 인물은 오히려 민욱이었다. 그는 어렸을 때부터 총명하다는 소리를 들으며 과외 한 번 받지 않고 명문대에 들어간 수재였다. 하지만 그에게는 야심이 없었다. 저멀리 보이지 않는 문이 있고, 그 문을 열면 그전과는 다른 세상이 시작된다고 해도 그것은 자신의 길이 아니라고 생각했다. 미연 역시 민욱과 닮은꼴이었다. 그녀는 무리해서 모험을 하는 대신 안전하게 현실을 지키는 편을 택했다. 그것도 나름의 전략이었다. 하지만 대단하다는 소리를 듣고 자라 평범해져버린 민욱을 보면 아깝다는 생각이 드는 것도 사실이었다.

미연이 아는 사람들 중에서 그 문을 열고 들어가본 이는 성재뿐이었다. 비록 그후 곧장 추방되었다고 해도.

그런데 대체 무슨 선약이 있다는 것일까. 장을 보고 돌아오는 길에 미연은 문득 그것이 궁금해졌다. 연주와 성재가 자신들 말고 또 만날 사람이 누가 있을까. 미연이 알기로 그들의 모든 인맥은 사업과 함께 완전히 끝장났다. 일반 고객의 투자를 받아 중소기업에 고금리 융자를 내주는 과정에서 주변 지인들을 끌어들였는데, 기업들이 도산하면서 모두가 커다란 손실을 입고 말았던 것이다. 성재의 지인들은 하나같이 원금도 회수하지 못했다. 미연과 민욱은 여유가 없어 투자금을 넣지 못했는데, 이제 와 생각해보면 가슴을 쓸어내릴 만큼 다행한 일이었다. 대출받은 돈을 넣었다 몽땅 날린 친구, 아내 몰래 돈을 투자한 사실이 발각되어 이혼을 당한 친구도 있었다. 성재가 투자금의 손실을 책임질 필요는 없었지만, 불쑥불쑥 찾아와 울분과 협박을 쏟아내는 사람들을 당해낼 재간도 없었다. 그래서 한국을 떠난 것이다. 회사가 고의로 부도를 냈다는 소문이 돌았고, 뒤로 수십억을 빼돌려 도망쳤다는 말도 들려왔다. 하지만 소문일 뿐이었다. 미연은 그들이 가진 걸 거의 다 팔아치워야 했다는 걸 알고 있었다.

성재는 한국을 떠나기 전, 민욱을 찾아와 돈을 빌렸다. 구할 수 있는 만큼, 아주 조금이라도 좋다고 사정을 했다. 미연은 민욱이 점잖게 거절할 줄 알았다. 다달이 들어가는 적금을 빼면 그들 역시 외식 한 번 못할 만큼 빠듯한 생활을 하고 있었다. 하지만 민욱은 기어이 적금을 깨는 무리를 해서 이천만원을 빌려주었다.

"연주를 생각해봐. 둘이 자매 같은 사이였잖아."

마음대로 돈을 빌려주고 돌아와서 민욱이 말했다.

"자매 같은 사이가 어떤 건데? 대체 우리에 대해 뭘 안다는 거야?"

미연은 참지 못하고 화를 쏟아냈다. 연주와 성재는 그후 연락 한 번 없었다. 이천만원이면 큰아이를 일 년간 영어 유치원에도 보낼 수 있는 돈이었다. 미연은 마음이 상해서 몇 달간 민욱과 말도 섞지 않았다.

만나기로 한 시간이 다 되어 민욱은 성재에게 전화를 걸었다. 그들은 렌터카를 타고 온다고 했다. 민욱은 아파트 주차장의 위치를 자세히 알려주고 전화를 끊었다. 미연은 바닥을 닦고, 또 닦았다. 민욱이 그러다 방에서 미끄러지겠다고 우스갯소리를 했다. 약속 시간보다 삼십 분쯤 늦게 인터폰이 울렸다. 민욱이 큰아이와 같이 밖으로 나갔다.

"야, 이게 얼마 만이냐."

현관문이 열리면서 성재의 커다란 목소리가 들렸다. 성재의 뒤를 따라 들어오는 연주가 보였다. 미연은 천천히 자리에서 일어났다. 연주는 예전의 그 아이보리색 캐시미어 코트를 입고 있었다. 피부가 조금 거칠어지고 머리카락이 짧아졌지만, 기억 속의 그녀 그대로였다. 미연은 자기도 모르게 눈을 깜빡였다.

"넌 정말 그대로구나."

"엉망이지 뭐."

연주는 머리카락을 쓸어올리며 웃었다.

"그동안 잘 지냈니?"

연주는 예전보다 어딘지 차분해 보였다. 몇 년 사이 큰일을 겪어냈으니 당연한 것인지도 몰랐다. 성재는 언뜻 보기에도 살이 많이 빠져서, 야윈 갈대처럼 휘청휘청 움직였다. 미연이 둘째를 낳았다는 소식에 그들은 깜짝 놀랐다. 민욱이 잠든 작은아이를 안고 나왔다. 성재는 아이를 한참 내려다보더니 민욱을 닮았다고 중얼거렸다.

연주는 선물로 가져온 와인과 망고를 내밀었다. 민욱이 망고를 보고 베트남에서 가져온 거냐고 물었다. 그들 부부는 메마른 소리를 내며 웃었다. 과일가게를 찾지 못해 아파트 단지 근처를 몇 번이나 돌았다고 했다. 그들은 겉옷을 벗어 미연에게 건네고, 각자 자리에 앉았다.

"아버님 장례는 어떻게 된 거야. 왜 알리지 않았어?"

"너무 급작스럽게 돌아가셔서 경황이 없었어. 원래 지병이 있으셨잖아."

민욱의 질문에 성재는 다른 사람의 일을 이야기하듯 담담하게 말했다. 성재의 아버지는 이 년 전 아들의 사업이 무너졌을 때 노후 자금으로 모아놓은 퇴직금과 살고 있는 집까지 날려버렸다. 노인은 얼마 전까지 민욱에게 전화를 걸어와 억울하고 답답하다는 이야기를 늘어놓고는 했다. 기운이 쭉 빠지는 넋두리를 마냥 듣고만 있는 민욱에게 미연은 종종 짜증을 냈다. 몇 달 전부터 노인의 연락이 뚝 끊겼는데, 돌아가신 줄은 민욱도 미연도 몰랐다.

"베트남에는 언제 돌아가는 거야?"

"이제 가야지. 장례 마치고 주변 정리하는 데 시간이 좀 걸렸어."

민욱은 씁쓸한 미소를 지으며 말했다.

"이번에 가면 다시 올 일이 있을까 싶다."

"밥이나 먹자."

민욱이 성재의 어깨에 손을 올리고 일어서며 말했다. 미연은 식탁 등을 켰다. 부엌은 미연이 제일 좋아하는 공간이었다. 미연은 그곳을 어느 인테리어 잡지에서 본 것과 똑같이 꾸몄다. 원목식탁과 의자, 크리스털 램프까지 한데 어우러져 흡사 따뜻한 분위기의 원 테이블 레스토랑처럼 보였다. 미연과 민욱이 나란히 앉았고, 그 맞은편에 연주와 성재가 앉았다. 연주는 주변의 소품을 주의깊게 살펴보았다. 미연은 연주의 반응을 남몰래 바라보았다. 큰아이는 자그마한 주먹밥을 서너 개 집어먹고는 텔레비전 앞으로 달려갔다. 작은아이는 다행히 깨지 않고 계속 잤다.

미연은 식탁 위에 갈비와 잡채, 나물들, 생태와 게를 넣고 끓인 탕을 올렸다. 성재는 땀을 뻘뻘 흘리며 음식을 먹었다. 맛있다, 맛있다, 감탄을 하고 끊임없이 수다를 떨었다. 주로 베트남 생활에 대한 이야기였다. 미연은 그들이 가방 공장에서 일한다고 들었는데, 정확하게는 가방 공장 관리직이라는 사실을 알게 됐다. 한국인 사장 내외가 묵던 사택과 그 안의 가구, 집기까지 제공된다니 생활하기에는 좋은 조건이었다. 공장에서 만드는 가방은 주로 한국과 일본으로 수출된다고 했다. 성재는 자신이 보기에 베트남 가방 시장의 전망이 매우 밝으며, 그곳에서 사귀어둔 기술자 두어 명과 잘하면 새로 법인을 차리게 될지도 모른다고 말했다.

"정말?"

민욱이 놀라며 물었다. 성재는 휴대폰을 꺼내서 현지 사진들을 보여줬다. 산처럼 쌓인 가죽 원단, 공장에서 일하는 베트남 사람들, 숙소 안의 풍경이 맥락 없이 이어졌다. 성재는 그런 것들을 자랑스럽다는 듯 보여주면서 이런저런 설명을 더했다.

"네가 와서 보면 한눈에 알아챌걸, 이게 얼마나 전망이 있는 사업인지. 가방은 누구나 갖고 싶어하잖아. 누구나 자기 물건을 주머니에 따로 담고 싶어한다고. 질 좋은 가죽에 값까지 싸다면 그보다 더 좋을 수 없지."

미연은 성재가 좀 들뜬 것 같다고 생각했다. 오랜만에 친구를 만나서, 아니면 막 부모를 잃은 사람들이 그렇듯 제정신이 아닌지도 몰랐다. 연주는 내내 말없이 자기만의 생각에 빠져 있었다. 미연은 그녀가 밥만 깨작일 뿐 요리에 손도 대지 않았다는 것을 눈치채고 있었다.

"여긴 어디야?"

연주와 성재가 해변에서 찍은 사진을 보고 민욱이 물었다.

"공장 근처에 바다가 있어. 아침저녁으로 연주랑 산책을 하거든."

"야, 정말 부럽다. 우리 부부는 얼굴도 못 보는 날이 허다한데."

민욱이 바보처럼 웃으며 말했다. 그는 이 집을 사기 위해 얼마를 대출받았는지, 매달 이자가 얼마인지, 슬슬 다가오는 퇴직의 압박이 어떤 것인지, 일주일에 몇 시간을 일하고 있는지 떠들어댔다. 미연은 그가 그런 식으로 말하지 않았으면 좋겠다고 생각했다. 자신을 우스꽝스럽게 만들어서 분위기를 환기시키는 것은 그의 오래된 버릇이었다.

"그렇게 살지 마라. 다 헛짓이야."

성재는 의자에 등을 기대며 말했다.

"미친놈처럼 발버둥쳐봤자 남는 건 아무것도 없어. 중요한 건 부부 두 사람이야. 두 사람이 진짜 원하는 삶을 사는 거. 우리는 뒤늦게 많은 대화를 했어. 어디로 가야 할지, 어떻게 살아가야 할지, 무엇을 좇아야 할지……"

성재는 미연을 향해 시선을 돌리더니 히죽 웃었다.

"이걸 이 자식이 이해할지 모르겠다. 머리는 좋은데, 그 반만큼도 융통성이 없잖아. 안 그래?"

미연은 침묵했고, 잠시 정적이 흘렀다.

"이제 우리 이야기는 그만해."

연주가 말했다.

"누가 재미있어하겠어? 오랜만에 모였잖아. 모두가 즐거운 이야기를 하자고."

벌겋게 달아오른 얼굴로 기세 좋게 이야기를 이어가던 성재는 순식간에 풀이 죽더니, 화장실에 가겠다고 자리에서 일어났다. 그러다 그만 식탁 위에 있던 크리스털 램프를 넘어뜨려버렸다. 미연이 어렵게 공수한 앤티크 램프였다. 램프는 날카로운 소리를 내며 산산조각나버렸다. 미연은 꼼짝도 하지 않고 그것을 내려다보았다. 마치 정지화면에 걸린 영상 속 인물 같았다. 그때, 방에서 작은아이가 우는 소리가 들렸다.

"괜찮아."

민욱은 미연을 향해 말했다.

"내가 치울게. 어서 들어가봐."

미연은 방으로 들어가서 침대에 주저앉았다. 무대에서 퇴장한 것처럼 피로가 몰려왔다. 젖은 기저귀를 갈고 막 아이를 안아 들었을 때, 노크 소리가 났다. 연주였다.

"들어가도 되니?"

"그럼."

미연은 아이에게 젖병을 물리며 옆으로 옮겨 앉았다. 연주는 조심스럽게 그녀 옆으로 다가왔다.

"미안해. 우리가 괜히 온 것 같다. 너희에게 피해나 주고……"

"아니야. 피해는 무슨."

미연은 부드럽게 말했다. 연주는 무슨 말을 하려다 말고, 그저 분유를 먹는 아이를 내려다보기만 했다. 조용한 방안에 아이가 젖꼭지를 빠는 소리만 쌕쌕 울렸다.

"네가 둘째를 낳을 줄은 몰랐어. 회사까지 그만두고. 그 일을 좋아했잖아."

뜻밖의 말에 미연은 뭐라 대답해야 할지 몰라 입을 다물었다.

"아이를 돌보는 일을 힘들어하지 않았니?"

"그때는…… 체력이 달려서 힘들었지. 회사를 그만두고 다 좋아졌어. 둘째라 훨씬 수월하기도 하고."

미연은 애써 웃어 보였지만 자신이 변명하는 것처럼 느껴져 신경이 쓰였다.

"아이들이 크는 건 아주 잠시잖아. 그 잠시만이라도 아이들 곁에 있어주고 싶었어."

"정말 대단해. 두 아이라니."

연주는 속삭이듯 말했다.

"성재와 나는…… 우리는 어차피 기회도 없었지만, 만에 하나

아이가 있었다면 정말 많이 힘들었을 거야. 그 수많은 불운 중에 아이까지 들어 있었다면, 상황이 훨씬 나빠졌을 거라는 생각이 들어."

"아이는 불운이 아니야."

미연은 조용히 연주의 말을 가로막았다.

"아이를 키우는 일은…… 그런 것에 익숙한 사람은 아무도 없어. 누구나 처음부터 배워나가는 거야."

"물론 그런 뜻이 아니야. 너도 알잖아."

연주는 당황한 얼굴로 손을 내저었다.

"오늘 자꾸 말이 어긋나가네. 성재도 나도."

연주는 허탈하게 웃으며 자리에서 일어났다. 바로 방을 나가는 줄 알았는데, 그대로 가만히 서서 바닥을 내려다보았다. 뭔가 하고 싶은 말이 남은 듯했다.

"저기, 있잖아…… 고맙다는 말을 하고 싶었어. 그때 빌려준 돈 말이야. 정말 요긴하게 잘 사용했어. 그 돈이 없었으면 여기까지 오지도 못했을 거야. 정말…… 바닥이 어딘지도 모르게 힘들었거든, 우리."

미연은 자신이 그 돈을 빌려주는 걸 끝까지 반대했다는 사실을 말하면 연주가 어떤 표정을 지을지 궁금했다. 왜 빈말이라도 갚겠다는 말 대신 고맙다고만 하는 건지도 궁금했다. 어째서 자신의 돈은 갚을 필요가 없다고 생각하는지, 조건 없이 받은 돈이라도 된다고 생각하는지 궁금했다. 그렇지만 그런 말을 입 밖에 뱉을 수는 없었다.

"베트남에 잘 정착해서 다행이야. 사업도 유망해 보이던데."

"성재 말을 다 믿는 거야?"

연주는 피식 웃었다.

"넌 정말 여전해."

연주가 먼저 방을 나선 후, 미연은 아이를 안고 밖으로 나왔다. 민욱이 발코니 쪽을 손짓했다. 연주와 성재는 그곳에서 추위에 덜덜 떨며 담배를 피우고 있었다. 발코니 벽의 코팅지가 흉물스럽게 벗겨진 것이 미연의 눈에 거슬렸다. 그것을 말끔히 벗겨내고 페인트칠을 하는 것이 원래 오늘의 계획이었다. 손님이 오지 않았다면 말이다. 캄캄한 발코니에서 희미한 두 개의 불빛이 천천히 점멸했다.

연주와 성재가 안으로 들어온 후, 그들은 상을 치우고 본격적으로 와인을 마시기 시작했다. 차를 가져왔는데 괜찮으냐고 묻자, 성재가 대리기사를 부르면 된다고 호탕하게 말했다. 성재는 빠른 속도로 잔을 비웠다. 연주도 제지하지 않았다. 그들은 조금씩 취해갔다.

"유럽 여행 마지막날 기억나니?"

그날 처음으로, 미연이 먼저 말을 꺼냈다.

"우리 스위스에서 마지막날, 퐁뒤를 먹으러 갔잖아."

스위스 인터라켄은 배낭여행의 마지막 코스였다. 그들은 삼십 일 내내 무료 조식으로 배를 채우고 저렴한 길거리 음식을 사 먹거나 아예 끼니를 거르며 지냈지만, 마지막 방문지인 스위스에서는 퐁뒤를 먹어보자고 의기투합했다. 여행의 피날레를 장식할 음식인 셈이었다. 연주는 관광객 맛보기용이 아닌 현지인들이 즐겨 찾는 퐁뒤 집을 찾겠다고 벼르고 있었다. 길을 가다가 동네 사람들을 붙잡고 묻거나, 메모를 하기도 했다.

스위스에서는 첫날부터 눈이 내렸다. 가장 큰 볼거리라는 융프라우로 향하는 열차가 운행을 멈춰서, 그들은 숙소에서 발이 묶여버렸다. 물가마저 살인적이라 삶은 계란과 컵라면, 사과만 먹으면서 버텨야 했다. 입고 갔던 바지가 다 헐렁해질 정도였다. 결국 마지막날까지 열차 운행은 재개되지 않았고, 그들에게 남은 것은 퐁뒤뿐이었다. 연말이라 사람들로 북적이는 거리를 예상하고 시내로 나간 그들은 깜짝 놀랐다. 대부분의 상점이 문을 닫았던 것이다. 흩날리는 눈 속에, 가게마다 휴점을 알리는 안내문이 붙어 있었다. 실망에 젖어 한동안 아무도 말을 꺼내지 못했다. 미연은 이십사 시간 문을 여는 맥도날드에 가서 제일 비싼 세트를 사 먹자고 했다. 민욱과 성재도 동의했다. 그런데 연주가 다른 레스토랑을 찾아보자고 우겼다. 주변을 뒤져보면 영업을 하는 곳이 한 군데는 있을 거라고 고집을 부렸다.

그들은 두 시간 가까이 추위와 허기에 덜덜 떨며 레스토랑을 찾아다녔다. 간판의 불빛을 보고 달려가봐도 문이 잠긴 경우가 대부분이었다. 그러다 마침내 영업중인 곳을 찾았는데, 퉁명스러운 할머니와 그녀의 나이든 아들이 운영하는 식당을 겸한 가정집이었다. 그들 외에 다른 손님은 한 명도 없었다. 메뉴에 적힌 퐁뒤를 주문하자, 두 사람은 무표정한 얼굴로 부엌으로 들어갔다.

부엌 안쪽에서는 아무 기척이 없었는데 생각보다 금세 음식이 나왔다. 걸쭉하게 끓인 치즈와 볼에 수북이 담긴 빵조각이 전부였다. 미연은 먼저 스푼으로 치즈를 아주 조금 떠먹어보았다. 그리고 곧장 입에 든 것을 뱉어냈다. 단지 익숙하지 않은 맛이 아니라, 부패의 맛이었다. 민욱과 성재도 말없이 포크를 내려놓았다. 오직 연주만이 꼿꼿한 자세로 앉아 음식을 먹었다. 연주는 볼에 담긴 빵을 치즈에 적셔 홀로 절반 가까이 먹어치웠다. 미연은 그런 연주를 질린 얼굴로 지켜보았다. 코를 찌르는 치즈 냄새를 더는 견딜 수 없다고 생각했을 때, 연주가 자리에서 일어났다.

그들은 가진 돈을 탈탈 털어 음식값을 계산했다. 한 사람당 빅맥 세트를 두 개씩 먹을 수 있는 돈이었다. 미연은 화가 났지만, 뭐라 말을 할 수는 없었다. 연주가 식당에서 나와 골목을 돌자마자 먹은 것을 토하기 시작했던 것이다. 성재가 달려가서 연주의 등을 두드렸다. 미연과 민욱은 망연자실한 얼굴로 그들의 모습을 바라보며 서 있었다. 지긋지긋한 눈이 계속 내렸다. 식당에 들어갈 때만 해도 싸라기 같던 눈발이 더 굵어져 있었다.

민욱이 가로등 아래서 지도를 펴보더니 고개를 갸웃거렸다. 지도 위에 눈송이가 내려앉아 곧 종이가 젖어버렸다. 지도에서 그들이 서 있는 곳을 찾을 수 없었다. 레스토랑을 찾아 헤맬 때 눈 때문에 지도 보기를 그만뒀는데, 금세 위치를 짚어낼 수 있을 것이라고 방심한 것이 화근이었다. 정신을 차리고 보니 숲이 지척이었다. 민가는 하나도 보이지 않았다. 헤매면 헤맬수록 더 깊숙이 미로 속으로 들어가는 느낌이었다. 그들 외에 행인은 단 한 명도 없었다. 낙석 주의 표지판이 곳곳에 보였다. 미연은 추웠고, 배가 고팠고, 아이처럼 울고 싶었다. 모든 게 연주 때문이라는 생각이 들었다. 정작 연주는 아무렇지 않은 표정으로 주위를 둘러볼 뿐이었다.

"저기 썰매장 아니야?"

성재가 외쳤다. 정말 그곳에 썰매장이 있었다. 제대로 시설을 갖춘 영업장이 아니라, 동네 사람들이 썰매를 타려고 만들어놓은 장소인 듯싶었다. 높은 구릉에 슬로프가 닦여 있고, 길 아래 나뒹구는 플라스틱 썰매도 눈에 띄었다. 진입로는 가느다란 새끼줄로 막혀 있었다. 성재가 먼저 그 안으로 성큼성큼 걸어들어갔다. 그는 플라스틱 썰매를 들고 구릉 위로 올라가더니, 망설이지 않고 그 위에 올라탔다. 그 뒤를 연주가 따라갔고, 민욱도 합세했다. 미연은 홀로 남는 게 두려워 할 수 없이 그들 뒤를 쫓았다. 경사가 얼마나 가파른지 썰매는 쏜살같이 미끄러져 내려갔다. 몸이 붕 떠올랐다가 아득하게 아래로 꺼지는 느낌이었다. 미연은 비명을 질렀다. 그 소리가 왕왕 하늘을 울렸다.

그들은 몇 번이나 왕복하며 썰매를 탔다. 미끄러져 내려와서, 다시 걸어올라가고, 또다시 미끄러져 내려왔다. 나중에는 누가 먼저랄 것도 없이 눈싸움을 시작했다. 만신창이가 된 몰골로 눈밭에서 굴렀다. 그들은 미친 사람들처럼 웃었다. 미연도 웃을 수밖에 없었다. 바람이 심장을 통과해서 지나가는 듯한 느낌이었다. 그렇게 눈밭에 누워 한참 웃다가 마침내 웃음소리가 잦아들었다.

"나는 부자가 될 거야."

성재가 진지한 목소리로 말했다.

"커다란 저택에 살면서 커다란 개를 키울 거야. 개를 가지는 게, 어렸을 때부터 소원이었거든."

"뭐야, 그게."

연주가 쿡쿡 웃었다.

"개를 가지기 위해서 꼭 부자가 되어야 하는 건 아니야."

"커다란 저택, 커다란 개라니까."

"어쨌든 너는 개를 가지게 될 거야."

민욱은 엄숙하게 선포하듯 말했다.

"우리 모두 자기만의 개를 가지게 될 거야."

마침내 그들 넷은 입을 다물었고, 각자 생각에 잠겨 검푸른 하늘을 바라보았다. 어느샌가 눈이 멎어 있었고 사방이 고요했다.

새하얀 눈이, 감탄스러울 정도로 입자가 곱고 균일한 스위스의 눈이 그들 밑에 양탄자처럼 펼쳐져 있었다. 눈에 뒤덮여 누워 있는데도 폭신하고 따뜻한 느낌마저 들었다.

잠시 후 그들은 완전히 젖은 몸으로 오들오들 떨면서 썰매장 밖으로 나왔다. 주변을 지나가던 젊은 군인이 그들을 발견하고 버스 정류장까지 데려다주었다. 숙소로 돌아왔지만 좀처럼 흥분이 가시지 않았다. 여행의 마지막 밤이었다. 그들 넷은 숙소 로비의 전기난로 앞에서 강아지들처럼 붙어서 잤다.

“그래, 그때 정말 재미있었는데.”

연주는 추억에 젖은 얼굴로 말했다.

“이전에도 이후에도, 그렇게 웃어본 적은 없는 것 같아.”

“그 썰매장 아직도 거기 있을까?”

성재의 물음에 민욱이 고개를 갸웃거렸다.

“글쎄, 아직 있지 않을까? 별다른 관리도 없이 유지되는 곳이었잖아.”

“그런데 너희 개는 어떻게 됐어?”

미연이 갑자기 생각났다는 듯 물었다.

“베트남에 데려가지 않았니?”

연주는 그 질문에 깜짝 놀란 표정을 짓더니 죽었어, 라고 힘없이 내뱉었다. 그러고는 아무 말이 없었다. 성재 역시 입을 꽉 다물었다. 개에 대해서는 도무지 더이상 물을 수 없었다. 그후로 그들은 좀더 술을 마셨지만, 대화는 잘 이어지지 않았다. 침묵과 한기가 그들을 둘러쌌다. 취한 성재는 몸을 제대로 가누지도 못했다.

"곧 여덟시야."

연주가 나지막한 목소리로 성재에게 말했다.

"우린 이제 가야 해."

성재는 연주를 멍하니 바라보다가, 한참 만에 고개를 끄덕였다. 민욱이 미연을 한쪽 구석으로 데리고 갔다.

"저애들, 집에서 자고 가게 하면 어때."

"선약이 있다고 하잖아."

"둘 다 너무 취했어."

"무슨 참견이야."

미연은 짜증스럽게 말하고는 고개를 세게 흔들었다.

"아니, 마음대로 해. 초대도 마음대로 했잖아. 돈도 마음대로 줬고. 나한테 묻긴 왜 묻는 건데."

히스테릭한 미연의 반응에 결국 민욱이 포기했다. 성재와 연주는 여덟시가 되기 전에 자리에서 일어났다. 미연은 그들이 벗어놓은 겉옷을 가지러 옆방에 들어갔다. 연주의 코트는 여전히 가벼웠는데, 소매에 검붉은 얼룩이 묻어 있었다. 미연은 그것을 잠시 내려다보았다. 그녀는 연주에게 묻고 싶었다. 아직도 그들이 다르다고 생각하는지, 그들이 처음부터 달랐다고 믿고 있는지. 코트는 연주의 몸피만큼 사붓했다. 문득 그 안에서 살아 움직이는 연주의 몸이 느껴지는 듯했다. 미연은 순간 깜짝 놀라 코트를 바닥에 떨어뜨렸다. 하지만 그녀는 곧 아무렇지 않게 그것을 집어들었다.

미연은 연주와 성재에게 겉옷을 건넨 후, 현관으로 나가 문을 열어주었다. 성재는 미연의 큰아이에게 용돈으로 오만원을 주었다. 아이에게 너무 큰 돈이라고 만류했지만, 굳이 손에 쥐여주었다. 민욱은 그들을 배웅하기 위해 큰아이와 함께 밖으로 나갔다. 미연은 발코니에 서서 아래를 내려다보았다. 성재와 연주가 잿빛 독일제 승용차에 오르는 것이 보였다. 고급 렌터카라니 가당키나 한 일인가. 미연은 힘없이 조소했다. 그들로 인해 삶이 망가진 사람이 한둘이 아니었다. 누군가는 아이를 빼앗긴 채 이혼당했고, 누군가는 직장도 그만두고 폐인이 되었다. 민욱은 단 하나뿐이었던 동창 모임을 잃어버렸다. 전부 이십 년 가까이 만난 친구들이었다. 그 모든 것이 깨져버린 것에 대해 저들은 정말 아무 책임감도 못 느끼는 것일까. 미연은 연주와 성재를 이해할 수 없었다. 그들과 다시는 얼굴을 마주할 수 없으리라는 생각이 들었다.

잠시 후 민욱이 집으로 돌아왔지만, 차는 그 자리에서 꼼짝도 하지 않았다. 그들은 그곳에서 대리운전 기사를 기다리고 있다고 했다. 민욱은 지친 듯 무거운 숨을 내쉬며 화장실로 들어갔다.

미연은 아이들을 씻기고 재우기 위해 방으로 들어갔다. 큰아이가 미연에게 잠들 때까지 동화책을 읽어달라고 했다. 책에는 아이들의 꿈을 먹는 난쟁이가 나왔다. 난쟁이는 맛있는 꿈을 먹기 위해 매일 밤 잠든 아이들을 찾으러 다니는데, 꿈마다 그 맛이 다르다. 어떤 꿈은 짠맛, 어떤 꿈은 신맛, 어떤 꿈은 매운맛이 난다. 정말 달콤한 맛이 나는 꿈을 만나기란 쉬운 일이 아니다. 난쟁이는 꿈을 고르고 고르다 그만 몸이 홀쭉해져버린다. 허기져 누운 난쟁이는 달콤한 꿈을 찾아 마음껏 먹는 꿈을 꾼다.

아이가 잠든 후, 미연은 조용히 책을 덮었다. 문득 스위스의 설야가 떠올랐다. 하얗고 폭신한 눈, 영원히 녹지 않을 것만 같던 눈 덮인 구릉…… 연주는 그때를 떠올리며 눈이 휘어지게 웃었다. 그제야 미연이 아는 연주로 돌아온 것 같았다. 그들 넷은 잠시 동안 한마음이 되었다. 미연 역시 그 시절을 기억하고 있었다. 하지만 언제까지나 과거에 사로잡힌 채 살아갈 수는 없다고 생각했다. 비록 모든 아름다운 것이 과거에 있다 할지라도.

미연은 거실로 나와서 소파에 맥없이 누웠다. 바닥에 앉아서 텔레비전 뉴스를 보고 있는 민욱의 뒷모습이 보였다. 그가 자신에게 화를 내고 있다는 것을 미연은 알고 있었다. 그들은 아무 말도 하지 않고 텔레비전을 보다가 시간 간격을 두고 침실로 들어갔다. 잠들기 전 미연은 가슴이 무거운 것에 눌린 것처럼 답답함을 느꼈다. 원인 모를 절망감에 그녀는 몇 번이나 돌아누우며 밭은 숨을 내쉬었다. 하지만 일단 잠이 든 후에는 꿈도 꾸지 않고 달게 잤다.

다음날, 미연은 평소보다 이른 시간에 잠에서 깼다. 아직 미명이 찾아들기도 전의 새벽이었다. 그녀 옆에서 엎드려 잠든 민욱의 등이 천천히 오르내렸다. 미연은 부드럽게 그 등을 쓸어내렸다. 그리고 스트레칭을 하듯 발을 쭉 펴고 침대에서 내려왔다. 지난밤의 피로가 사라진 듯 몸이 개운한 느낌이었다. 그녀는 자신이 아직 젊다고 생각하며 방에서 나왔다.

어슴푸레한 어둠에 묻힌 거실은 고요하고 쾌적해 보였다. 식탁 위 과일바구니에 노란 망고가 다섯 개 들어 있었다. 전날의 흔적이란 그것뿐이었다. 그녀는 잠옷 바람으로 과도를 가져와서 식탁 앞에 앉아 망고의 껍질을 깎아 먹었다. 과육은 달고 즙이 많았다. 전날 자신이 왜 그렇게 기분이 나빴는지 모르겠다는 생각이 들었다. 연주와 성재, 그들은 이미 그녀를 스쳐간 사람들이었다. 지금은 그녀 인생의 절정이라 할 만했다. 남편과 그녀는 삶의 최전선에 있었다. 아이들은 아직 어리고, 그들의 사랑을 필요로 했다. 두 딸은 미연의 전부였다. 그녀는 그애들을 위해 죽을 수도 있다고 생각했다. 아이들을 떠올리는 것만으로 목이 멜 정도였다.

미연은 손을 닦고 소파에 앉아 텔레비전을 틀었다. 전날 민욱이 보던 뉴스 채널에서 아침 뉴스가 나오고 있었다. 미연은 무신경하게 화면을 바라보았다. 아침에 뭘 만들어 먹을까 생각하고 있을 때, 화면에 그 차가 나왔다. 잿빛 독일제 승용차. 그 차는 수풀이 우거진, 황량한 풍경의 저수지에 서 있었다. 요약된 기사가 화면

밑을 느리게 지나갔다. 지난밤 E시에서 삼십대 남녀가 익사체로 발견되었다는 소식이었다. 구조대가 도착했을 땐 이미 사망한 후였으며, 유서를 남긴 것으로 보아 자살로 추정된다는 앵커의 말이 미연의 귓속을 울렸다. 그녀는 조용히 화면을 바라보았다. 뒤이어 고속도로 3중 추돌사고 소식, 재래시장 화재 소식이 지나갈 때까지 가만히 그 자리에 앉아 있기만 했다.

"왜 그래?"

방에서 나온 민욱이 물었다.

"무슨 일이 났어?"

미연은 갑자기 꿈에서 깬 사람처럼 자리에서 일어났다. 그녀는 발코니로 나가서 주차장을 눈으로 훑었다. 전날 렌터카가 서 있던 자리에는 당연히 다른 차가 있었다. 세상에 그 차가 오직 한 대뿐인 것은 아니라고 미연은 생각했다. 같은 모델의 차량 수천, 수만 대가 지금도 길 위를 달리고 있다고. 성재와 연주는 선약이 있다고 했다. 근처의 저수지로 간다는 말 따위는 들은 적 없었다. 발코니의 철제 난간 위에 차갑게 굳은 담뱃재가 뭉쳐 있었다. 미연은 그것을 손으로 닦아냈다. 담뱃재는 허공으로 흩어져버렸다. 미연은 흉물스러운 발코니 벽을 바라보았다. 그녀는 오늘 혼자서라도 코팅지를 벗겨내고 새로 페인트칠을 하겠다고 결심했다. 원래의 벽과 같은 짙은 회색으로, 주말이 다 지나기 전에. 미연은 현실적인 사람이었다. 하지만 집안에서 민욱이 부르는 소리에도, 아이들이 깨어 울부짖는 소리에도 그녀는 응답하지 못했다. 뭔가에 사로잡힌 사람처럼, 텅 빈 벽을 바라보며 한참 동안 그곳을 벗어날 줄 몰랐다.

술과 바닐라

정오가 가까워지자 금방 뭐라도 내릴 것처럼 하늘이 잿빛으로 변했다. 사람들의 끝없는 질문으로 입학설명회는 예상보다 늘어졌다. 특목고 중에서도 입학 조건이 까다롭기로 유명한 곳이었다. 나는 붉은 벽돌로 지어진 기숙사 건물을 올려다보았다. 기숙사에서는 한 달에 한 번 신청 가능한 1박 2일의 본가 방문 말고는 외출을 일절 허용하지 않는다고 했다. 부모들은 감탄하면서도, 과연 아이들이 버틸 수 있을지 모르겠다고 고개를 갸웃거렸다.

율이라면 잘 버틸 것이다. 학교가 감옥이자 도피처가 되어 아이를 집에서 온전히 분리시켜줄 수만 있다면. 그애는 작년부터 집을 나가고 싶어했다. 유학을 보내달라고 하더니, 그게 안 되면 기숙사가 있는 학교에 들어가겠다고 했다. 남편과 나는 근방에 있는 기숙학교를 전부 살펴보았다. 그중 유망한 학교가 K시에 있다는 것을 알았을 때는 둘 다 깜짝 놀랐다. K시는 율이가 태어나 처음 몇 년을 보낸 곳이었다.

십여 년 만에 다시 찾은 K시는 시계가 과거에 멈춰버린 듯 그대로였다. 시장통을 중심으로 난개발된 주택지 사이에 새로 생긴 아파트 단지만이 삐죽이 솟아 있었다. 도로 근처의 작은 가게들은 절반 정도만 문을 열었고, 길에 오가는 사람도 뜸했다.

입학설명회가 끝난 뒤, 나는 가까운 곳에 있는 맥도날드에 들어갔다. 점심시간인데도 매장은 한산했다. 햄버거 세트를 라지 사이즈로 주문해서 먹고, 커피 한 잔을 추가했다. 이상하게 계속 허기가 졌다.

결혼 전 바로 이곳에서 남편과 커피를 마시며 주변을 둘러봤던 기억이 났다. 당시 우리는 서울을 중심으로 원을 그려놓고, 그 안에서 집값이 가장 싼 곳을 찾아다니고 있었다. 나는 희곡을 쓰다가 드라마 작가로 전향한 지 얼마 안 되었고, 남편은 기업 컨설팅 사업을 막 시작한 때였다. 둘 다 손에 쥔 돈이 별로 없었다.

남편과 나는 대학의 카페테리아에서 처음 만났다. 해 질 무렵 테이블 앞에 홀로 멍하니 앉아 있는데, 한 남자가 다가와서 겉옷을 거꾸로 입고 있다고 알려주었다. 커피 한잔으로 데이트가 시작되었다. 내가 글을 쓰고 가르치는 일을 한다고 하자, 그는 이상한 이야기를 들은 사람처럼 나를 바라보았다. 그는 공대 출신 엔지니어로 경영대학원에 다니고 있었다. 공통점이 하나도 없었지만 데이트는 시종 유쾌했다. 나는 그가 나에게 부족한 부분을 가지고 있다고 느꼈다. 육체적으로도 강하게 끌렸다. 그러니 임신을 해서 결혼했다고 말할 수만은 없다. 하지만 임신을 하지 않았더라면 그처럼 결혼을 서두르지는 않았을 것이다.

결혼식장에는 아버지만 왔다. 아버지와 어머니가 잠시라도 한자리에 있는 것을 서로 견딜 수 없어했기 때문이다. 어렸을 때 부모님이 이혼한 후, 나는 핑퐁 게임의 공처럼 이 집 저 집 옮겨다니며 자랐다. 두 사람 다 내가 스무 살이 되기 전에 재혼했다. 내게는 마음놓고 아이를 맡길 친정이 없었다는 뜻이다.

나는 임신 기간 내내 베이비시터 알선 업체를 찾아다녔다. 최종 낙점된 베이비시터는 사십대 후반의 여자로 보육교사 자격증을 가지고 있었다. 입봉작의 선전으로 일거리가 밀려들던 때였다. 나는 막달까지 퉁퉁 부은 다리로 책상에 앉아 일했다.

율이는 예정일보다 빠르게 태어났다. 몸무게는 이 킬로그램이 조금 넘었고, 잘 먹지도 자지도 않았다. 베이비시터는 알고 보니 형편없는 사람이었다. 아이를 전동 침대에 눕혀놓고 재우려고만 들었다. 어느 날 보니 아이 얼굴에 붉은 줄이 그어져 있었다. 여자가 온종일 아이의 입에 공갈젖꼭지를 고정시켜 묶어놓고 제 볼일을 본다는 사실을 알게 된 후, 나는 더이상 누구도 믿을 수 없게 되었다.

그때부터 직접 아이를 돌보면서 남는 시간을 쪼개어 원고를 썼다. 쏟아지는 잠을 이기지 못해 넘어지거나 손을 데거나 그릇을 깼다. 남편은 내게 아이를 맡길 사람을 구하든지, 일을 그만둬야 한다고 말했다. 대체 이게 무슨 *욕심*이냐고 말했다. 욕심이라는 소리에 나는 남편을 멍하니 바라보았다. 그가 무슨 말을 하는지 알아들을 수 없었다. 당시 나는 제대로 된 생각을 하기 힘들었다. 집안은 발 디딜 틈이 없을 만큼 엉망이었고, 계절에 맞는 옷을 찾지 못해 한겨울에도 반팔을 입고 다녔다.

그 차림으로 음식물 쓰레기를 버리러 나갔다가 윗집 여자를 만났다. 세 살, 여섯 살 된 남매를 둔 여자였다. 평소에 인사만 주고받던 여자는 그날 내게 다가와서 혹시 잠깐씩이라도 아이를 돌봐줄 사람이 필요하면 연락해보라고 번호 하나를 알려주었다. 같은 동네에 사는 믿을 만한 사람이라고, 자신도 급할 때 아이들을 맡긴 적이 있다고 했다. 집에 돌아와 거울을 보니 왜 그런 연락처를 받았는지 알 것 같았다. 나는 위태로워 보였다. 내게 매달려 있는 아이 역시 마찬가지였다.

곧장 전화를 걸어보았지만 연결이 되지 않았다. 종일 마찬가지더니 다음날 오전 무렵 그 번호로 전화가 걸려왔다. 가느다란 목소리의 여자가 자신에게 연락을 했느냐고 물었다. 자초지종을 말하자, 율이가 몇 살이냐고 물었다. 아이가 생후 두 달도 안 되었다는 사실에 여자는 아, 하고 낮게 신음했다. 여자는 아이를 한번 보러 오겠다고 했다.

여자는 그날 늦은 오후 무렵 집에 왔다. 왜소한 체구에 얽은 피부, 탈모를 겪은 듯 휑한 이마에 검은 뿔테안경을 낀 오십대의 여자였다. 여자는 낡은 청바지에 보풀이 일어난 회색 니트를 입고 있었다. 문을 열자마자 짙은 향기가 코를 찔렀다.

그녀는 왜 이 집에 왔는지 모르는 사람처럼 현관에 멀뚱히 서 있었다. 들어오라고 말하자 그제야 조심스럽게 신을 벗었다. 나는 방으로 가서 잠든 아이를 보여주었다. 여자는 요람 앞에 쪼그려앉아 아이를 한참 들여다보았다.

"정말 갓난아기로군요."

여자는 속삭이듯 말했다.

"갓난아기를 돌본 적은 없으세요?"

여자는 나를 지그시 올려다보았다.

"아들이 어렸을 때가 있었죠. 하지만 너무 오래전 일이에요."

여자는 파트타임으로만 일해왔다고 했다. 비정기적으로 평일에 휴가를 받아야 하는 개인사정 때문이었다.

"저는 프리랜서라 근무시간이 유동적이에요. 원하시는 때 휴가를 드릴 수 있을 거예요."

여자는 생각에 잠긴 표정으로 고개를 끄덕였다. 아이만 돌봐주는 조건으로 급여는 얼마가 좋겠느냐고 묻자, 시세대로 알아서 달라고만 했다. 그전 베이비시터 때 명절 상여금과 휴가 비용, 퇴직금까지 서류화했던 것을 생각하면 싱거운 면접이었다. 여자는 자리에서 일어나면서 작은 쇼핑백을 내밀었다.

"빈손으로 오기가 그래서 가져와봤어요."

그것은 직접 빚은 만두와 물김치였다. 도시락 안에 새하얀 밀가루가 뿌려진 만두 열 개가 들어 있었다. 나는 아직 점심도 먹지 못한 참이었는데 정말 고맙다고 중얼거렸다.

여자는 나를 가만히 보더니, 빠르게 냄비를 찾아 물을 올렸다. 물이 끓는 사이 아이가 울며 깨어났다. 여자는 아이를 요람에서 들어 안았다. 포대기가 없느냐고 물어서 아기띠를 건넸더니 고개를 가로저었다.

여자는 금세 만둣국 한 그릇을 끓여냈다. 내가 그것을 먹는 동안에는 옆에서 아이를 돌봐주었다. 나는 땀을 흘리며 국 한 그릇을 다 비워냈다. 여자가 떠나고 나자 아이에게서 희미하게 섬유유연제 향기가 났다.

나는 한 달 치 급여를 선불로 지불했고, 포대기를 구해왔다. 통상적인 호칭대로 나는 여자를 이모님이라고 불렀다. 처음에는 어색해서 입이 떨어지지 않았지만 곧 익숙해졌다.

처음 며칠간 나는 방에서 낮밤을 가리지 않고 자기만 했다. 자다가 일어나면 그릇이 덜그럭거리는 소리, 아이에게 뭐라고 말하는 목소리가 들렸다. 꼭 물속에서 들리는 소리 같았다. 갓난아기를 돌볼 자신이 없다는 말과 달리 이모님은 율이를 다루는 데 능숙했다. 각양각색의 목소리로 그림책을 읽어주었고, 인형놀이를 해주었고, 노래도 불러주었다. 아이가 울면 포대기로 달랑 업고 집안을 슬슬 걸어다녔다.

일주일이 지나자 나는 다시 일을 시작할 수 있었다. 서재에 틀어박혀 원고를 쓰다가, 점심때면 부엌으로 나와 혼자 밥을 차려 먹었다. 주로 라면이나 빵을 먹을 때가 많았다. 아이가 태어난 후로 남편과 나는 배달음식을 시켜 먹거나 냉동식품으로 끼니를 때웠다.

"친정에 가서 김치라도 얻어와요. 이렇게 먹고 어떻게 사나."

이모님은 텅 빈 냉장고를 보고 혀를 차며 말했다.

"저희 엄마 김치 안 담가요."

나는 피식 웃으며 말했다.

"저 어렸을 때 부모님이 헤어지셨어요. 두 분 다 아직 이 집에도 안 와보셨는걸요."

율이를 업고 있던 이모님은 아무 말도 하지 않았다. 이모님은 그날부터 반찬 한 가지에 국 한 가지를 만들어주었다. 집에서 담근 김치도 가져다주었다. 음식은 전부 간이 세지 않은데도 은근한 맛이 있었다. 나는 남편과 상의한 끝에 이모님의 급여를 올렸다.

얼마 안 되어 집안 곳곳 그녀의 손길이 닿지 않은 곳이 없게 되었다. 여기저기 쑤셔박혀 있던 옷들이 옷장 서랍 속 제자리를 찾았고, 먼지와 물때로 뿌옇기만 했던 화장실과 다용도실 바닥이 반짝거리기 시작했다. 이모님은 별 어려움도 없이 그런 일들을 해냈다. 깨끗이 정리된 집에서 제대로 된 식사를 하는 것만으로 거의 모든 문제가 해결되었다.

이모님은 매일 식구들에게 아침밥을 해 먹이고 우리집으로 출근한다고 했다. 남편에 대해선 별말을 하지 않았고, 아들에 대해선 자주 이야기했다. 그가 어렸을 때부터 명석했다는 것, 서울에서 대학을 졸업했다는 것, 지금은 공무원시험을 준비하고 있다는 것이었다. 이모님은 근방의 아파트에 살고 있었다. 단출하게 세 식구가 된 지는 얼마 되지 않았다고 했다.

이모님은 스물한 살에 결혼했고, 이후 시조모와 시모를 모시고 살았다. 그녀의 시조모는 용변을 가리지 못하는 중증 치매 환자였는데, 시모는 작은 점방을 운영한다는 이유로 모든 일을 그녀에게 떠맡기고 집을 비웠다. 종일 시조모와 씨름하노라면 온몸에서 악취가 풍겼다. 몸을 씻고 옷을 갈아입어도 소용없었다. 시조모가 세상을 떠나기 전까지 십여 년을 그렇게 살았다. 그리고 이제는 요양원에 있는 시모가 걸핏하면 그녀를 불러댔다. 온갖 심부름에 트집을 잡고, 불평을 늘어놓기 위해서였다. 비정기적인 휴가를 필요로 했던 것도 바로 그 시모 때문이었다.

"어떻게 도망치지 않고 버티셨어요?"

"도망가? 어디로?"

이모님은 아이를 보듯 나를 바라보았다.

"도망간다고 뭐가 달라지나."

이모님은 모든 옷을 섬유유연제를 푼 물에 하루 담가둔 후 세탁하는데, 그렇게 하지 않으면 예전의 그 악취가 나는 것 같다고 했다. 인분 냄새. 그 이야기를 할 때 이모님은 겸연쩍게 웃었다. 화장기가 하나도 없이 노화되어가는 여자의 얼굴을 그렇게 가까이서 본 것은 처음이었다.

이모님은 내가 드라마 극본을 쓰는 것, 내가 쓴 무언가가 텔레비전을 통해 방영되는 것을 무척 신기하게 여겼다. 한번은 수첩을 내밀며 내게 사인을 해달라고도 했다. 내가 아주 유명한 작가가 되면 누군가에게 자랑할 거라고 했다. 하지만 정작 그녀는 드라마를 잘 보지 않았다. 이모님은 텔레비전보다 라디오 프로그램을 좋아했다. 시간을 뺏기지 않고, 일을 하면서 들을 수 있기 때문이었다.

얼마 뒤 어머니가 처음으로 집에 찾아왔다. 밍크코트에 가죽 부츠를 신은 어머니는 두 손 가득 빵을 사 들고 왔다. 이모님은 어머니에게 고개를 숙여 인사하고, 안고 있던 율이를 넘겨주었다. 낯선 사람을 본 아이는 계속 칭얼거렸다. 어머니는 한 시간도 버티지 못하고 자리에서 일어났다. 집을 떠나기 전 어머니는 봉투에도 담지 않은 오만원권 몇 장을 이모님에게 내밀었다. 이모님은 정색하고 사양했지만 결국에는 돈을 받았다.

"저 여자 무슨 향수를 저렇게 들이부었다니."

차에 오르기 전 어머니가 짜증스럽게 중얼거렸다.

"향수 아니야. 난 아무렇지도 않은데 뭘."

어머니는 불만스럽다는 듯 쯧, 혀를 차더니 곧장 떠났다.

율이의 첫돌에 이모님은 직접 바느질해서 만든 이불을 선물해 주었다. 나는 사람들이 집에 올 때마다 그것을 꺼내어 보여주었다. 이모님이 얼마나 좋은 분인지, 우리 부부와 아이의 삶이 어떻게 달라졌는지 쉴새없이 떠들어댔다. 이모님이 옷장 서랍 정리까지 해준다는 이야기를 했을 때는 인상을 찌푸리는 친구도 있었다.

"부탁하지도 않은 서랍 정리라니, 사생활 침해 아니야?"

나는 이모님이 내 옷을 입고 내 침대에서 낮잠을 잔다고 해도 상관하지 않을 거라고 말했다. 사생활이 대체 뭔지 묻고 싶을 정도였다. 나는 새로 쓴 극본으로 미니시리즈 편성을 받았고, 방송국 근방에 작업실도 얻었다. 율이를 마음놓고 떨어뜨려놓을 수 있게 되자 다시 예전의 나로 돌아간 것 같았다. 나 자신이 되는 기분. 그것을 위해서라면 무엇이든 감내할 수 있었다. 머리가 지끈거릴 정도로 강한 섬유유연제 향기까지도. 그마저도 일 년이 지나자 무감각해졌다.

당시 내게 가장 중요한 사람은 율이와 이모님이었다. 아이를 낳은 후 남편과 나는 점점 멀어지다가 그즈음에는 서로를 전혀 상관하지 않는 지경에 이르러 있었다. 그는 매일 밤늦게 퇴근해서 컴퓨터 앞에 앉아 업무를 계속하다가 잠시 눈을 붙이고, 새벽이면 멀끔한 얼굴로 집을 나섰다. 주말에는 투자자들과 골프 라운딩에 나갔다. 대화는 사라진 지 오래였다. 앞으로도 이렇게 살아가야 한다면 헤어지는 게 낫다는 생각도 들었다. 하지만 아이를 위해 무엇이 최선인지 늘 염두에 둘 수밖에 없었다. 아이는 무시무시한 속도로 자랐다. 비 온 뒤의 풀처럼, 한 뼘씩 자라 우리를 놀라게 하곤 했다.

이모님은 취미로 야생화를 키웠고, 종종 우리집에도 화분을 가져다주었다. 손톱만한 꽃잎, 수수깡처럼 길게 올라오는 꽃대, 여리디여린 풀잎 들은 그녀의 손에서 잘 자랐다. 화원에 드나들면서 새로 화분을 들이고, 되팔기도 하는 듯했다. 언젠가 나도 이모님과 율이를 차에 태우고 화원에 간 적이 있다. 퇴근길에 화원에 들른다는 이모님과 동행한 것이다. 매일 저녁 율이와 단둘이 있는 것이 무료하기도 했고, 한파가 온다는 날이라 이모님에게 친절을 베풀고 싶은 마음도 있었다.

등산로 중턱에 있는 화원은 제법 규모가 컸다. 야생화를 구경하고 나오니 해가 저물어 사방이 캄캄했다. 화원 옆에는 카페가 붙어 있었다. 나는 따뜻한 것을 좀 마시자며 앞장서서 그곳에 들어갔다. 온실처럼 꾸며진 카페의 중앙에는 큰 나무 한 그루가 천장까지 닿아 있었고, 가지마다 반짝이는 전구가 매달려 있었다. 우리가 자리에 앉자 종업원이 테이블에 놓인 초를 밝혀주었다. 사방에서 빛나는 불빛이 신기한지 율이도 조용하기만 했다.

"여기 뱅쇼 있네요. 이모님 이거 드셔보세요. 몸이 따뜻해져요."

"나 여기 들어와본 것은 처음이야."

"그러세요?"

나는 자꾸 초를 만지려 손을 내미는 율이를 제지하며 말했다.

"응. 추워서 얼른 집에 갈 생각만 했지 뭐. 그런데 이 안이 정말 따뜻하네."

그날 이모님은 자신의 아들 이야기를 꺼냈다. 그는 십 년째 공무원시험에 매달려 있었다. 될 듯 말 듯 아쉬운 격차로 계속해서 낙방하다보니 사람이 점점 이상해졌다. 혼잣말을 하고, 걸핏하면 화를 내고, 종일 방에 들어앉아 밖으로 나오지 않았다. 이모님은 아들에 대한 걱정을 떨쳐낼 수 없어서 고통스럽다고 했다.

"밤에는 할 수 없이 컵 한가득 술을 마시고 자. 안 그러면 잠이 오지 않으니까. 나 술꾼이야."

이모님은 웃으면서 말했다. 나는 그 말을 듣고 조금 놀랐지만 아무렇지 않은 척 마주 미소 지었다.

"그래도 율이를 보고 있으면 마음이 편안해져."

이모님은 아이를 지그시 내려다보며 말했다.

"나는 아이들이 좋아. 다들 이 힘든 일을 왜 하느냐고 하는데, 어쩌겠어. 내가 좋은걸. 아이들을 보면 모든 시름이 다 잊어지는 걸."

이모님은 유리컵에 담겨 나온 뱅쇼를 조금씩 마시며 발개진 얼굴로 웃었다.

이모님을 댁까지 데려다주는 길에 율이는 차 안에서 잠들었다. 이모님은 어딘가에서 걸려온 전화를 받았고 단답형으로 짧게 대답을 한 뒤 끊었다. 나는 말없이 차를 몰았다. 이모님은 아무것도 보이지 않는 캄캄한 창밖을 바라보더니, 내게 운전은 언제 배웠느냐고 물었다.

"대학교 삼학년 여름방학 때요."

"나도 운전을 배워보고 싶어."

이모님은 나지막한 목소리로 말했다.

"그게 내 버킷 리스트야. 인생 소원."

"운전해서 어디를 가고 싶으신데요?"

"어디든지, 내가 모는 차라는 게 중요한 거지."

그날 이모님은 화원에 함께 갔다 와줘서 고맙다고 몇 번이나 말했다. 짧은 시간이었지만 참 좋았다고, 꼭 여행이라도 다녀온 것 같은 기분이라고 했다. 나는 다음에 또 기회가 되면 같이 가자고 했지만 다시 그런 일은 없었다. 그 겨울 단 한 번뿐이었다.

율이는 감기 한 번 앓지 않고 잘 자랐다. 세 살이 되었을 때 보육시설에 보내는 것도 생각해봤지만 이모님이 반대했다. 그녀는 어린이집을 신뢰할 수 없다고 못박아 말했다. 뉴스에 심심찮게 등장하는 보육시설 학대 사건에 대해서도 줄줄이 꿰고 있었다. 나 역시 아이가 아직 어리다는 그녀의 말에 동의했다. 율이를 돌보는 일에 관해서라면 이모님에게 전권을 맡긴 지 오래였다. 드라마 첫 방송을 앞두고 있던 터라 정신없이 바쁘기도 했다. 매일 원고 마감과 회의가 이어졌다. 이모님은 율이의 방에서 자고 가는 날이 늘었다. 나는 그 시절 아이가 새로 배운 동작과 춤, 기발한 말과 표현들, 잠들기 직전 짓는 표정 따위를 알지 못했다. 그 모든 것은 이모님에게 먼저 포착되었다. 그녀에게서 새로운 소식을 들을 때마다 나는 얼빠진 사람처럼 웃었다. 뭔가 중요한 것을 계속 놓치고 있다는 생각이 들었지만 대안이 없었다.

이모님은 하루에 서너 장씩 아이의 사진을 찍어 내게 보내줬다. 그들의 가장 주된 일과는 집 근방에 있는 산에 다녀오는 것이었다. 율이는 작은 가방을 메고 숲에 들어가서 도토리와 나무 열매 따위를 주워왔다. 일을 마치고 늦은 밤 집에 돌아오면 그날 하루 아이가 채집한 것들이 식탁 위에 죽 늘어서 있곤 했다. 이모님은 잠이 덜 깬 얼굴로 나와서 내게 밥을 먹었느냐고 물었다. 나는 종종 한밤중에 그녀가 끓여주는 만둣국을 먹었다. 어두운 부엌 한편에서 노란 식탁 등을 켜고 조용히 마주앉아 음식을 먹노라면 이 관계가 참으로 기이하다는 생각이 들었다.

나는 어머니의 부재 속에서 성장했다. 어머니는 어머니 역할에 익숙지 않은 사람이었고 나에 대한 책임과 마주할 때마다 당혹스러워 어쩔 줄 몰라했다. 그녀는 내가 음식을 먹는 동안 나를 바라봐준 적이 없었다.

이모님은 내 앞에 앉아 율이가 했던 재미있는 말들을 들려주곤 했다. 내가 그때에만 웃는다는 것을 그녀는 알고 있었다.

방송이 시작된 후에는 종일 율이를 보지 못하는 날이 많았다. 이모님에게서 사진이 전송되어 올 때마다 나는 깜짝 놀라서 먼 곳에 있는 아이를 떠올렸다. 나는 아이를 자주 잊고 지냈다. 대신 아이에 대한 부채감과 죄의식을 메워줄 수 있는 것이라면 얼마든지 돈을 썼다. 값비싼 옷, 장난감, 간식거리들, 그리고 무엇보다 이모님. 당시 나는 이모님에게 그녀의 한 달 치 월급이 넘는 가격의 가방을 선물한 적이 있다. 이모님은 포장을 뜯어보더니 이걸 정말 자신에게 주는 것이냐고 되물었다. 그렇다고 하자 한동안 말을 잇지 못했다.

"내가 어떻게…… 이 귀한 것을 어떻게 받아."

"별거 아니에요. 저희 집에서 이모님이 얼마나 수고를 해주시는데요."

"고마워. 나는…… 뭐라고 말을 해야 할지 모르겠네…… 정말 고마워."

이모님은 깨지기 쉬운 물건이라도 다루듯 가방을 조심스럽게 갈무리하여 집으로 가져갔다.

드라마는 기대 이상으로 반응이 좋았다. 나는 힘들다는 생각도 없이 밤샘작업에 매달렸고, 그 바람에 종영 직후 심한 독감에 걸리고 말았다. 병원에서는 곧장 아이를 격리시키라고 말했다. 이모님은 율이를 자신의 집으로 데려갔다. 나는 며칠간 열을 내며 앓았다. 온몸이 조각조각 부서지는 것처럼 아팠다. 텅 빈 집에 종일 누워 있다가 저녁이 되면 남편이 사다주는 죽을 먹었다. 뜨거운 이마에 그의 손이 선득하게 와닿는 것을 느꼈다. 집안은 숨막히도록 적막했다.

병원에서 받은 약을 다 먹자마자 나는 율이를 데리러 이모님의 집으로 갔다. 전화를 해도 받지 않아 곧장 주소대로 찾아갔다. 그곳은 오래된 복도식 아파트로 건물이 두 동뿐이었는데 주차장이 기이하리만치 넓었다. 아무렇게나 차를 세우고 내려, 일층 복도 맨 끝 집을 찾아갔다. 문 옆의 3단짜리 화분대에는 종이컵만한 크기의 야생화 화분들이 놓여 있었다. 이모님은 나를 보고 깜짝 놀랐다.

"좀더 쉬지, 왜 이렇게 일찍 온 거야?"

"너무 폐를 끼쳤어요. 이제 데려가야죠."

나는 그녀가 청하기도 전에 신을 벗고 집안으로 성큼성큼 들어갔다. 밝은 곳에 있다가 캄캄한 현관에 들어서니 앞이 잘 보이지 않았다. 어둠이 눈에 익자 집안 풍경을 알아볼 수 있었다. 벽면 한쪽을 꽉 채운 장식장—그 안에 빽빽이 세워진 담금주 병이 보였다. 짙은 호박색의 액체 안에 정체 모를 것들이 부유하고 있었다. 나는 그것에서 쉽게 눈을 뗄 수 없었다.

한낮임에도 볕이 들지 않는 거실 구석에서 율이는 만화영화를 보고 있었다. 아이는 나를 별로 반가워하지도 않았다. 오히려 하루만 더 있겠다고 우는소리를 했다.

"이제 막 밥 먹이려던 참인데 같이 먹고 가, 율이 엄마."

"아니에요. 밑에서 남편이 기다리고 있어서요."

나는 거짓말을 하고 서둘러 아이의 짐을 챙겼다. 캐리어에 옷과 장난감을 담고 있는데, 현관 옆방에서 연신 벽이 쿵쿵 울리는 소리가 들렸다. 이모님은 널브러져 있는 아이의 짐을 가져다주면서도, 그 소리를 못 들은 척했다. 나 역시 알은척을 할 수 없었다. 입을 꾹 다물고, 그 방문 쪽을 보지 않으려 애썼다. 소리는 내가 떠날 때까지 계속되었다. 나는 집에 가지 않겠다고 버티는 율이의 팔을 잡아끌었다. 아이는 집에 도착할 때까지 울음을 그치지 않았다.

우리는 아이가 다섯 살이 될 때까지 K시에서 지냈다. 남편의 사업은 그사이 꽤나 자리를 잡았고, 나는 제작사를 옮기면서 목돈을 마련할 수 있었다. 남편과 나는 처음 지도에 원을 그릴 때 중심점으로 삼았던 곳에 집을 샀다. 그것은 성공한 귀향처럼 느껴졌다. 이모님과 헤어지는 것이 아쉽기는 해도, 아이가 자란 만큼 변화는 피할 수 없는 일이라고 여겼다.

이사를 한 달 앞두고 이모님에게 사실을 말했을 때, 그녀는 믿을 수 없다는 얼굴로 나를 바라보았다.

"가면, 어디로?"

"서울요. 원래 율이가 유치원에 가기 전에는 집을 옮길 계획이었어요."

"서울 어딘데, 여기서 먼가?"

"글쎄요…… 차로 가도 두 시간 남짓 걸릴걸요."

"정확한 주소가 어떻게 되지? 내가 차편을 한번 알아볼게. 버스만 다니면…… 나는 지하철은 머리가 아파서 못 타."

나는 잠시 이모님이 무슨 말을 하는지 알아듣지 못했다.

"서울까지 출퇴근을…… 괜찮으시겠어요?"

"바람도 쐬고, 바깥 구경도 하고, 나들이 다닌다고 생각하면 돼. 율이 보고 싶어서 어떻게 일을 그만둬."

다음날 이모님은 내게 이사갈 집 쪽으로 공항버스 노선이 지나간다는 사실을 알려주었다. 왕복 네 시간 차를 타야 하지만 다시금 그건 상관없다고 말했다. 기점부터 종점까지, 편안하게 좌석에 앉아 오갈 수 있다는 것이었다.

"그래도 차비 정도는 줘야겠어. 다들 그러더라고. 차비 정도는 받아야 한다고."

이모님은 쑥스럽게 웃었다. 그간의 수고를 생각할 때, 그녀를 칼로 베듯 잘라낼 수는 없었다. 다만 나는 그녀가 장거리 출퇴근을 오래 버티지 못할 거라고 생각했다. 아이와 내가 새로운 환경에 적응할 때까지 도움을 받으면 좋을 것이라는 계산도 있었다.

이모님은 이사 당일에도 출근했다. 인부들이 들어와 이삿짐을 나르는 동안 아이를 돌보고, 가구들이 흠 없이 빠져나가는지를 감시하고, 커피를 타서 날랐다. 율이가 새집에 가지 않겠다고 떼를 부려서 이모님이 함께 차에 올랐다. 아이는 금세 잠이 들었고, 우리는 그녀의 집 앞에 차를 세웠다. 그녀는 조금 머뭇거리며 인사했다.

"그럼 내일 봐, 율이 엄마."

이모님은 다음날 아침 여덟시가 되기 전에 집에 왔다. 새벽부터 일어나서 준비하고, 정류장을 찾지 못해 한참 진땀을 뺐다고 했다. 낡은 감색 투피스를 입은 그녀는 내가 선물한 가방을 들고 있었다. 정말 나들이라도 나온 듯한 차림이었다.

전과 차이 나게 넓어진 평수나 아이보리 톤으로 맞춰 새로 채운 가구들을 보고도 이모님은 아무 말도 하지 않았다. 온통 새것인 집 한가운데서 그녀는 홀로 이질적인 존재처럼 보였다. 나는 그녀 없이 아무것도 할 수 없다고 생각한 시간이 지나가버렸다는 것을 깨달았다.

이모님은 율이의 방에 들어가서 좀더 편안한 옷으로 갈아입고 나왔다. 이삿짐은 절반도 정리가 되지 않아서 여기저기 상자가 펼쳐져 있었다. 이모님이 청소를 시작한 것을 보고, 나는 율이와 함께 외출했다. 아이의 유치원 등록을 위해서였다.

율이를 본 유치원 원장은 난색을 표했다. 아이가 수와 한글을 모르는 건 둘째 치고 배변훈련도 제대로 되어 있지 않아 입학이 어렵다는 것이었다. 그는 다섯 살이면 늦어도 한참 늦은 셈인데 어째서 아이를 내버려뒀느냐고 야단치듯 말했다. 나는 그간 베이비시터가 아이를 돌봤다고 말했다.

"이제 유모는 필요 없어요, 어머님. 아기가 아닌걸요."

원장의 말을 듣고 보니 그간 한 번도 의식하지 못했던 것들이 눈에 들어왔다. 율이는 또래들보다 모든 면에서 늦되었다. 어휘도 빈약했고, 수도 잘 세지 못했다. 아직까지 이모님의 등에 업혀 다니려고만 했다.

4세 이후 아이들에게는 놀이 선생님을 붙이는 게 요즘 경향이라고 원장은 말했다. 이삼십대 프리랜서 강사들이 아이들과의 놀이를 통해 학습을 유도한다는 것이었다.

"말하자면 가정교사죠. 원하시면 좋은 선생님을 소개해드릴 수 있어요."

율이는 기저귀를 뗀다는 조건으로 입학 대기자 명단에 들어갔다. 창밖으로 교복을 입은 인형 같은 한 떼의 아이들이 지나갔다. 율이는 그 아이들을 물끄러미 바라보았다.

소개받은 놀이 선생님은 전부 이삼십대의 예체능 전공자들이었다. 나는 그중 몇 명을 주말에 아이와 함께 만나보기도 했다. 율이는 그들을 선생님이라 부르며 잘 따랐다. 짧은 시간 만에 아이의 고질적인 버릇들—돌아다니며 밥을 먹고, 걸핏하면 징징대고, 책상에 엎드려 활동하는 모습들이 고쳐지는 것을 보고 나는 깜짝 놀랐다. 아이에게는 그들이 필요해 보였다. 나는 이모님에게 어떤 식으로 우리의 변화를 알려야 할지 고심했다.

이모님은 새벽부터 늦은 밤까지 왕복 네 시간의 고된 출퇴근을 꿋꿋하게 감당하고 있었다. 퇴근시간이면 그녀의 얼굴은 녹초가 된 기색이 역력했다. 하지만 다음날 아침이면 어김없이, 아무렇지 않다는 듯 집 앞에 나타났다.

"해고라고 한마디만 해. 간단하잖아."

남편은 충고하듯 말했다.

"정확히 이야기하지 않으면 절대 끝나지 않을 거야."

그는 내가 이사를 오기 전에 이모님에게 그 말을 했어야 했다고 했다. 당신이 더이상 필요하지 않다는 말, 당신의 쓸모가 다했다는 말. 그런 말을 하고, 또 듣는 것은 사회생활에서 자연스러운 일이라고도 했다. 나는 이것이 *사회생활*과는 다르다고 반박했다. 하지만 결국 한 달이 지난 뒤 이모님에게 마지막 급여를 내놓으면서 사정이 어려워져 더이상 모실 수 없겠다고 말했다. 율이가 유치원에 가면 집에 있는 시간이 거의 없는데다 학비가 생각보다 너무 비싸서 어쩔 수 없다고 했다. 그녀는 굳은 얼굴로 나를 보더니, 혼자서 어떻게 살림을 꾸릴 참이냐고 되물었다.

"제가 직접 하려고요."

"율이 엄마가 직접?"

그녀는 피식 웃었다.

"사정이 그런걸요."

"그러게 이사를 너무 서두른 거야. 서울에 이런 집이라니."

그녀는 비난하듯 집안을 둘러보았다. 나는 입을 꾹 다물었다.

"얼마나 어려운 건데?"

그녀는 돌연 부드러운 목소리로 물었다.

"돈 문제가 많이 힘들면…… 내가 기다려줄 수 있어."

이모님은 흔들림 없는 눈으로 나를 보며 말했다. 돈을 체불해도 좋다는 것인지, 정말 아무 대가 없이 아이를 돌봐주겠다는 것인지, 나는 그녀의 의중을 파악하기가 어려웠다. 지금껏 어떤 경우에도 그녀의 선의를 의심한 적은 한 번도 없었다. 하지만 돈을 받지 않고 오겠다는 말은 이상했다. 그것은 부담스럽고 의아하고, 한편 두려운 것이었다.

나는 그녀를 보는 것이 점점 더 불편해졌다. 처음부터 그녀를 이곳에 오게 하지 말았어야 했다는 생각이 들었다. 내 상황이 영영 나아지지 않을 거라고 해도, 일할 만한 다른 집을 알아봐주겠다고 해도 이모님은 꿈쩍하지 않았다. 때로는 그녀가 내 모든 속내를 꿰뚫고 오기를 부린다는 생각도 들었다.

"그냥 이대로 지내면 돼, 율이 엄마."

이모님은 내가 쓸데없는 걱정을 한다는 듯 웃으며 말했다.

"난 정말 이대로도 좋으니까."

그뒤로는 아침에 이모님이 도어록을 여는 소리가 들리기만 해도 집안이 그 여자의 존재로, 속이 울렁거리는 향기로 가득차는 것 같았다. 나는 아침마다 피신하듯 집을 나왔고 하릴없이 근처의 카페에 머물다가 이모님의 퇴근시간에 맞춰 들어갔다.

새 이웃들은 이미 나를 잘 안다는 듯 인사해 보였다. 율이와 이모님을 만난 적이 있다는 것이었다. 그들은 내가 몇 살인지, 무슨 일을 하는지, 전에 살던 곳이 어디인지까지 알고 있었다. 같은 일이 얼마쯤 반복되고 나서야 이모님이 나에 대해 말하고 다녔다는 사실을 알게 되었다.

"친정어머니가 아이를 돌봐주시니 얼마나 좋아요?"

엘리베이터 앞에서 처음 보는 한 노파가 내게 말했다.

"그 먼 곳에서 오가는 일이 쉬운 일이 아닌데. 따님을 정말 자랑스러워하시는 것 같아요. 힘들지 않으시냐고 하니까 딸이 더 힘들다고 하시던데. 드라마 작가라면서요? 사위는 집안일도 잘 안 도와준다고 흉을 보시더라고. 어머니 용돈 많이 드려요."

내가 집에 돌아왔을 때, 이모님은 환한 햇살이 들어오는 거실 한가운데서 율이와 소꿉놀이를 하고 있었다. 나는 그녀에게 다른 말은 한마디도 하지 않았다. 다만 그날까지 일한 임금을 지불했고, 더이상 그녀가 필요 없다는 말을 분명히 했다. 그녀는 율이와 마지막 인사도 제대로 하지 못하고 집을 떠났다. 얼마 뒤 나는 율이의 방에서 그녀의 작업복이 들어 있는 쇼핑백을 발견했다. 그것을 어딘가 쑤셔박아뒀다가 결국은 버렸을 것이다. 이제는 기억나지 않는다.

율이는 금세 기저귀를 떼고 3월에는 다른 아이들과 함께 유치원에 입학했다. 나는 마트에서 반찬을 사다 먹었고, 일주일에 세 번 청소 용역을 불렀다. 모든 것이 만족스럽지는 않았지만 그런대로 적응했다. 그리고 얼마 후 표절 사건이 터졌다. 지난 시즌 방영된 나의 드라마 극본이 한 영화감독 지망생의 시나리오를 베낀 거라는 주장이 나온 것이다.

그 지망생은 기자와의 인터뷰에서 자신이 나의 제자라고 밝혔다. 나는 수년 전 드라마 창작 수업에서 봤던 이십대 초반의 남자를 가까스로 떠올렸다. 지각과 결석이 잦았던 것, 합평에서 쓴소리를 듣고는 내게 험악한 메일을 보냈던 것도 기억해냈다. 하지만 내가 개인적으로 검토했다는 그의 시나리오는 기억해낼 수 없었다. 나는 학생들과 개인적으로 그 어떤 소통도 하지 않았다. 내 수업을 듣는 사람이라면 모두 그 사실을 알고 있었다.

그는 자신의 시놉시스와 나의 극본 구성을 보기 좋게 표로 짜서

캐릭터와 소재의 유사성을 비교해놓았다. 나는 작가가 된 이래 가장 많은 연락을 받았다. 방송사와 제작사 측은 내게 빨리 시인하거나 부인하는 입장을 밝히라고 했다. 나는 변명이나 해명을 해야 할 필요를 느끼지 않았다. 내가 저쪽의 시나리오를 본 적이 없다는 사실을 입증할 수도 없을뿐더러, 저쪽에서 공개한 증거라는 게 헐거운 얼개만 있는 시놉시스에 불과했기 때문이다. 불씨를 키우는 것이야말로 저쪽이 원하는 것이라고 생각했다. 나는 아무 말도 듣지 않고, 아무 말도 하지 않았다.

나중에야 그것이 얼마나 어리석은 행동이었는지 깨달았다. 세상이 얼마나 많이 우연에 의해 좌우되는지 그때는 몰랐다. 그로 인한 불리함을 겪어본 적도, 내쳐짐을 당해본 적도 없었던 것이다.

나는 추문이 저절로 가라앉기를 기다리며 계속 원고를 썼다. 그렇게 하면 된다고 믿었다. 하지만 시간이 한참 지나고서도 나는 다시 제자리로 돌아오지 못했다. 나를 믿는 사람은 아무도 없었다. 나는 위축되었고 힘을 잃었다. 모든 것을 상쇄할 만한 작품을 써낼 수도 없었다. 영화감독 지망생은 그후 성공적으로 첫 작품을 발표했다. 내가 베꼈다고 주장한 시나리오와는 전혀 다른 내용이었다. 그는 다시 나를 지목하거나 거론하지 않았다. 하지만 아주 오랫동안 그와 나의 이름은 연관검색어로 묶여 있었다.

아무것도 쓰지 못하는 삶, 어떠한 새로움도 없이 거죽만 남은 채 쳇바퀴를 도는 삶은 내가 가장 두려워했던 것이었다. 하지만 실제로 그렇게 끔찍하지는 않았다. 매일 하루씩 시간이 지나갔을 뿐이다. 버스에 잘못 올랐다는 사실을 알아차린 뒤 스스로를 미워하고 자책하고, 허둥지둥 내릴 곳을 찾다가 모든 게 이미 늦었음을 깨닫고 체념해버리듯이. 나는 두 발을 늘어뜨리고 창밖을 바라보았다.

상념에 붙잡히지 않고 시간을 보내기 위해서 나는 할일을 찾았다. 누구의 도움도 받지 않고 아이를 돌보고 집안일을 해냈다. 처음에는 모든 게 어설펐지만 점점 요령이 생겼고, 능숙해졌다. 찹쌀가루로 풀을 쒀서 김치를 담그고, 밀가루 반죽을 밀대로 밀어 만두를 빚었다. 서랍은 꼭 골판지 따위로 구획을 만들어 정리했다. 아들의 땀에 젖은 운동복은 구연산을 풀어넣은 물에 하루쯤 담갔다가 빨았다. 그 모든 것은 이모님에게 배운 것이었다.

밤이 되면 그때껏 잠복해 있던 망상이 기척 없이 일어나 머릿속을 점령했다. 잠깐 졸다가도 누군가 떠드는 소리, 웃는 소리, 거칠게 문을 두드리는 소리에 소스라쳐 깼다. 죽어버려, 작지만 분명하게 속삭이는 어린아이의 목소리를 들었다. 나는 나를 결박하듯 독주를 마시고 고꾸라져 잠들었다. 결국 나는 더이상 글을 쓸 수 없었다. 나는 친밀했던 누군가의 죽음처럼 그 사실을 서서히, 그러나 종내는 완전히 받아들였다.

한동안 잊고 지냈던 이모님을 다시 떠올린 것은 마트에서 맡은 익숙한 향기 때문이었다. 섬유유연제 홍보행사를 하는 중이었는데, 그곳에서 들이민 시향지에서 그 향기를 맡았다. 나는 저절로 발걸음을 멈추었다. 눈을 감은 채로도 그 향기를 알아챌 수 있었다. 그것은 인공적인 바닐라향이었다. 사람의 체취에 섞여 조금씩 다르게 느껴지는 향기. 내가 아는 사람에게서는 바닐라와 술의 향기가 났다. 달콤하고 시큼한 향기. 나는 율이에게 그 향기를 맡아보라고 했다. 아이는 아무 감흥이 없었다.

율이는 이모님을 기억하지 못했다. 생애의 가장 작고 약한 시절 자신을 안아주고 지켜준 다른 누군가가 있었다는 사실을 까맣게 잊어버렸다. 하지만 한편 그애는 만둣국을 제일 좋아하고, 숲을 제집처럼 쏘다니며, 오래된 나무를 올려다보는 것을 가장 좋아하는 소년으로 자랐다. 아이는 열다섯 살이 되면서 남편의 키를 앞질렀다.

나는 종종 이모님에게 아들을 보여주고 싶었다. 그녀와 좋지 않게 헤어진 것이 후회스러웠다. 우리는 좀더 잘 헤어질 수도 있었을 것이다. 그녀가 나를 딸로 여겼든 아니든, 인생의 한 시기 우리가 가장 가까운 관계였던 것만큼은 사실이었다. 그녀를 한 번쯤 다시 보고 싶었다. 터무니없지만, 나는 언제든 그녀가 나를 반갑게 맞아줄 거라고 생각했다.

율이가 고등학교에 들어가면 남편과 나는 이혼 절차를 마무리하기로 합의했다. 결혼생활은 예전에 망가졌지만, 남편에게 젊고 아름다운 애인이 생기고 나서야 우리는 헤어질 수 있었다. 우리의 싸움과 냉전, 무관심과 눈속임의 세월을 오랜 시간 지켜본 율이는 이야기를 듣고도 놀라지 않았다. 그애는 그저 하루라도 빨리 집을 떠나고 싶어했다. 몇 년이 지나면 아이는 집에서 가장 멀리 떨어진 대학으로 갈 것이고, 그후에는 영영 돌아오지 않을 것이다.

돈벌이가 시급해진 나는 실로 오랜만에 극본을 들고 사람들을 만나러 다녔다. 내 극본을 읽어주는 사람은 없었다. 그저 공처럼 굴러다니면서 이 사람 저 사람의 발길에 차이는 기분이었다. 연출자들은 내가 너무 낡았다는 말, 이제 이런 극본은 어디서도 원하지 않는다는 말, 돈이 급하면 과외 자리라도 알아봐주겠다는 말을 스스럼없이 내뱉었다. 그들은 제멋대로인 어린아이처럼 굴었고 나는 가난하지만 마음이 넉넉한 아주머니처럼 웃었다. 나는 창피를 몰랐고, 뻔뻔스러웠다. 문턱이 닳도록 그들을 찾아갔고, 풀씨만한 희망에 기대어 악착같이 물고늘어졌다. 그렇게 해서 겨우 작은 일을 얻었다. 남편의 말은 일부 옳았다. 모든 것은 일련의 *사회생활*인 것이다.

오후로 접어들자 교복을 입은 학생들이 하나둘 맥도날드 안에 들어섰다. 나는 자리에서 일어나 차에 올랐다. 근방의 길이 하나도 바뀌지 않아 아파트를 찾기는 쉬웠다. 기억하던 대로 널따란 주차장에 차를 세우고, 잠시 차 안에 앉아 내가 왜 이곳에 왔는가 생각해봤다. 그녀가 아직 이곳에 살고 있는지도 알지 못하는 상황이었다. 하지만 와보지 않을 수 없었다. K시에 오면서, 나는 이미 결심했던 것이다.

그 아파트는 전보다 더 낡았지만 방치된 건물처럼 보이지는 않았다. 외벽의 색깔, 난간, 현관의 계단, 모든 것이 지나치게 쓸고 닦아 색이 바랜 느낌이었다. 일층 복도 끝 집에는 여전히 문 옆에 화분대가 있었다. 나는 그 앞으로 다가가 종이컵만한 크기의 화분들을 내려다보았다.

그때 갑자기 집안에서 웅성이는 소리가 들렸다. 나는 급히 복도 중앙으로 물러나 비상문 뒤로 몸을 숨겼다. 문이 열리고, 집에서 아이와 여자가 나왔다. 나이든 여자와 두 살쯤 되어 보이는 남자아이였다. 여자는 자그마한 체구에 어깨 정도 오는 파마머리였고, 청바지에 검정색 패딩 파카를 입고 있었다. 막 걸음마를 시작한 듯 보이는 아이가 복도를 뒤뚱뒤뚱 걸어갔다. 여자는 그 옆에서 아이의 손을 잡고 걸어가다가 우뚝 걸음을 멈추었다. 나는 나도 모르게 숨을 죽였다.

"눈이다!"

"눈이다."

아이가 여자의 말을 따라 했다.

"응, 눈이야. 올해 첫눈."

여자는 손을 앞으로 내밀어 보였다. 활짝 펼친 손바닥으로 한

송이 두 송이 눈이 떨어졌다. 아이도 여자를 따라 했다. 반짝이는 빛이 그들의 손에 내려앉았다가 이내 녹아 사라졌다. 아이는 기쁘게 비명을 질렀다.

잠시 후 여자가 아이를 달랑 업고는 내 옆을 스쳐지나갔다. 그들은 주차장으로 향했다. 여자는 한 손으로 아이를 안고, 다른 한 손으로 하얀 소형차의 문을 열었다. 아이를 뒷좌석 카시트에 앉히느라 잠시 용을 쓰더니 운전석에 앉았다.

자동차는 빠르게 아파트 단지를 빠져나갔다. 나는 멍하니 그 모습을 지켜보았다. 내가 본 사람이 이모님이 맞는지 모르겠다는 생각이 들었다. 방금 분명히 두 눈으로 보았는데도 잘 가늠이 되지 않았다. 그녀는 예전과 같으면서도 완전히 다른 사람 같았다. 나는 그 이유가 무엇인지를 골몰히 생각했으나 좀처럼 찾아낼 수 없었다. 뭔가를 놓친 듯 초조한 기분이 들었다.

천천히 아파트에서 빠져나와 차에 올랐을 때, 나는 비로소 그것이 무엇인지를 깨달았다. 향기. 그 여자에게서는 아무 향기도 나지 않았다. 눈과 바람의 차가운 공기 말고는 아무것도 없었다. 눈발이 점점 굵어지더니 곧 앞이 보이지 않게 날렸다. 눈송이가 툭툭 소리를 내며 유리창 위로 떨어졌다. 나는 시동도 걸지 않고 앉아 있다가 한기에 몸을 떨었다. 몸을 데워줄 뭔가를 먹고 싶었다. 펄펄 끓인 만둣국, 새빨간 뱅쇼, 아니 따뜻한 물 한 잔이라도. 눈은 나를 집어삼킬 듯 점점 더 무겁게, 무겁게 내려앉았다.

참새 잡기

그날 새벽, 나는 악몽을 꾸다가 깼다. 휘가 혼자 깊은 연못으로 뛰어들어가는 꿈이었다. 안 돼, 손을 휘젓다가 일어났는데 온몸이 축축하게 젖어 있었다.

휘는 내 옆에서 코를 골며 자고 있었다. 거실에서 두런두런 말소리가 들렸다. 우석과 그의 어머니 목소리였다. 사방이 고요해서 속삭이는 소리가 전부 다 귀에 들어왔다. 그들은 연휴 일정에 대한 이야기를 하고 있었다. 이렇게 매번 처가에 들르지 않아도 되는 거니, 라고 어머니가 묻자 우석은 괜찮아요, 라고 말했다.

"애엄마는 친정이 없는 셈인걸요."

시어머니는 아무 말도 하지 않았다. 곧 집안에 빵 굽는 냄새가 풍겼다. 허기와 앙심이 동시에 일어났다.

우석의 말대로 나의 본가는 오래전에 산산조각났다. 어머니는 내가 초등학교에 들어가기 전해에 세상을 떠났고, 아버지는 그 화장터의 재가 식기도 전에 재혼했다. 아버지는 나를 할머니에게 떠맡기고 새로 맞은 부인을 집에 들였다. 그 여자와 헤어진 뒤에는 또다른 여자를 들였다. 나는 아버지를 증오하는 힘으로 십대와 이십대를 보냈고, 삼십대가 된 후에는 심리 상담으로 그 문제에서 벗어나느라 시간과 돈을 꽤나 날려야 했다. 우석은 그 모든 일을 알고 있었다. "없는 게 더 나은 가족도 있어." 그것은 내가 입버릇처럼 하던 말이었다. 그런데 왜 그의 '없다'는 말이 가슴에 와 박혔는지 모를 일이었다.

우석의 가족은 연휴 때마다 국내외로 함께 여행을 다녔다. 결혼 후에는 나도 자연스럽게 합류하게 되었다. 올해 추석에는 바닷가에 인접한 단독 펜션으로 예약을 잡아놓은 참이었다. 우리는 추석 전날 시댁에 도착했다. 휘는 다음날 오는 사촌형들을 기다리느라 목이 길게 늘어졌다. 텔레비전을 보다가 휴대폰 게임을 하다가 종내는 지겨운지 다 그만두었다. "밖으로 나갈래?" 내가 묻자 아이는 얼른 나를 따라나섰다. 근방의 소나무밭을 한 바퀴 돌고, 버들치가 많이 산다는 연못을 들여다보고 나니 역시 더는 할일이 없었다. 나는 아이와 같이 축대에 앉아 하릴없이 주변을 둘러보았다.

"어, 참새다."

아이의 발치에 참새 한 마리가 날아들었다.

"참새 잡아줄까?"

"엄마 그런 것도 할 줄 알아요?"

휘의 눈동자에 이채가 돌았다. 나는 얼른 집으로 들어가서 덫으로 쓸 만한 소쿠리와 막대기, 실을 찾아 가지고 나왔다. 소쿠리를 막대기로 괴어놓는 나를 휘가 미심쩍게 바라보았다.

"이러면 참새가 온다고요?"

"여기 미끼가 있잖아."

나는 과자 부스러기를 근처에 뿌려놓았다. 아이와 같이 축대 뒤에 숨어서 고개만 빼꼼 내밀고 새가 오는지 살펴보았다. 휘는 손으로 입을 막고 킥킥 웃었다.

참새는 나타나지 않았다. 십 분, 이십 분이 지나도록 사방은 고요하기만 했다. 땅은커녕 하늘 위로 날아가는 새 한 마리 없었다. 진작 흥미를 잃은 휘가 집으로 뛰어들어갔다. 나는 홀로 쪼그리고 앉아 텅 빈 덫을 바라보았다. 가까이 가보니 과자 부스러기 주변으로 개미떼만 새까맣게 몰려들어 있었다.

그러고 보니 밤새 새덫을 그대로 두고 잊었다. 나는 서둘러 방에서 나왔다. 우석이 웃으며 잘 잤느냐고 물었다. 나는 그가 건네는 커피를 받아들고 집밖으로 나갔다. 새덫은 텅 비어 있었다. 막대기에 매달린 실을 잡아당기자 소쿠리가 풀썩 주저앉았다. 근처에 늘어져 있던 개들이 몸을 세우며 짖었다. 자갈 구르는 소리가 들리더니 진회색 SUV가 도착했다. 시누이 가족이 온 것이다.

시누이 부부는 휘에게 작은 낚싯대를 선물했다. 바다낚시를 갈 거라고 했다. 혼자 노느라 지루했던 휘는 사촌형들을 만나 신이 났다.

여행지로 출발하기 직전 나는 우석을 구석진 곳에 데리고 가서, 아무래도 함께 가지 못하겠다는 말을 꺼냈다.

"갑자기 왜?"

"아버지한테 가려고. 할머니가 보고 싶어."

우석은 말없이 나를 바라보았다. 사 년 전 나는 아버지와 마음 상하는 일이 있었고, 그후 왕래 없이 지냈다. 명절에도 연락 한 번 하지 않았다. 우석은 그동안 그 일에 대해 한 번도 자세히 묻지 않았다.

"알았어. 나도 휘와 함께 갈게."

"아니, 아버지가 부담스러워하실 거야. 이번엔 나 혼자 다녀올게."

우석은 잠시 망설이다가 이내 고개를 끄덕였다. 그는 내게 자동차를 가져가라고 했다. 자신과 휘는 누나의 차를 타겠다고 했다.

휘는 내가 함께 여행을 가지 않는다는 사실에 조금 당황했지만 그렇다고 바다낚시를 포기할 생각은 추호도 없었다. 아이는 금세 손을 흔들고 사촌들과 달려갔다. 우석만이 우두커니 서서 내가 가는 것을 지켜보았다. 나는 작별인사도 하지 않고 떠났다.

사 년 만에 아버지에게 전화를 걸었다. 그는 신호가 울리자마자 전화를 받았다. 나예요, 라고 말하자 안다, 고 대답했다. 할머니를 뵈러 갈 거라고 하자 당혹스러울 정도로 한참 말이 없더니 우석과 휘도 오는 거냐고 물었다. 나는 혼자 간다고 했다. 아버지는 헛기침을 했다. 하루 자고 갈 거예요, 라고 말하자 그래라, 하고 대답했다.

나는 자동차가 한 대도 없는 국도를 달리면서 지난 사 년의 시간을 돌아보았다. 가장 큰 사건이라면 월급 약사 생활을 청산하고 개인 약국을 연 것, 그리고 그 약국을 폐업한 것이었다. 당시 나는 십 년간 월급 약사로 모은 돈에 대출까지 한껏 받아 시내 사거리 건물 일층에 약국 자리를 얻었다. 위층 이비인후과에는 텔레비전 방송으로 꽤나 유명세를 탄 원장이 있었다. 주말에도 문을 여는 그 병원과 합을 맞추어 휴일도 반납하고 쉼없이 일했다. 돈 버는 재미에 힘든 줄도 몰랐다. 그 시절 휘에 대한 기억은 뭉텅뭉텅 잘려 있다. 단어만 겨우 말하던 아이가 어느 날 갑자기 어른처럼 말하는 것을 보고 깜짝 놀라는 식이었다.

휘는 손이 많이 가는 아이가 아니었다. 사내아이치고는 조용하고 세심한 축에 속했다. 혼자서 책을 읽거나 퍼즐 맞추기를 좋아했다. 약국에서 사납게 소리지르는 애들을 보면 눈살이 찌푸려졌다. 내 아이는 *저런 아이*들과 다르다고 생각했다. 휘는 베이비시터 손에서 자랐다. 기계처럼 일과를 수행하는 것 외에 다른 생각을 하는 게 불가능할 정도로 분주한 나날이었다. 늘 충혈된 눈에 반수면상태인 나를 보고 우석은 이렇게까지 해야 되느냐고 자주 물었다.

우석은 대학 졸업 후 시부모님이 운영해온 전선 공장을 이어받았다. 부모님 때 저가 중국산이 밀려들면서 건설현장이 잠식되다시피 했지만, 그만큼 국내 경쟁업체도 빠져나가 국산품으로는 유일하게 살아남은 꼴이 되었다. 우석은 이러저러한 특수를 누리며 작은 규모의 회사를 실속 있게 꾸려나갔다. 시부모님은 그에게 일을 물려준 후 지방으로 내려가 소나무를 키우며 생활하고 있었다. 매 끼니 앞장서 식사 준비를 하는 시아버지와 근방의 노인대학에서 음악 강사로 봉사하는 시어머니. 두 사람은 기분이 내킬 때마다 블루스를 추며 큰 소리로 웃음을 터뜨렸다. 나는 눈을 가늘게 뜨고 이건 너무 과시적이지 않나 생각했지만 정작 그들은 평온해 보이기만 했다. 나로서는 어머니가 살아 있을 때는 물론 할머니의 집에서도 경험해보지 못한 분위기였다.

어머니를 생각하면 어두운 침실, 쓰고 텁텁한 약 냄새, 환기가 안 되어 답답한 공기가 떠올랐다. 어머니는 본디 병약한 사람이었다. 하루 한두 차례 어린 나를 침대 옆으로 불러 끌어안아주는 것 말고는 해줄 수 있는 게 없었다. 세상을 떠나기 전 마지막 해에 어머니는 자주 울었고, 나는 그것이 나 때문이라는 것을 알았다. 아버지는 믿을 만한 사람이 아니었다. 사업을 한다고 사방으로 돌아다녔고, 여자들을 만났고, 할머니의 돈을 써댔다.

할머니는 서울의 고속버스터미널에서 식당을 운영했다. 그녀는 일찍이 부동산 투자로 재미를 봤다. 할아버지는 이름만 있는 존재였다. 그는 죽는 날까지 집안에 틀어박혀 바둑을 두거나 책을 읽기만 했다. 할머니는 상관하지 않았다. 할머니가 상관하는 존재는 아버지뿐이었다. 아버지만이 할머니가 직접 싼 도시락을 먹었고, 할머니와 학력고사장에 동행했고, 대학 졸업과 동시에 할머니에게 검정색 포니 자동차를 선물 받았다. 다른 자식들—고모와 삼촌이 있었다—의 질투와 원망으로 이층 양옥집이 부글부글 끓었다. 아버지가 사업에 연달아 실패하고, 인생이 점점 늪으로 빠지는 것 같은 모양새가 될수록 할머니의 편애는 노골적으로 변했다. 한평생 백반과 비빔밥을 팔아 벌어들인 돈, 주변의 모두가 부러워하던 크고 작은 부동산이 시간을 두고 차근차근 아버지의 사업 자금으로 사라졌다. 내가 할머니 집으로 보내졌을 때는 이미 가세가 많이 기울어 있었다. 자연히 고모와 삼촌이 나를 보는 시선도 곱지 않았다.

할아버지는 돌아가시기 전 유언으로 할머니에게 아버지를 '버려야 한다'고 말했다. 모두가 한목소리로 하는 말이었지만 할머니는 듣지 않았다. 할머니는 여러 차례 파산 직전까지 갔다가 무일푼으로 다시 시작하느라 칠순이 다 되도록 식당을 그만두지 못했다. 나는 노인이 아니다, 라고 할머니는 종종 말했다. 돈을 버는 사람, 자기 삶의 수단을 가진 사람은 쉽게 쓰러지지 않는다고.

지난 연말 약국이 흔들리기 시작했을 때 나는 할머니의 삶을 자주 복기했다. 위층 이비인후과 원장이 다른 지역으로 스카우트되어 떠나고, 새로 온 원장의 딸이 같은 층에 약국을 오픈하기까지 일련의 과정이 두어 달 사이에 벌어졌다. 손님이 썰물처럼 빠져나간 텅 빈 약국에서 종일 약상자를 정리하고 또 정리하면서 이대로 쓰러질 수는 없다고 중얼거렸다. 하지만 얼마 안 되어 팬데믹이 왔다. 비타민과 유산균을 사러 오던 단골들마저 씨가 말랐다. 하염없이 빠져나가는 월세와 회수할 길 없는 권리금 때문에 애를 태우다 결국 약국 문을 닫은 것이 지난 5월이었다.

나는 휘가 태어난 후 전적으로 양육을 맡겼던 베이비시터를 해고했고, 아이와 같이 집에 들어앉았다. 그것이 전염병이 전 세계를 휩쓴 근간에 내게 일어난 일이었다.

목적지 근방이라는 내비게이션의 안내 음성이 나온 뒤에도 인가 한 채 없는 산길이 끝없이 계속되었다. 나는 핸들을 붙잡고 허리를 바로 세웠다. 급하게 오느라 마땅한 선물을 준비하지 못한 것이 신경쓰였다. 정 안 되면 봉투에 돈을 담아 드릴 수도 있을 것이다. 쓸데없는 선물보다 현금이 훨씬 낫다는 것이 할머니의 지론이었으니까.

세월을 이긴 듯 정정하던 할머니도 칠순을 넘기면서 눈에 보이게 기세가 꺾이기 시작했다. 돈 계산을 틀리기 시작하자 장사를 더 할 수 없게 되었다. 아버지는 할머니의 식당을 정리해서 강원도에 땅과 공장을 사들였다. 그리고 할머니와 이곳에 정착했다. 건강식품 사업을 구상중이라고 했는데 그후 일이 어떻게 되었는지는 알지 못했다.

구불구불한 오르막길 끝에서 갑자기 시야가 탁 트이더니 마을 입구가 보였다. 남색 점퍼를 입은 키 큰 남자가 멀리서 손을 흔들었다. 아버지였다. 집 근처에는 차를 댈 곳이 없다고, 마을회관 공터에 주차하라고 했다. 나는 그가 시키는 대로 했다.

"살이 좀 빠지신 것 같아요."

"그러냐."

아버지는 피식 웃으며 손으로 턱을 문질렀다. 그는 내 짐가방을 들고 앞서 걸었다. 배추밭 사이로 한두 사람이 겨우 지나갈 만한 길이 나 있었다. 집에 도착할 때까지 우리는 아무 말도 하지 않았다.

그곳은 사람이 사는 집이 전부 다 해서 이십 호도 안 되어 보이는 작은 마을이었다. 후미진 골목 끝에 다다르자 나란히 서 있는 집 두 채가 보였다. 아버지는 그중 오른쪽 집의 문을 열고 들어갔다. 마당의 텃밭에 길게 웃자란 잡초가 무성했다. 할머니가 내 이름을 부르며 나왔을 때, 나는 흠칫 놀랐다. 할머니가 너무 노쇠해 보였던 것이다. 염색을 그만둔 새하얀 머리카락 때문인지, 눈에 띄게 구부정해진 허리 때문인지, 아니면 단지 팔십대가 되었기 때문인지 알 수 없었다. 할머니는 손을 뻗어 나를 안았다.

"잘 왔다."

쿰쿰하고 달짝지근한 냄새가 났다.

아버지만을 향했던 할머니의 편애가 어떻게 내게 이양되었는지 나로서는 알 수 없다. 그것은 내가 바란 적 없던 행운 같은 것이었다. 할머니는 아버지가 데려온 나를, 오래전 잃었다가 다시 찾은 막내딸처럼 받아들였다. 직접 침대와 책상을 골라 방을 꾸며주었고, 혼자만 식탁으로 불러 특별식을 차려주었다. 아버지를 제외한 다른 자식들도 누려보지 못한 호사였다. 나는 티켓 없이 일등석에 오른 사람처럼 황송했고, 어떤 식으로든 값을 치러야 한다는 생각으로 조급했다. 아버지가 개입되지만 않는다면 그런 관계도 나쁘지 않았다. 하지만 아버지는 개입되었다. 늘 우리 사이를 비집고 들어왔다.

"너 수제비 좋아하지?"

아버지는 할머니가 아침부터 김치수제비를 끓여놓았다며 어서 들어오라고 손짓했다. 나는 신을 벗고 들어갔다. 거실 바닥이 놀랄 만큼 차가웠다.

할머니는 안방 아랫목에 나를 앉혔다. 텔레비전 뉴스에서 명절 가족 간 감염 예방에 대한 지침이 나오고 있었다. 나는 우석과 휘가 미열이 있어 함께 오지 못했다고 거짓말했다. 할머니는 아무래도 좋다는 듯 고개를 끄덕였다.

사 년 전 일에 대해서는 누구도 이야기하지 않았다. 그러기로 다 같이 약속이라도 한 것 같았다.

"네 약국은 좀 어떠냐?"

할머니가 물었다.

"5월에 문을 닫았어요."

"왜?"

"코로나잖아요."

아버지가 지긋지긋하다는 듯 내뱉었다.

"대기업도 문을 닫는다고요."

할머니는 아깝다는 말을 몇 번이고 되풀이했다. 나는 말없이 냉면기에 가득 담긴 수제비를 먹었다. 수제비 국물은 싱겁고, 뜨겁고, 조금 비렸다. 멸치육수가 잘못된 것 같았다.

식사를 마친 뒤 아버지는 내게 공장에 가보겠느냐고 물었다. 나는 그를 따라 일어섰다. 집에서 멀지 않은 곳에 조립식 패널로 지어진 공장이 있었다.

아버지는 철문에 매달린 자물쇠를 열고 들어갔다. 마른 한약재 냄새가 났다. 오백 평 이상 되는 공장 안에 보이는 것은 테트리스처럼 겹겹이 아슬아슬하게 쌓아올린 엄청난 양의 종이상자들뿐이었다.

아버지는 중국에서 원재료를 수입하여 한방차와 천연 약품, 건강증진 식품을 조제해서 판매한다고 했다. 올해 초에 수입 일정이 지연되어 마음을 졸이기도 했지만 천연성분으로 만든 손 소독제가 소위 대박이 났다고, 자신만은 코로나 덕을 봤다고 했다.

"이리 와라, 커피나 한잔 마시자."

아버지는 건물 한쪽 구석의 사무실 문을 열었다. 기역자로 붙어 있는 책상 앞에 의자를 두 개 끌어다 놓고, 전기포트에 물을 올렸다. 물이 끓자 분말 커피를 타서 내게 건네주었다.

"네 할머니 때문에 힘들다."

뜬금없이 아버지는 그런 말을 꺼냈다.

"노인네가 최근에는 아무 의욕도 없고, 종일 누워만 있어. 나이 들어 그러고 있어봐라. 퍽퍽 늙는 거야, 퍽퍽. 너도 봤지? 나까지 우울증에 걸릴 지경이다."

나는 말없이 커피를 마셨다. 아버지가 무슨 말을 하는 건지 감이 오지 않았다.

"네 고모와 삼촌은 아무것도 모르고 떠들지만, 사실 가장 큰 피해자는 바로 나야."

고모는 결혼 전까지 집안 살림을 맡아 했고, 자기만의 시간 따위는 가져보지 못했다. 삼촌은 명문대를 나온 재원이었지만 집안에서는 유령처럼 존재감이 없는 막내였다. 할머니는 그들이 어느 학교에 다니든, 무슨 일을 하든, 누굴 만나 결혼하든 관심이 없었다. 그것은 온통 아버지 차지였다. 나는 나도 모르게 입술을 비틀며 웃었다.

"피해자요?"

아버지는 조용히 나를 노려보았다.

"너는 참 여전하구나. 나를 매양 나쁜 사람 취급해."

그 말은 사 년 전 일을 떠올리게 했고, 나는 입을 다물었다. 아버지는 다 마신 종이컵을 구겨서 버리더니 그만 나가자며 자리에서 일어났다.

그날 아버지는 집 앞으로 나를 만나러 왔다. 당시 나는 출근길에 교통사고를 당해 일을 쉬고 있었다. 경미한 사고였으나 뼈가 부러졌고, 회복이 더뎠다. 일을 쉬면서 개국 생각을 한 것도 그 때문이었다.

아버지는 내게 집 근처 카페로 나오라고 했다. 발 깁스를 하고 있으니 집으로 오시라고 해도 극구 밖으로 불러냈다. 나는 절룩거리며 그를 만나러 갔다. 아버지는 내 꼴을 보고 치료는 잘 받고 있느냐고 묻더니 대답도 듣지 않고 용건을 꺼냈다. 지금 내 약사 면허가 어느 약국에 걸려 있느냐는 것이었다. 당분간 일을 쉴 작정이라면 면허증을 좀 빌리자고, '새로 시작하는 사업'에 그것이 필요하다고 했다.

"그건 불법이에요. 적발되면 면허정지라고요."

"뭘 그렇게 빡빡하게. 공짜로 쓰겠다는 거 아니다."

그는 목이 타는지 아이스커피를 한 모금 마셨다.

"한 달에 이백 어떠냐. 이 돈 주면 내놓는다는 사람 많아. 딸이니까 먼저 묻는 거야. 기회를 주는 거라고."

"그 기회 다른 사람 주세요."

나는 조용히 말하고 자리에서 일어났다. 집으로 돌아와서 손을 씻고 차가운 물을 한 잔 마셨다. 잠시 후 휘가 어린이집에서 돌아왔고, 우석이 퇴근했다.

할머니에게서 전화가 걸려온 것은 그날 저녁부터였다. 할머니는 고저 없는 목소리로 아버지에게 면허증을 넘기라고 했다. 마치 물을 떠오라거나 책을 이리 가져오라고 말하는 투였다. 그 일은 아버지의 마지막 사활이 걸린 것이라고, 내가 돕지 않으면 그는 영영 재기하지 못할 것이라고 했다. 자식이 부모 뜻을 거슬러서는 안 된다고, 그런 식으로는 자손들이 절대 잘될 수가 없다고 휘에 대한 저주 비슷한 말도 했다. 할머니는 집요했다. 내가 승복할 때까지 전화하겠다는 듯, 늦은 밤과 아침을 가리지 않았다. 나는 우석이 들을까봐 두려워 절룩거리며 화장실로 가서 전화를 받았다.

"그러다 일이 잘못되면 나는요? 나는 어떻게 해요?"

내가 호소했을 때, 할머니는 냉랭한 침묵을 지켰다. 그때 깨달았다. 그녀가 나를 받아들인 것은 나를 '아버지에게 주기 위해서'라는 것을. 인정하든 않든 나는 그 사랑에 빌붙어 살아온 존재라는 것을. 그후로는 할머니의 전화도 아버지의 전화도 받지 않았다. 아버지는 마지막에 내게 몇 차례 장문의 문자메시지를 보냈다. 나는 제대로 읽지도 않고 회신도 하지 않았다.

공장에서 집에 돌아와보니 아까와 달리 주변이 소란스러웠다. 옆집 마당에 사람들이 삼삼오오 모여 있었다. 언뜻 보기에도 열댓 명이 넘었다. 노파 홀로 사는 집인데 명절 때마다 자식들이 저 난리라고 아버지가 말했다. 남자들이 솥과 화로를 설치하자, 여자들이 일사불란하게 고기를 삶고 구웠다. 아이들이 그 사이로 공을 차며 뛰어다녔다. 곧 술판이 벌어졌다. 시끄럽게 떠드는 소리가 왕왕 울렸다.

할아버지가 돌아가신 뒤 할머니는 고모, 삼촌과 완전히 끝이 났다. 그들은 아버지와 할머니를 상대로 소송을 제기했고, 재판은 이리저리 늘어지면서 몇 년째 끝나지 않은 상태였다. 그 와중에 그들은 돌아가신 할아버지가 남긴 얼마 안 되는 농지—개발제한 구역인가에 묶여 처분도 못한다는 그 땅을 양도받기 위해 재작년인가 이곳 집에 찾아온 적이 있다고 했다. 말 한마디 없이 도장만 받고, 바로 자리에서 일어나 돌아갔다는 것이었다.

"내가 너무 화가 나서, 어머니 돌아가시면 전화해도 되냐고 뒤

통수에 대고 물었다."

아버지는 할머니가 듣는 데서 그때를 회상하며 말했다.

"그랬더니 네 고모가 나를 돌아보는데…… 그 표독스러운 얼굴을 너도 봤어야 해. 꿈에 나올까봐 무섭다."

할머니는 말없이 텔레비전만 보고 있었다. 그것이 그녀의 주된 일상인 것 같았다. 나는 그녀 옆에서 같이 텔레비전을 보다가 깜빡 잠이 들었다. 누군가가 내 위로 담요를 덮는 손길이 느껴졌다.

해 질 무렵 옆집에서 고기와 술을 가지고 왔다. 아버지는 마스크를 쓰고 나가서 지금 시국에 무슨 잔치냐고 일장연설을 늘어놓았다. 할머니는 텔레비전에 나오는 초밥이 먹고 싶다고 했다.

"오늘 문을 여는 식당이 있겠어요?"

아버지가 투덜거리듯 말했다. 나는 휴대폰 앱에서 추석 당일 문을 여는 일식집을 찾아냈다. 시내까지 차를 타고 나가야 했다.

일식집은 규모가 꽤나 컸다. 넓은 홀에 손님은 두 팀밖에 없었다. 아버지는 주문을 받으러 온 젊은 여자에게 코로나 때문에 참 힘들죠, 라고 말을 걸었다. 여자는 맹한 얼굴로 웃기만 했다. 가격에 비해 별맛을 느낄 수 없는 초밥이었다. 할머니는 두 개만 먹고서 배가 부르다고 젓가락을 놓았다.

나는 오래전 할머니 식당에서 먹었던 김밥 이야기를 꺼냈다. 내가 가면 주방 아주머니가 특식으로 김밥을 싸주곤 했는데 별다른 재료도 안 들어간 그 김밥이 어찌나 맛있던지 다 먹고도 입맛을 다셨다고, 종종 그 김밥이 생각난다고 말했다.

"그 여자는 작년에 죽었어."

할머니는 담담하게 말했다.

"주방 여자 말이다. 아들을 셋이나 의사로 키웠는데 당뇨로 죽었다."

아버지가 길게 한숨을 내쉬었다. 나는 갑자기 그곳에 한시도 더 앉아 있을 수 없는 기분이 되었다. 사케를 시켜도 되느냐고 묻자 아버지는 고개를 끄덕였다. 할머니도 마시겠다고 했다. 우리는 벚꽃주 한 병을 나누어 마셨다. 그 집에서 가장 맛있는 것은 술이었다. 몸이 따뜻해지자 모든 게 그나마 견딜 만해졌다.

식당에서 나오면서 계산을 하려 하자 아버지가 막아섰다. 나는 순순히 물러섰다.

"지은아, 나 겨울 코트를 한 벌 사줘라."

거리로 나와서 차가 있는 곳까지 걸어가는데, 할머니가 내게 말했다.

"코트를 한 벌 사줘. 좋은 것으로."

"네, 사드릴게요. 그럼요."

나는 당장이라도 그녀에게 코트를 사주고 싶었다. 가장 좋은 것으로, 가장 비싼 것으로, 눈앞에 있다면 얼마든지 값을 지불할 용의가 있었다. 하지만 주변에 문을 연 옷가게는 한 군데도 없었다.

술집 한두 군데 말고는 모든 상점이 문을 닫아 거리가 죽은 것처럼 고요했다.

할머니는 차에 오르자마자 잠들었다. 아버지는 집에 오는 동안 고모, 삼촌에 대한 욕을 끝도 없이 늘어놓았다. 자기들끼리는 모임도 하고, 여행도 가고, 단톡방이라는 것이 있어서 그 안에 두 일가가 모여 희희낙락한다는 말이었다. 나는 잠자코 아버지의 말을 들었다. 들으면서 속으로는 그것이 당연한 결말이라는 생각을 했다.

할머니는 그들에게 너무했다. 자식들을 낳아 나란히 세워두고 모두가 빤히 보는 앞에서 한 사람의 입에만 포도알을 넣어주었다. 나머지는 계속 입을 벌리고 기다리다가, 입속에 먼지가 차고 거미줄이 쳐질 때까지 기다리다가 끝끝내 주린 배로 돌아서게 만들었다. 그 지경이 되면 누구라도 병든다. 원한이 생기는 법이다.

할머니는 집에 있는 일이 거의 없었다. 첫차와 막차 승객을 모두 받기 위해 온종일 식당 문을 열고 나가 있었다. 매일 한 솥 가득 밥을 짓고 여덟 가지가 넘는 반찬을 만들면서도 정작 식구들의 끼니는 한 번도 챙기지 못했다. 그녀는 평생 배차시간에 쫓겼다. 도로 위에서 사는 것과 다름없는 인생이었다. 늦은 밤 집에 돌아온 할머니는 완전히 소진되어 있었다. 그런 그녀에게는 누구도 말을 걸 수 없었다. 할머니는 부자연스러운 걸음으로 침대까지 걸어가서 무너지듯 주저앉곤 했다. 그녀의 허리에 채워져 있던 돈주머니. 그녀는 그것으로 그 집의 모든 필요를 채웠다. 그녀는 어머니

이자 가장이었다. 다만 어머니로서 실패한 순간 모든 것이 도미노처럼 무너졌을 뿐이다.

집에 도착하자 아버지는 내게 한잔 더 하겠느냐고 물었다. 그는 쟁반에 맥주 두 병과 땅콩을 담아왔다. 그때까지도 옆집은 파장을 하지 않았다. 밤이 되자 사람들의 소리가 더욱 크게 담을 넘어왔다. 소음이 시끄러웠지만 그 소리마저 없었다면 아버지와 마주앉아 있기가 힘들었을 것이다.

아버지는 말없이 맥주만 마셨다. 그러다가 문득 휘가 몇 살이지, 라고 물었다. 여덟 살이라고 하자 고개를 끄덕이더니 요즘 애들이 제일 불쌍하다고 뜻 없는 말을 늘어놓았다. 약국 일이 그렇게 되어 안됐지만 아이가 크는 사이 잠시 일을 쉬는 것도 좋을 거라고, 남편의 건강을 잘 챙겨야 한다고, 이제 운동을 하지 않으면 근육이 빠져나갈 나이라고도 했다. 그렇게 한참을 뱅뱅 돌고 나서야 그는 어렵게 본론을 꺼냈다.

"그래, 네 자격증 말이다. 그걸 이제 빌려줄 생각이 있니?"

나는 기가 막혀 그를 바라보았다. 그 역시 나를 빤히 바라보았다. 그렇게 얼굴을 마주본 것은 실로 오랜만이었다. 나는 헛웃음을 지으며 아뇨, 라고 말했다.

"나는 네가 그 이야기를 하러 온 줄 알았는데."

아버지는 얼떨떨한 표정으로 말했다.

"그게 아니라면 여길 왜 온 거냐?"

"그러게요."

나는 조용히 그의 말을 따라 했다.

"내가 여길 왜 왔을까요."

아버지는 담배를 꺼내 물었다. 그러면서 사실 공장을 움직이지 못한 지 반년이 넘었다고 말했다. 거래처는 줄줄이 도산하고, 직원들은 떠나고, 수입처는 갑자기 말도 안 되게 단가를 높여 제품 출시 자체가 어렵게 되었다는, 지난 세월 익히 들어온 이야기였다.

"그래도 손 소독제 말이다, 그건 정말 재미를 봤어. 라이선스만 있으면 다른 라인도 살릴 수 있어. 의약품 승인만 받으면 떼돈을 벌 수 있단 말이다. 코로나 시대 아니냐."

달빛 아래 그의 얼굴이 일그러졌다.

"이제라도 늦지 않았어. 부진을 만회할 수 있단 말이다. 나는 자신 있어."

얼룩이 묻은 남색 점퍼를 입은 그는 막무가내로 떼를 쓰는 어린아이 같기도 했고, 빈약하고 초라한 노인 같기도 했다. 술을 더 마시자고 할 줄 알았는데 아버지는 정말 맥주 딱 한 병을 비우고 자리에서 일어났다. 너도 얼른 자라, 아버지는 먼 데를 보며 그렇게 말했다.

옆집에서 한 여자가 아이에게 야단을 치는 소리가 들렸다. 시간이 몇신데, 종일 휴대폰만, 어떤 인간이 되려고, 쓰레기 같은, 쓸

모없는…… 여자가 속사포처럼 몰아붙이는 동안 한마디도 하지 않던 아이가 끝내 울음을 터뜨렸다. 울음소리로 보아 휘와 비슷한 또래인 것 같았다.

약국 문을 닫고 처음에 나는 그간 못한 일들을 하는 데 온 힘을 쏟았다. 직접 식구들의 식사를 준비하는 일, 집안 구석구석 먼지를 닦아내는 일, 휘의 숙제를 봐주는 일…… 나는 아침에 일어나 시간표를 만들고 그에 따라 움직였다. 몸이 바쁘니 잡생각을 하지 않아도 되었다. 한 번도 내 것으로 누려본 적 없던 부엌에서 느끼는 만족도 있었다. 아이에게 간식으로 핫도그를 만들어주고, 그것을 다 먹는 동안 바라보는 것도 즐거웠다.

하지만 한 달쯤 지나자 모든 게 가짜처럼 느껴졌다. 무엇보다도 나 자신이, 집안에서 동동거리며 돌아다니는 나 자신에게 묘한 위화감이 들었다. 매일 베갯잇을 삶아 햇볕에 말리는 내가, 직접 생선의 내장을 제거하고 손질하는 내가, 휘에게 끝도 없이 긴 책을 읽어주고 있는 내가 낯설게 느껴졌다. 가짜인 나를 진짜인 내가 바로 옆에서 지켜보고 있는 느낌이었다.

지난 몇 년 새 휘는 눈에 띄게 덩치가 커졌다. 이제 무거워서 무릎에 앉힐 수도 없을 정도였다. 그애는 하루에도 몇 번씩 개처럼 짖거나 고릴라처럼 포효하는 흉내를 냈다. 조용히 있다가도 갑자기 숨넘어가는 소리를 냈다. 자신이 뭔가 중요한 것을 잊어버렸거나, 막 중요한 것을 떠올렸다는 뜻이었다. 제발 그 소리 좀 내지마, 내가 애원하면 더욱 그 소리를 내며 웃었다. 아이에게 무슨 장애나 문제가 있는 건 아닐까 더럭 겁이 나기도 했지만, 그게 아니라는 건 나도 잘 알고 있었다. 휘는 그저 *평범한 아이*였을 뿐이다. *평범하고 낯선 아이*.

밥을 먹다가 휘의 앞니가 벌어진 것을 보면 흉하다는 생각이 들었고, 아이가 옆에 들러붙을 때는 미지근한 체온을 참을 수 없어 뒤로 물러났다. 무엇보다 그애의 발작적인 웃음소리를 견딜 수 없었다. 마치 지하철에서 옆에 앉은 사람의 체온과 숨소리를 느낄 때처럼 불쾌한 감각이 불쑥불쑥 솟아올랐다. 나는 아이를 향해 억지 미소를 지었다. 아무렇지 않은 척 손을 내밀어 머리를 쓰다듬었다. 매 순간이 히스테릭한 연극 같았다. 시간이 슬로모션처럼 느리게 흘렀다. 나는 오 분마다 한 번씩 시계를 올려다보았다. 술을 마시기 시작한 것은 그래서였다. 시시각각 분열되는 나를 참을 수 없었다.

우석이 출근하고 나면 휘의 점심을 준비하고, 숨겨두었던 술을 꺼내 마시기 시작했다. 휘는 컴퓨터로 수업을 듣고, 게임을 하고, 만화를 보았다. 내가 간섭하지만 않으면 온종일이라도 컴퓨터 화면을 들여다보았다. 나는 주로 조리대 앞에 서서 술을 마셨다. 아이가 원하는 것이면 무엇이든 허락했다. 오후쯤 되면 온몸의 감각이 아득해지면서 팔다리를 가눌 수 없는 지경이 되었다. 내가 소파나 침대에 늘어져 있는 사이 휘는 아침에 만들어놓은 식은 밥과 과자를 먹었다. 가끔 아이가 내 몸을 흔들거나 뭐라 말하는 소리가 들렸지만 정신을 차리지 못했다. 해가 진 뒤에야 겨우 자리에서 일어나 뜨거운 물로 몸을 씻었다. 그리고 주변을 수습하는 수순이었다. 휘는 그 생활에 그런대로 만족했다. 아이는 비밀을 잘 지켰다.

우석이 모든 것을 알게 된 것은 추석 바로 전 주였다. 이전 베이비시터가 그에게 전화를 건 것이었다. 나는 그 여자가 휘를 만나러 집에 왔었다는 것도, 아이가 문을 열어주었다는 것도 몰랐다. 여자는 소리 없이 집에 들어와서 주위를 둘러본 후 돌아갔다. 그 여자는 우석에게 휘가 안쓰럽다고, 내가 걱정된다고 했다. 여자가 원하는 것은 복직이었다.

우석은 그 일에 대해 짧게 자신의 소견을 밝혔다. 빚을 떠안고 약국 문을 닫은 뒤 내가 마음을 추스를 시간도 갖지 못했던 것이 스트레스를 키운 원인이라는 것이었다. 그는 내게 필요한 것이 다만 휴식이라고 생각했다. 그 일이 일회성이 아니었을 가능성, 지속적으로 아이를 방임하고 술에 취했을 가능성에 대해서는 의심하지 않았다. 그런 의심이 든다고 해도 곧장 떨쳐버렸을 것이다. 불안은 그의 영역이 아니었다.

우석은 내게 홀로 여행이라도 다녀오는 게 어떻겠느냐고 물었다. 나는 고개를 가로저었다. 어디로 간단 말인가. 가고 싶은 곳도 갈 수 있는 곳도 떠오르지 않았다. 만약 내게 일말의 언어가 남아 있었다고 해도, 그에게 사실을 말할 수는 없었을 것이다. 내 인생은 어디선가부터 잘못되었다고, 나는 올바른 판단을 할 수 있는 사람이 아니라고, 아이에 관한 모든 것을 후회한다고.

옆집이 마침내 모든 소란을 멈춘 것은 새벽 한시 무렵이었다. 그들은 놀랍게도 마당에 텐트를 치고 잤다. 집안에 충분한 공간이 없기 때문일 것이다. 사람들이 각자의 텐트에 들어가자 주변이 순식간에 고요해졌다. 나는 술을 좀더 찾기 위해서 집을 뒤지기 시작했다. 아버지는 반주를 즐기는 사람이니 어딘가 소주나 맥주가 좀더 남아 있을 거라고 생각했다. 하지만 집안 어디에도 숨겨놓은 술 같은 것은 없었다. 그늘진 구석마다 먼지와 누더기, 곰팡이가 손에 잡힐 뿐이었다. 벽 곳곳에 금이 간 자국, 검게 부식된 얼룩이 보였다. 내일 이대로 폴싹 주저앉는다고 해도 이상하지 않을 만큼 낡고 오래된 집이었다.

어쩔 수 없이 할머니의 예전 집이 떠올랐다. 여섯 개의 방과 널찍한 테라스, 연못이 딸린 정원이 있던 이층집. 밤에 모든 방의 불을 밝히면, 대양을 항해하는 거대한 함선처럼 보였던 집. 온 동네의 시기어린 눈길이 머물던 집. 마지막에 그 집은 빨간딱지와 경매로 공중분해되었다. 할머니는 빈손으로 내쫓겨나다시피 했다.

장사꾼이었던 할머니가 어째서 아버지한테 얽매여 벗어나지 못하는 것인지 나는 끝내 이해할 수 없었다. 아버지는 할머니만큼 용의주도하지도, 계산이 빠르지도 않았다. 도리어 그는 눈에 띄게 수가 얕은 사람이었다. 모든 이가 비웃는 그 유약함과 무구함을 할머니는 불쌍히 여겼다. 기이하게 편향된 연민이었다. 할머니 당신도 배가 기우는 것을 알고 있었을 것이다. 아버지는 늘 집에 와서 한차례 앓는 소리를 하고 돈을 챙겨갔다. 그가 다녀간 후면 할머니는 늘 지치고 망연자실해 보였다. 자신은 어리석은 사람이라고, 할머니는 내게 자주 말했다.

다음날 아침에 일어났을 때, 할머니는 마루에 나와 앉아 있었다. 나는 석상처럼 가만히 앉아 있는 그녀 옆으로 다가갔다. 할머니가 인기척을 느끼고 나를 돌아보았다.

"가려고?"

"아니요, 아침 먹고 갈 거예요."

"애가 기다릴 텐데 어서 가야지."

할머니는 휘가 얼마나 컸는지 궁금해했다. 나는 휴대폰을 꺼내서 아이의 최근 사진과 동영상을 보여주었다. 수영장에서, 놀이터에서, 짜장면을 먹으면서, 아이스크림을 핥으면서, 달려가면서, 미끄러지면서 웃는 아이의 모습. 그것은 내가 두려워할 필요 없는 박제된 순간 속의 아이였다. 영원히 자라지 않는 아이.

할머니는 휘의 사진을 보고 희미하게 웃었다. 뭔가를 기억하는 듯, 뭔가를 떠올리는 듯했다. 어쩌면 할머니는 당신의 아이들을 생각했는지도 모른다. 오래전 당신의 아이들과 함께 살아가던 때를. 그녀가 내 나이였던 적이 있다는 사실을 나는 좀처럼 믿을 수 없었다. 언젠가 내가 그녀처럼 노화되고 말 것이라는 사실 역시도.

아침식사는 내가 준비했다. 국을 뜨는 할머니의 손이 미세하게 떨리는 것을 보고 무슨 일인지 묻자, 아버지는 염려할 것 없다고 심드렁하게 말했다.

"파킨슨병이 아닌가 해서 검사를 받았는데 별 이상 없단다. 삼 개월에 한 번씩 추적검사만 받으면 돼."

아버지는 조금 침울해 보였다. 전날 잠을 제대로 자지 못했는지 두통이 심하다고 했다. 나는 설거지를 마치고 그 집 텃밭의 잡초를 뽑았다. 할머니는 마루에 앉아 내내 나를 지켜보았다. 할머니는 노란색 패딩 점퍼를 입고 있었다. 가만히 보니 오래전 내가 입던 옷이었다. 그 옷을 입고 대학 면접을 치르러 가고, 남자친구와 처음 겨울 바다에도 갔다. 그 옷은 까마득한 과거에 내가 벗어버린 허물처럼 보였다. 할머니는 그 옷에 깃든 정령처럼 보였다. 아버지는 내가 떠날 때까지 방에서 나오지 않았다.

짐을 꾸리고 집을 나서기 전에 나는 할머니에게 돈이 든 봉투를 건넸다. 코트는 좋은 것으로 사서 보내겠다고 약속했다. 그 말을 하면서 문득 다시는 할머니를 보지 못할지도 모른다는 생각이 들었다. 할머니가 돌아가신다면 나는 한동안 힘든 시간을 보내야 할 것이다. 몇 년간 할머니를 외면했던 것, 결국 코트를 사드리지 못한 것을 후회할 것이다. 겨울이 올 때마다 할머니를 그리워할 것이다. 하지만 그 일과 상관없이 나는 살아갈 것이다. 휘가 죽는 것 말고 나를 뿌리째 뽑아 흔들 수 있는 것은 아무것도 없다. 나는 할머니와 무관하게 살아갈 것이다.

그날 아침 할머니에게 휴대폰으로 휘의 모습을 보여줬을 때, 전날 만들었던 새덫을 찍은 사진이 연달아 나왔다. 나는 할머니에게 그게 뭔지 아느냐고 물었다.

"할머니가 저한테 참새 잡는 법을 알려줬잖아요."

"내가?"

할머니는 기억나지 않는다고 말했다. 눈을 가늘게 뜨고 기억을 뒤져봐도 감감하기만 한 모양이었다.

어머니가 세상을 떠나고 일주일도 되지 않아 나는 할머니 집으로 보내졌다. 나는 장례식 내내 울지 않았다. 어머니가 너무 아파하는 모습만을 봤기 때문인지, 슬픔이 극에 달하면 그런 건지, 단지 죽음이 실감나지 않는 것인지 알 수 없었다. 어쨌든 아무 감정도 없이 메마른 마음으로 상을 치렀다. 아버지는 숨가쁘게 집안 살림을 정리하고, 내 짐을 꾸렸다. 앞으로는 할머니 집에서 살게 될 거라고 했다.

할머니의 집은 그전에도 몇 차례 가본 적이 있었다. 크고 황량한 집이었다. 내가 그 집 정원에 서서 한 발짝도 움직이지 않고 버티자 아버지는 한숨을 내쉬더니 홀로 떠나버렸다. 할머니가 나와서 내게 집으로 들어가자고 말했다. 내가 울기 시작한 것은 그때부터였다. 아버지가 나를 쓸모없는 가구처럼 해치워버렸다는 생각이 들었다. 어머니가 죽었다는 사실이 실감되었다. 유일하게 나를 염려하던 사람, 가냘픈 팔로 온 힘을 다해 나를 끌어안던 사람, 죽기 전까지 내게 미안하다고 사죄하던 사람은 이제 세상에 없었다. 사라졌다. 소멸되어버린 것이다.

햇볕이 뜨거운 한낮이었다. 나는 고개를 숙이고 계속 흐느껴 울었다. 할머니는 나를 달래지 않았다. 뭐라 말도 하지 않았다. 그저 내 옆에 서 있기만 했다. 두 시간쯤 울자 차츰 눈물이 그쳤다. 할머니는 그만 집에 들어가서 점심을 먹자고 했으나 나는 고개를 가로저었다. 우리는 무슨 대결을 하듯 그렇게 서 있기만 했다. 땅만 바라보고 있으니 목이 떨어질 것처럼 아팠다. 발 옆으로 참새들이 날아와 종종거렸다. 할머니가 가만히 날 보더니 참새 잡아줄까, 물었다.

할머니는 집에 들어가서 형광 연두색 플라스틱 바구니를 가지고 나왔다. 그것으로 덫을 만들어 참새를 잡았다. 막대기로 바구니를 괴어놓았다가 새가 미끼를 먹으러 온 사이 순식간에 가두어버린 것이다. 참새 다리에 실을 묶은 할머니는 그것을 내게 건네주었다. 두 손에 담긴 작은 새—보드라운 깃털, 세차게 뛰는 심장 박동, 숨죽이고 있다가 갑자기 파닥이는 날갯짓—나는 나도 모르게 탄성을 내질렀다.

해가 저물 무렵 나는 할머니를 따라 집에 들어갔다. 밥을 먹고, 옷을 갈아입고, 빳빳하게 풀을 먹인 새 요에 누워 잤다. 방에서 낯선 냄새가 났는데 너무 피곤해서 길게 생각할 겨를도 없었다. 잠이 나를 낚아챘다. 푸르르, 진저리가 쳐질 만큼 길고 눅진한 잠이었다.

다음날 일어났을 때는 모든 게 괜찮아져 있었다. 전날 잡은 참새가 떠오른 나는 정원으로 달려나가보았다. 연두색 바구니가 하늘을 향해 뒤집어져 있었다. 할머니는 전날 밤 새를 풀어주었다고 했다.

"잘하셨어요."

나는 웃으며 말했다. 나는 나의 교활함—생명력에 감탄했다. 할머니도 나의 그런 면을 인정해주었다. 그녀가 나를 딸로 받아들인 것은 바로 그 이유라는 걸 나는 안다.

연두색 바구니 이야기를 하자, 할머니는 그제야 기억이 난다는 듯 고개를 끄덕였다. 그러고는 먼 곳에서 뭔가를 발견한 사람처럼 눈을 반짝이며 허공을 바라보았다. 나는 할머니의 모습을 휴대폰 카메라에 담고 싶었지만 인생에서 정말 중요한 것이 그렇듯 그 순간은 금세 사라져버렸다. 나는 그것이 두고두고 아쉬웠다.

돌아가는 길에는 전날의 산길을 훨씬 능숙하게 운전했다. 처음 계획과 달리 나는 우석과 휘를 태우러 가기로 했다. 한나절을 달려야 도착하는 먼 거리였지만 내게는 바로 그런 길이 필요했다. 아무 생각 없이 달릴 수 있는 멀고먼 길. 밥도 먹지 않고 화장실에도 들르지 않고 계속 차를 몰았다. 어느 순간 차와 내가 한몸이 된 것처럼 느껴졌다.

목적지까지 삼십오 킬로미터 남짓 남았을 때, 전화가 왔다. 휘였다. 아이는 바다에 나가서 물고기를 잡았다고 했다. 전날에는 내내 허탕만 쳤는데 오전에 노래미 몇 마리를 잡았다는 것이었다. 아이의 목소리는 환희에 들떠 있었다.

"아빠가 그러는데 크기가 너무 작은 것들은 놓아줘야 한대요. 맞아요, 엄마?"

"맞아."

"왜요?"

"그래야 네가 편안히 잠들 수 있을 테니까."

"저는 원래 곰처럼 잘 자는데요."

옆에서 우석이 웃는 소리가 들렸다.

"그래, 정말 감사한 일이야."

휘는 한숨을 내쉬더니 무슨 말인지 알겠다고 말했다. 노을이 지면서 하늘이 분홍색으로 물들었다. 나는 표지판을 올려다보았다.

서두르면 완전히 어두워지기 전 바다를 볼 수 있을 터였다. 하지만 조금 늦어도 괜찮다. 흑암처럼 검은 바다라고 해도 그곳에는 여전히 솟구치고 부서지는 파도가 있으리라. 아이와 나란히 서서 파도를 바라볼 수 있다면 좋을 것이다. 그보다 좋은 것은 없을 것이다.

바다와 캥거루와 낙원의 밤

이삿짐을 실은 트럭이 떠난 후, 나는 시원과 함께 차에 올랐다. 새집까지는 차로 두 시간이 넘게 걸리는 길이었다. 뒷좌석에 앉은 시원은 내내 말이 없었다. 나는 라디오를 틀어 이리저리 채널을 돌려보다가 도로 껐다. 시내에서 벗어나 외곽으로 접어들자 텅 빈 들이 눈에 띄었다. 히터를 틀어도 차갑게 곱은 손이 풀리지 않았다. 다른 계절이었다면 좀 나았을까? 마찬가지였을 것이다. 나는 막 두번째 이혼을 했고 살던 집에서 짐을 빼 이사를 하는 중이었다.

"엄마 여기서 결혼했지?"

목적지에 거의 다 왔을 무렵, 시원이 창밖을 가리키며 물었다.

"뭐?"

"저 예식장, 엄마가 결혼한 데 아니야?"

사거리 한편에 서 있는 낡은 사층 건물은 공사중인지 흰 천이 둘러져 있었다. 나는 낙원웨딩이라는 상호를 보고서야 그곳이 어디인지를 알아차렸다.

"어떻게 알았어?"

시원은 피식 웃더니 입을 다물었다. 십오 년 전 당시에도 그곳은 이미 노후한 웨딩홀이었다. 공간이 좁아서 밀려드는 하객들이 서 있을 곳도 마땅치 않았고, 음식 냄새는 신부대기실까지 흘러들어왔다. 임신 초기였던 나는 얼굴이 점점 하얗게 질려갔다. 혼주석에 홀로 앉아 있던 아버지는 결혼식이 끝나자마자 축의금 가방을 통째로 들고 가버렸다. 시원의 생부인 김은 그 일을 두고두고 섭섭해했다.

"되게 낡았네."

시원은 건물을 올려다보면서 그렇게 중얼거리더니 무선 이어폰을 꺼내 귀에 꽂았다. 뒷좌석에서 징징징, 베이스 소리가 흘러나왔다. 룸미러를 통해 본 아이의 얼굴은 무표정하기만 해서 아무것도 읽을 수 없었다.

윤과 헤어지기로 결심하고서 나는 제일 먼저 시원에게 의견을 물었다.

"나는 괜찮은데 엄마는 괜찮아? 두번째 이혼하는 거잖아."

말문이 막힌 것은 내 쪽이었다.

"나는…… 충분히 생각하고 내린 결정이야."

"그럼 됐어."

시원은 더 말할 필요 없다는 듯 고개를 끄덕였다.

"엄마가 괜찮으면 나는 괜찮아."

윤과의 결혼생활은 십 년 만에 막을 내렸다. 그 긴 시간 동안 우리가 가장 잘한 일은 아이를 갖지 않은 것이었다. 둘 사이에 남은 증오도, 연민도 없었기 때문에 마무리는 빠르고 쉬웠다. 윤은 모든 세간을 칼같이 반으로 나누려 들었다. 가구, 가전제품, 이불 세트, 숟가락까지 계산기를 두드려 값을 맞췄다. 그는 재혼 후 내가 시간강사나 하면서 가계에 별다른 보탬이 되지 못했다는 것, 자신의 수입으로 시원을 양육했다는 것을 조목조목 지적하며 전세금의 대부분을 챙겼다. 정리가 끝나자 내게 남은 것은 열다섯 살짜리 딸아이가 전부였다.

설상가상, 빈털터리가 된 직후 강의 자리를 잃었다는 사실을 알게 되었다. 계약직 강사로 일하고 있던 대학에서 다음 학기 재계약이 어렵다는 통보를 받은 것이다. 고용법 개정이라는 이유로 같은 과의 강사들이 대부분 정리해고되었다. 다른 학교들도 비슷한 사정이라 일자리를 구할 길이 없었다. 단 두 달 수입이 끊겼을 뿐인데 카드값과 공과금이 밀리면서 독촉 전화가 오기 시작했다.

나는 아버지를 찾아갔다. 아버지는 나를 잠시 한심하게 바라보더니, 돈은 없다고 잘라 말했다. 다만 아버지 소유의 상가주택에

빈방이 있으니 갈 곳이 없으면 그곳으로 들어오라고 했다. 그마저도 공짜는 아니었다. 건물 관리를 맡아 해보라는 것이었다.

"잘하면 혹시 아냐. 나중에 네 차지가 될지."

'해피 하우스'는 상가형 2호, 원룸형 7호, 투룸형 10호로 구성된 사층짜리 임대용 건물이었다. 경기도에서도 끝자락인 후락한 구도심에 있었지만 꾸준히 세입자들이 들어왔다. 아버지는 전부터 그 건물을 관리할 수 있는 자식에게 넘겨줄 거라고 말했다. 오빠와 남동생이, 실질적으로는 그들의 처가 번갈아 시험대에 올랐다가 나가떨어졌다. 아버지는 냉혹한 사람이었다. 평생을 열 평 남짓한 철물점 안에서 살다시피 했고, 그렇게 번 돈으로 근처의 땅과 건물을 사들였다. 아버지를 만족시키기란 바닷물을 마르게 하는 것만큼 어려운 일이었다. 하지만 다른 대안이 없었다. 건물 꼭대기층의 창문이라도 닦으라고 하면 나는 줄을 매달고 올라갈 작정이었다.

이삿짐을 싣고 먼저 출발한 트럭은 건물 앞에서 우리를 기다리고 있었다. 나는 차에 있겠다는 시원을 두고 홀로 내렸다. 일층 부동산 여자가 알은척을 해왔다. 내가 건물주의 딸이라는 사실을 알고 난 후 부쩍 살가워진 여자가 내 옆에 붙어서서 삼층으로 철제 사다리가 올라가는 모습을 함께 지켜보았다. 그때, 멀리서 마른 고목 같은 노파가 느리게 다가왔다. 질질 끌리는 듯한 걸음걸이 때문에 나도 모르게 눈길이 갔다. 부동산 여자가 나를 쿡 찌르더니 속삭이듯 말했다.

"303호 할머니예요."

303호 노파는 아버지의 골칫거리였다. 노파는 암 말기 환자인데 근처의 원룸 건물 어디서도 받아주지 않자 아들을 앞세워 가짜 계약서를 썼다고 했다. 오십대 남자가 혼자 살 것처럼 속이고, 이삿날에는 다 죽어가는 노인이 들어온 것이다. 심지어 노파는 집에서 호스피스 케어를 받고 있다고 했다. 아버지는 노여움에 부들부들 떨었다.

"사람이 죽어 나간 집이라고 소문이 나면 끝장이다. 죽기 전에 어떻게든 내보내야 해."

노파는 한 손에는 지팡이를, 다른 한 손에는 빵집 종이백을 들고 있었다. 현관 앞을 막아선 사다리차 때문에 주춤거리는 사이 내가 먼저 다가가 인사했다.

"안녕하세요. 저 305호에 이사온 사람이에요."

노파의 집과 나의 집은 빈집인 304호를 사이에 두고 붙어 있었다. 노파는 먼 곳을 보듯 나를 보더니, 고개를 까딱해 보였다. 가까이 서니 병색이 더욱 짙어 보였다. 쌕쌕 밭은 숨을 몰아쉴 때마다 얄팍한 가슴이 거칠게 오르내렸다. 곧 요란한 소리를 내며 사다리차가 움직였고, 노파는 힘겹게 현관으로 걸어들어갔다.

이사 후, 나는 건물 관리인으로서 세입자와 월세 관리를 맡았다. 매일 건물 복도와 계단, 도로변과 주차장까지 청소해야 했다. 아버지는 처음부터 그것이 조건이라는 걸 명시했다. 바닥을 걸레로 닦고 있으면 사람들이 지나가면서 "아줌마 여기도 닦아주세요" 하고 제집 앞을 가리키거나, 쓰레기를 대신 버려달라고 내밀기도 했다. 모멸감은 서서히 옅어졌다.

모멸감은 학교에서 일할 때 훨씬 더 많이 느꼈다. 주임교수가 지시하는 온갖 잡무에 시달렸고, 강의 자리가 없어서 늘 허덕였다. 두 시간짜리 교양강좌를 빼앗아갔다고 선배에게 머리채를 잡힌 일도 있었다. 왕복 일곱 시간씩 버스를 타고 지방으로 강의를 하러 다니면서도 손에 잡히는 것은 아무것도 없이 계속 어딘가로 밀려나는 느낌이었다. 실낱같은 끈을 내려놓고 나니 차라리 후련했다. 이대로 시원과 함께 무슨 일이든 하며 살아갈 수 있다는 생각이 들었다.

303호 노파를 찾아간 것은 이사 후 일주일이 지나고서였다. 건물 관리인이라는 말을 듣고, 노파는 순순히 나를 집으로 들였다. 집안에 들어서자마자 후끈하고 축축한 공기가 느껴졌다. 난방과 가습이 과도해서 온실에라도 들어온 것 같았다. 작은 방을 채운 살림들은 하나같이 오래되고 낡은 것들이었다. 식탁의 깨진 유리 위에는 시커멓게 변색된 테이프가 붙어 있었다. 노파는 인스턴트 커피와 케이크 두 조각을 내왔다. 하얗게 부풀어오른 화이트 시폰 케이크였다. 커피는 너무 싱거웠지만 케이크는 깜짝 놀랄 만큼 맛

있었다.

"이게 나한테는 모르핀 같은 거예요."

노파는 나를 보고 조금 비굴하게 웃었다.

"내가 젊어서부터 단것을 좋아했어요. 다른 건 조절이 되는데 이건 끊을 수가 없더라고."

"제가 왜 왔는지 아실 거예요, 어르신."

나는 냉철한 관리인의 목소리로 말했다.

"위독하신 분이 이렇게 혼자 계시면 세입자들이 불안해해요. 혹시라도 잘못되시면 바로 알아챌 수도 없고, 조치를 취할 길도 없고요. 병원이나 요양원 같은 곳으로 거처를 옮기는 건 어떠세요?"

"……요양원에 가본 적 있어요?"

노파는 나를 빤히 바라보더니, 느리게 되물었다.

"난 가봤어요. 그리고 다시는 가지 않겠다고 결심했지요."

노파는 내게 두 손을 내밀었다. 주름진 손등이 주사 자국에서 번진 붉고 푸른 멍으로 가득했다.

"알다시피 나는 암환자예요. 신장과 폐 두 군데 종양이 퍼졌어요. 마지막 검사에서는 치료 불가 판정을 받았죠. 나는 남은 인생이 얼마 안 돼요. 요양원에서 낯선 사람들과 같이 시간표에 따라 움직이다가 죽고 싶지는 않아요. 내가 원하는 건 내 집에서, 조용히, 홀로 지내는 것뿐이에요."

나는 노파에게 이곳은 당신의 집이 아니라고 말할 수 없었다. 한 달에 얼마간 사용료를 내고 빌려 지내는 곳을 집이라고 부를 수는 없다, 그 사용료 안에는 당신의 죽음이 포함되어 있지 않다, 심지어 당신은 가짜 계약서를 쓰지 않았느냐, 라고 말할 수 없었다. 노파는 굳은 얼굴로 나의 시선을 피했다. 너무 많은 기운을 쏟았는지 더 앉아 있기 힘이 드는 듯했다. 나는 가래 끓는 소리를 내며 헐떡이는 노파를 뒤로하고, 고약한 기분이 되어 집으로 돌아왔다.

"아무리 방학이라지만 너무한 거 아니니."

시원은 이사온 지 일주일이 지나도록 짐을 정리하지도 않고 휴대폰만 들여다보고 있었다. 지금껏 아이가 적응하기를 기다리며 내버려뒀던 터라 목소리가 곱지 않게 흘러나왔다.

"언제까지 이렇게 시간만 죽이고 있을 거야. 내년이면 삼학년인데 학원이라도 알아보든지."

"그럴 필요 없어."

시원은 담담하게 말했다.

"나, 호주에 가려고 해."

나는 잠시 무슨 말인지 알아듣지 못했다. 호주, 호주라면 시원의 친부인 김이 사는 곳이었다.

"갑자기 생각한 거 아니야. 이야기하려다 계속 때를 놓쳤고, 결정적으로 엄마 이혼에 밀린 거지."

시원은 유학원에서 이미 여러 차례 상담을 받았다고 했다. 정규

학기가 시작되기 전까지 준비할 게 많은데 차마 입을 열지 못했다고, 아버지인 김과는 이미 이야기가 끝났다고 했다.

방에 들어온 나는 김의 연락처를 찾아냈다. 아버지라는 말이 기가 막혔다. 둘이 연락을 하고 지내는 건 알았지만 이 정도로 가까운 줄은 몰랐다.

김은 십사 년 전 나와 헤어진 뒤 호주로 떠났다. 그리고 내가 재혼한 지 얼마 안 되었을 때 처음으로 딸을 만나고 싶다고 연락해왔다. 당시 윤이 시원과 나를 약속 장소까지 데려다줬다. 김은 부스스한 몰골로 삼십 분이나 늦게 나타났다. 시원을 보고도 쭈뼛거리더니 아이와 멀찍이 떨어져 앉았다. 그는 헤어질 때까지 딸과 제대로 된 말 한마디도 나누지 못했다. "대체 왜 저런 사람을 만난 거지?" 돌아오는 길에 윤은 우습다는 듯 말했다. "당신은 참 사람 보는 눈이 없어."

김은 한참 만에 전화를 받았다. 그는 내가 누군지 겨우 알아채고는 아, 하고 신음하듯 말끝을 흐렸다.

"잘 지내? 이혼한다고 들었는데."

"그래서 시원을 빼앗아가려는 거야?"

"빼앗아가다니?"

김은 조용히 말했다.

"시원은 너를 증오해. 너와 한시도 같이 있을 수 없다고 했어. 그곳에서 살 바에는 죽는 게 낫대."

시원을 낳았을 때 나는 스물세 살이었다. 김과는 대학 선배의 소개로 알게 되었는데, 만난 지 얼마 되지 않아 급격히 가까워졌다. 당시까지 나는 남자를 한 번도 사귀어보지 못했다. 남자들은 내게 별 관심을 주지 않았고 나는 그들의 마음에 들 방법을 몰랐다. 김은 처음부터 내게 대단히 매료된 사람처럼 굴었다. 시도 때도 없이 연락을 했고 매일 잠깐이라도 얼굴을 보러 왔다. 그는 거침없이 결혼을 말했다. 우리가 함께할 미래와 행복에 대해. 나는 어리둥절한 기분이었다. 그가 말하는 사랑을 믿을 수 없었지만, 그렇다고 거절하고 싶지도 않았다.

나는 대학 동기들 중에서 제일 먼저 결혼했다. 내게 대학원에 가서 공부를 계속하라고 조언했던 한 여자 교수는 청첩장을 보고서 한참 동안 아무 말도 하지 않더니, 이게 정말 네가 원하는 거니, 하고 되물었다. 내가 결혼에 대해 뭘 알았을까. 어렸을 때 어머니가 돌아가신 이후 집은 늘 텅 빈 곳이었다. 아버지는 김을 만나자마자 연봉이 얼마나 되느냐고 물었다. 그는 김을 별로 마음에 들어하지는 않았지만, 그 이상을 바라는 것도 무리라고 여기는 것 같았다.

결혼 후 얼마 안 되어 시원이 태어났다. 시간이 지나고 보니 김의 모든 말에는 약간씩 거짓이 섞여 있었다. 직장도, 연봉도, 저축액도, 시부모님의 형편도 사실과 달랐다. 시어머니는 폭언이 예사인 사람이었다. 시도 때도 없이 전화해서 돈을 요구했다. 비난과 욕설과 짜증이 매일 폭탄처럼 쏟아졌다. 시원을 낳은 후 우울증을 앓던 나는 어느 날부터 밥도 넘길 수 없을 정도로 상태가 악화되었다. 결국 아버지가 찾아왔다. 아버지한테 쌓인 게 많았던 김은 고분고분하지 않았다. 화가 난 아버지는 그를 밀쳤다. 그도 질세라 아버지를 밀쳤다. 아버지는 피를 흘렸고, 경찰이 들이닥쳤다. 첫 결혼은 그렇게 끝났다.

나는 시원을 데리고 아버지의 집으로 돌아왔다. 학교를 졸업한 지 일 년 만에 공부도 다시 시작했다. 무슨 여행이라도 다녀온 느낌이었다. 달라진 건 아무것도 없었다. 아이가 생겼을 뿐이었다. 다행히 집안일을 봐주는 아주머니가 함께 시원을 돌봐주었다.

시원은 순한 아이였다. 울음이 짧았고 혼자서도 잘 놀았다. 아이의 작고 보드라운 몸을 끌어안고 있으면 잘못된 것은 아무것도 없는 듯했다. 그래도 아이가 엄마, 하고 부를 때는 깜짝깜짝 놀랐다. 그 어색함은 시간이 한참 지날 때까지 사라지지 않았다.

아버지는 인색하고 잔소리가 심한 동거인이었다. 원치 않게 떠맡은 나와 시원의 존재가 사사건건 그의 기분을 상하게 했다. 뜨거운 물로 오랫동안 목욕을 하는 것도, 텔레비전 소리를 크게 높이는 것도, 도우미 아주머니가 시원을 돌보느라 가사에 소홀해진 것도 못마땅해했다. 학교에서 강의를 맡기 시작하면서, 나는 시원과 함께 독립하겠다고 말했다.

"그 쥐꼬리 같은 돈으로?"

아버지는 웃었다.

"재가할 생각이나 해라. 더 늦기 전에."

"결혼은 안 해요, 다시는."

나는 정색하며 대꾸했다. 하지만 얼마 되지 않아 윤을 만났다.

윤은 내 친구의 남자친구였다. 연극배우였고, 극단을 운영했다. 나는 처음부터 그를 좋아하지 않았다. 사람을 뚫어져라 보는 시선이나 건들거리는 태도 같은 것이 신경에 거슬렸다. 친구는 그에게 깊이 빠져 있었지만 그는 친구에게 시종일관 무심했다. 모두의 예상대로 결국 둘은 헤어졌다. 그리고 얼마 후 그가 내게 연락을 해왔다.

윤을 만나기 위해 나는 많은 것을 인정해야 했다. 나라는 인간에게는 친구고 뭐고 없다는 것, 남자에 환장해서 물불 가리지 않는다는 것, 외로움이 사람을 나락으로 떨어뜨린다는 것. 첫번째 결혼에 실패한 것이 열등감으로 작용했는지도 몰랐다. 윤과 시원과 함께 있으면 실패를 만회한 것 같은 기분이 들었다. 아이와 남편, 그런 것을 진정으로 원한 적은 한 번도 없었는데도.

두번째 결혼식은 올리지 않았다. 레스토랑에서 가족들과 식사를 하는 것으로 대신했다. 다섯 살이었던 시원은 반지를 전달하는 화동 역할을 했다. 나는 그것이 좀 억지스럽다고 생각했지만 윤은 아이에게 어떤 역할이든 맡겨주는 게 좋을 거라고 했다. 그날 시원은 크림색 민소매 드레스를 입고 화관 모양의 머리띠를 했다. 미용실에서 아이가 귀엽다고 붉은 색깔의 립스틱을 발라주었다.

시원은 신혼여행에 데려가지 않았다. 식사 내내 즐거워하던 아이는 내가 공항으로 가는 차에 오를 때 눈물을 뚝뚝 흘리며 울기 시작했다. 아이의 울음이 거세지자 주위 사람들이 이쪽을 흘금거렸다. 오빠와 새언니가 아이를 강제로 끌고 가다시피 했다.

공항에서 전화했을 때, 시원은 아무렇지 않은 목소리로 "안녕, 엄마"라고 말했다. "뽀뽀해줘"라고 말하자 쪽 소리를 내고는 전화 저편의 가족들에게 달려갔다. 비행기 탑승이 시작된다는 방송이 울렸다. 나는 아이에 대해서 곧 잊어버렸다. 정확히 십 년 전의 일이었다.

나는 김에게 시원을 호주에 보낼 수 없다고 잘라 말했다. 아이는 반발했고, 나는 묵살했다. 우리는 아무 말도 하지 않으면서 며칠을 보냈다. 크리스마스에도 각자 외출했고, 밤에는 말없이 방에 들어갔다.

크리스마스 다음날, 304호에 새로운 사람이 들어왔다. 계약서를 쓸 때 부동산에 가보니 곱게 차려입은 중년 여인과 꺽다리처럼 마르고 키만 길쭉한 젊은 남자가 와 있었다. 여자는 아들이 지낼 집을 찾느라 근처의 방을 거의 다 돌아봤다고 했다. 아들이 어느 학교를 나왔는지, 어떤 공부를 하고 있는지, 유난히 말이 많은 여자였다. 내가 305호에 살고 있다고 하자 여자는 말을 뚝 멈추었다. 관리인이 옆집에 산다는 사실이 부담스러운 눈치였다.

304호가 이사하는 날, 나는 건물 안팎을 오가며 그 과정을 지켜보았다. 짐이 유독 많다고 인부들이 투덜거리는 소리가 들렸다. 말이 많던 여자는 그날 얼굴을 비치지 않았다. 꺽다리 남자만이 홀로 뒤늦게 나타나 짐을 다 집어넣자마자 문을 닫고 들어갔다.

303호 노파의 일을 겪은 이후 아버지는 세입자를 아무나 받지 않았다. 304호가 오래 비어 있었던 것도 입주 조건이 꽤나 까다로워졌기 때문이다. 세입자들은 대부분 형편이 넉넉지 않았고 보증금을 까먹기 일쑤였다. 미납금이 제일 많은 302호는 일 년째 세가 밀려 있었다.

나는 그 집에 단 한 번 찾아가본 것만으로 돈을 받을 길이 없다는 걸 알아차렸다. 아이 둘과 젊은 여자가 살고 있었는데, 바짝 마른 몰골이 형편없었다. 여자는 남편이 집을 나갔다는 말만 수없이 반복했다. 아이들은 어지러운 집안에 기운 없이 늘어져 있었다. 대여섯 살 된 여자아이와 그보다 서너 살 위로 보이는 남자아이였다. 나는 그들이 곧 강제퇴거될 거라는 말을 기계처럼 전했다. 여자는 내 말을 조금도 이해하지 못한 것 같았다.

그날 시원은 저녁 시간을 훌쩍 넘겨 집에 들어왔다. 나는 며칠 만에 시원에게 말을 걸었다.

"어디에 갔다가 이제 오는 거야?"

시원은 말없이 부엌에 가서 물을 마셨다.

"그동안 네가 엄마한테 섭섭했던 거 많은 줄 알아. 그렇다고 이렇게 갑자기 유학을 간다고 하면 어떻게 해. 지금 무슨 여유가 있다고."

"섭섭한 거 없어. 돈은 아르바이트하면서 벌 거야. 엄마는 비자 신청에 필요한 서류만 준비해주면 된다니까."

"가서 누구랑 어떻게 지낼 건데? 아버지? 너 그 사람이 어떤 사람인지도 모르잖아."

"꼭 어떤 사람인지 알아야 해?"

시원은 아일랜드식탁 위에 물컵을 내려놓았다.

"엄마가 엄마인 것처럼 아버지도 아버지겠지. 환상 같은 거 없어. 그냥 여기가 좀 지겨워서 그래."

지겹다니 뭐가, 하고 나는 따져 묻지 못했다. 아이의 얼굴에 가득찬 환멸이 나를 두렵게 했다. 잠시 후 시원은 나지막한 목소리로 말했다.

"엄마도 내가 없으면 편하잖아."

"그게 무슨 소리야?"

"어려서부터 나를 먹이는 것, 입히는 것, 씻기는 것까지 늘 다른 사람 손에 맡겼잖아. 알아? 그때마다 정말 부끄러웠어. 내가 사라졌으면 싶었어."

"그때는……"

"엄마 이야기를 듣고 싶은 게 아니야. 내 이야기를 하는 거야. 그래서 내가 얼마나 외로웠는지."

아이는 이해를 호소하듯 나를 바라보더니, 돌연 더이상 할말이 없다는 듯 돌아서 방에 들어가버렸다.

밤새 옆집에서 키보드를 두드리는 소리가 들렸다. 건물의 방음이 얼마나 허술한지 휴대폰 진동 소리가 다 들릴 정도였다. 새벽녘, 간신히 잠이 들었던 나는 뭔가로 바닥을 내리치는 소리에 깜짝 놀라 깼다. 옆집에서 나직이 욕설을 중얼거리는 목소리가 들렸다. 남자는 분에 겨운 듯 몇 번 더 바닥을 내리치더니 다음 순간 조용해졌고 그후로는 침묵했다.

다음날 나는 복도에서 303호 노파와 마주쳤다. 노파는 손님들을 배웅하는 중이었는데 나를 보더니 대번 얼굴이 굳어졌다. 노파는 전보다 더 상태가 나빠진 것 같았다. 제대로 서 있는 것도 힘들어 보일 정도였다. 노파가 집에 들어간 후 나는 서둘러 밖으로 나가는 이들을 쫓았다.

그들은 목사와 간호사로 구성된 호스피스 방문 팀이었다. 나는 건물 관리인임을 밝히며 노파의 상태가 어떤지 물었다. 간호사는 환자 정보에 대해 일절 말할 수 없다고 못을 박았지만, 목사 쪽이 망설이다 입을 열었다.

"두 달, 길어도 세 달 이상은 견디지 못하실 겁니다. 앞으로 더 빠르게 악화될 거예요. 홀로 지내시기는 무리예요. 일주일에 세 번 집을 청소하는 사람이 온다는데, 일을 대충 하는 게 우리 눈에도 보이는걸요. 자녀분들은 어디 계신지 혹시 연락처를 모르시나요?"

노파는 내게 돈을 더 내겠다고 했었다. 한 달 임대료를 세 달 치로 계산해서 내겠다는 것이었다. 자신이 이 집에서 죽을 수도 있으니, 그 위험부담금으로. 그것은 말하자면 죽음의 값이었다.

"아뇨, 그렇게는…… 그럴 수는 없어요."

나는 단호하게 거절했다.

"이곳은 건물 전체가 영업장이에요. 어르신이 여기서 돌아가시면 다른 사람이 손해를 보고 불편을 겪는다고요. 법적으로는 문제가 없다지만 떳떳하시다면 왜 거짓말로 자제분을 앞세워 들어오신 거죠? 자제분도 마찬가지예요. 어쩌면 이렇게 무책임할 수 있죠?"

"나는 자식이 없어요."

노파는 거친 목소리로 말했다. 나는 잠시 노파를 바라보다가 입을 열었다.

"저 역시도 아버지 건물에 살고 있는 세입자일 뿐이에요. 딸과 같이 겨우 이곳에 방을 얻었는데, 제가 일처리도 제대로 못하는 걸 아시면 당장 나가라고 하실 거예요. 아버지는 인정이라고는 없는 분이라고요. 딸애가 이제 고작 열다섯 살이에요. 제 입장도 생각해주셔야죠."

"……알았어요. 무슨 말인지 알았으니 그만해요."

노파는 한참 동안 마른기침을 했고, 겨우 기침을 진정시킨 후 손수건을 입에 대고 말했다.

"여기서 죽지 않을게요. 그러면 되잖아요."

나는 그 말을 어떻게 믿느냐고 물었다. 노파는 앙상한 어깨를 움찔거렸고, 믿지 않는 건 자신도 어쩔 수 없다고 했다.

나는 최를 만나러 가는 길이었다. 심리학자인 최는 지방에서 살고 있는데, 대학 강의가 있는 날에만 서울에 올라왔다. 아내와 집을 떠나 나를 만나러 오는 날이기도 했다. 나는 그의 깨끗한 연구실 안에서 커피를 마시며 시원에 대한 이야기를 늘어놓았다. 최는 사려 깊은 얼굴로 내 말을 들어주었지만 별다른 충고는 하지 않았다. 그는 나보다 훨씬 연배가 높았고, 때로는 나를 아이처럼 취급했다. 하지만 그가 없었다면 긴 터널과 같았던 윤과의 결혼생활을 견디지 못했을 것이다.

결혼한 첫해부터 윤은 관계에 불성실했고 무책임했다. 그의 주변에는 늘 다른 여자들이 있었다. 그는 나를 포함한 그 누구에게도 연연하지 않았다. 기실 그의 머릿속에는 오로지 자기 자신만이 있었다. 나는 그가 무언가를 시험하듯 나와 결혼했다는 것을 알게 되었다. 우리는 하루가 멀다 하고 싸움을 벌였다. 윤과 언쟁이 일어날 때마다 나는 벽에 머리를 부딪치고 짓이기며 자해했다. 윤은 그런 나를 무시했고, 나중에는 두려워했다.

시원이 일곱 살 되던 해, 윤과 크게 싸운 나는 아이를 데리고 도망치듯 집을 떠났다. 시원은 영문을 모른 채 여행이라도 가는 것처럼 좋아했다. 터미널에서 버스를 타고 한참을 달려 남해의 바닷가에 도착했다. 해변에 있는 낡은 모텔의 주인은 어린아이와 함께 온 여자에 대한 의심의 눈초리를 지우지 못했지만 결국 방을 내주었다.

"여기가 어디야?"

방에 들어와 무너지듯 주저앉는 나를 보고 시원이 물었다.

"당분간 이곳에서 지낼 거야. 엄마 조금만 자고 일어날게. 괜찮지?"

시원은 고개를 끄덕이더니 제 가방에서 구슬과 실을 꺼내 목걸이를 만들기 시작했다. 나는 이불을 깔고 눕자마자 잠이 들었다. 잠에서 깼을 때는 자정이 다 되어 있었다. 한쪽에서 웅크리고 잠든 시원을 똑바로 눕히고, 구슬로 만든 목걸이들을 치웠다. 텔레비전을 끄자 바로 옆에서 파도 소리가 들렸다.

우리는 그 모텔에서 사흘을 지냈다. 겨울의 해변은 고요했고 오가는 사람이 없었다. 시원은 처음으로 활어회를 먹어보았다. 처음에는 질색하더니 고소하다며 곧잘 받아먹었다. 모텔 주인의 손녀와 친해져서 같이 어울려 놀기도 했다. 빨래를 못해서 옷이 금세 더러워졌지만 근방에서는 상점을 찾을 수가 없었다. 시간이 느리게 흘렀다. 피딱지가 굳은 머리가 욱신거렸다.

나는 며칠째 꺼두었던 휴대폰을 켰다. 시원이 바다 앞에서 조개껍데기를 줍는 동안 최와 통화했다. 당시 그와 나는 종종 전화를 주고받는 사이일 뿐이었지만, 어쩌면 그날 나는 그 이상의 위로를 구하려고 했는지도 모르겠다. 최는 내 상태를 염려했고 직접 나를 만나러 오고 싶어했다.

"모르겠어요."

시원이 파도 앞으로 다가서는 걸 보고 나는 "가까이 가지 마!"라고 소리를 질렀다.

"오면 좋겠지만, 아무래도 아이 때문에 신경이 쓰일 거예요."

나는 그렇게 말하면서도 최가 오기를 바랐다. 일단 최가 오면 시원을 모텔 주인과 그 손녀에게 한나절 맡겨둘 수도 있다고 생각했다. 최는 세미나를 핑계로 하루 시간을 뺄 수 있을 거라고 말했다. 아내에게 거짓말을 하고 온다는 말에 관계의 추가 기울었다. 그것은 불온한 감각이었지만 순식간에 내 몸을 덥혔다. 그의 실없는 농담에 나는 목을 울리며 웃었다. 그때 파도가 거칠게 아이를 덮쳤다. 나는 비명을 질렀다.

파도는 시원을 머리끝부터 발끝까지 핥아낸 후 물러갔다. 아이는 물에 흠뻑 젖은 꼴이 되었다. 순식간에 아이의 얼굴이 파랗게 변하는 것이 보였다. 나는 시원을 안고 정신없이 달려 모텔로 돌아갔다. 욕조에 아이를 내려놓고 따뜻한 물을 받았다. 몸이 차갑게 굳은데다 젖은 옷이 쓸려 잘 벗겨지지 않았다. 옷을 잡아당길 때마다 아이는 아프다고 소리를 질렀다.

"가만히 좀 있어!"

나는 날카롭게 소리쳤다. 시원은 덜덜 떨면서 흐느껴 울었다. 아이가 진정된 후 보니, 내 옷 역시 흠뻑 젖어 있었다. 나는 모텔 주인에게서 전기난로를 빌려왔다. 옷을 말리는 동안 난로 앞에서 시원과 속옷 바람으로 열을 쬐었다. 아이는 벌겋게 달아오른 얼굴로 잠이 들었다.

다음날 우리는 집으로 돌아갈 수밖에 없었다. 전날 시원이 난로에 팔을 데었던 것이다. 아이의 팔에서 투명한 진물이 흘러나왔다. 시내의 병원에 가서 붕대를 감고, 약을 받고, 버스터미널로 향했다. 시원은 그동안 만든 목걸이와 팔찌를 주렁주렁 몸에 감았다.

나는 매표소 앞에서 최에게 전화했다. 만나지 못할 거라고, 집으로 돌아간다고 하자 최는 순순히 알았다고 대답했다. 차라리 잘 되었다고 생각하는 듯했다. 전화를 끊고서도 나는 한동안 멍하니 서 있었다.

버스를 타고 집으로 돌아가는 길, 시원은 내게 말했다.

"엄마, 바다는 왜 그렇게 차갑지? 정말 온몸이 얼어붙을 정도로 차갑더라고."

나는 자는 척 눈을 감고 있었다. 아이는 내 손을 잡고 흔들었다.

"그렇게 추운 곳에서 산다니 정말 불쌍해. 어떻게 물고기들은 죽지 않는 거야? 어떻게 그 속에서 사는 거야?"

"조용히 해."

나는 눈을 뜨지 않고 말했다.

"십 분만, 아니 오 분만이라도. 제발 부탁이야."

시원은 잠시 굳은 듯 얼어붙더니, 내게서 손을 떼어냈다. 나는 집으로 돌아가고 싶지 않았다. 내 삶의 어느 부분으로도 다시 돌아가고 싶지 않았다. 내가 아이를 원망하고 있다는 것을, 아이 스스로도 알고 있었다.

그후로도 오랫동안 나는 윤과 헤어지지 못했다. 그의 무관심과 나의 집착이 합을 맞추어 그런대로 굴러갔던 것이다. 나는 마음을 작은 공처럼 만들어 윤에게 주었다 뺏기를 반복했다. 전부 무의미한 일이었다. 결국 별거가 시작되었다. 나는 일주일에 하루 최를 만나기 위해 집을 비웠다. 대신 시원을 봐줄 사람을 고용해야 했다. 시원은 내게 한 번도 어디에 가는지 묻지 않았다.

최와 헤어져 홀로 집에 돌아오는 길, 눈이 내리기 시작했다. 나는 사거리 공사장 앞에서 걸음을 멈추었다. 인부들이 웨딩홀의 간판을 떼어내고 있었다. 별 구경거리도 아닌 것을 보고 있는 사람들이 나 말고도 몇 명 더 있었다. 그중 누군가가 웨딩홀이 곧 요양원으로 리모델링될 거라고 알려주었다.

횡단보도 건너편에서 우산을 쓰고 걸어오던 시원이 나를 보고 우뚝 멈춰 섰다. 아이 옆에 누군가가 있었다. 키가 크고 눈썹이 짙은 남자아이였다. 말로만 듣던 남자친구를 실제로 보는 건 처음이었다. 남자아이는 시원을 보러 예전 동네에서 버스를 타고 왔다고 했다. 이제 막 집에 가려는 참이라고, 남자아이는 내게 꾸벅 고개를 숙여 보였다. 그애가 정류장으로 뛰어가는 모습을 시원은 말없이 바라보았다.

"호주에 가면, 남자친구랑은 어떻게 할 거야?"

함께 집으로 걸으며 나는 시원에게 물었다.

"……계속 연락해야지. 방학 때 놀러올 수도 있고."

시원은 작은 목소리로 말했다.

"그런 건 왜 물어봐, 보내주지도 않을 거면서."

"여행 삼아 다녀와. 단, 개학하기 전에는 돌아오는 거야."

시원은 믿기지 않는 듯 나를 보더니, 정말이냐고 몇 번이나 되풀이해 물었다. 집에 돌아온 아이는 방으로 들어가 누군가에게 전화를 걸었다. 김인지, 제 남자친구인지 알 수 없었다.

그날 밤 304호의 소음은 더욱 심각해졌다. 쉼없이 뭔가를 두드리고 부수는 소리에 나는 더 견디지 못하고 옆집에 찾아갔다. 컴퓨터게임 배경음이 문밖까지 흘러나오고 있었다. 초인종을 누르자 잠시 후 꺽다리 남자가 나왔다. 눈에 핏발이 서고 수염이 거뭇하게 자라, 남자는 전과 달라 보였다. 소음이 너무 심하다는 말에 남자는 알겠다고 중얼거리고는 사과도 없이 안으로 들어가버렸다. 그리고 얼마 안 되어 구급차가 요란한 소리를 내며 건물 앞에 도착했다. 303호 노파가 쓰러졌다고 했다. 노파는 들것에 실려 병원으로 갔다. 나는 노파를 다시 못 볼 거라고 생각했고, 아버지에게 그 사실을 알렸다.

새해 첫날은 무척 추웠다. 302호 여자가 아이들을 데리고 나를 찾아왔다. 강제퇴거 조치를 늦춰달라는 요지였다. 갈 곳이 없다고, 아이들도 자신도 뭘 먹지 못한 지 며칠이 되었다고 했다. 나는 여자와 아이들을 피해 건물 밖으로 나왔다. 결국 그들은 초라한 살림살이와 집기들을 차압당하고, 악다구니 끝에 집을 떠나야 했다. 나는 그 모습을 보기 싫어 온종일 집을 비웠다.

시원은 김이 있는 브리즈번에 한 달간 다녀오기로 했다. 근방의 학교를 돌아보고, 틈틈이 관광도 하는 일정이었다. 김이 모든 여정에 동행하기로 했다. 그는 아이의 비행기 티켓을 직접 사서 보냈다.

출국을 며칠 앞두고 나는 시원과 함께 옷을 사러 갔다. 1월이지만 호주는 한여름 날씨라고 했다. 일반 쇼핑몰에서는 여름옷을 구할 수 없어서 창고형 아웃렛 매장을 돌아다녀야 했다. 시원은 전보다 나긋나긋한 태도였지만, 필요 이상의 이야기는 하지 않았다. 떠나기 전까지 되도록 내 심기를 건드리지 않겠다는 식이었다. 소매가 없는 옷을 입고 거울 앞에 선 시원의 팔에 흉터가 드러났다. 오래전 모텔에서 전기난로에 덴 자국이었다. 하얗게 번들거리는 그 흉터에 대해 우리는 아무 말도 하지 않았다.

쇼핑을 마치고 밥을 먹을 때, 시원은 공항에 따라 나올 필요 없다고 말했다. 같이 가겠다고 해도 이리저리 둘러대며 빠져나가려고만 했다. 아이가 한시도 나와 함께 있고 싶어하지 않는다는 걸, 다만 신속하게 떠나고 싶어한다는 걸 느낄 수 있었다. 언쟁을 벌이다 나는 화를 내고 먼저 자리를 떴다.

"아이를 좀 내버려둬."

최에게 전화하자, 그는 가볍게 말했다.

"그애는 이제 당신이 필요 없어. 그게 전부야."

최는 아내와 이십여 년간 결혼생활을 유지해왔고, 스무 살이 넘은 딸과 아들을 두고 있다. 그는 훌륭한 심리학자라 나의 불안을 해석할 수 있을지 몰라도, 그것을 경험해본 적은 없다. 그래서 최에게 한 번도 말할 수 없었다. 항상 딸애를 잃게 되지 않을까 두려웠다고. 불의의 사고나 질병이나 아니면 어떤 죽음이 내게서 그 아이를 빼앗아가고 말 거라는 생각에 시달려왔다고. 실제로 그런 상황을 수십 번, 수백 번 머릿속에서 그려보곤 했다. 왜냐하면 나는 그런 일을 당해 마땅하다고 생각했기 때문이다. 나는 단 한 번도 아이를 위해 나를 내어주지 못했기 때문이다. 나는 사랑에 완전히 실패한 여자이기 때문이다. 그러니 그애를 잃어버린다 해도 할말이 없었다. 나는 매를 기다리듯 이 순간을 기다려왔다. 그런데 왜 마지막 순간, 도망치고 싶은 기분이 드는 건지 알 수 없었다. 나는 아이를 잡아채 아무도 모르는 곳에 숨기고 싶었다. 저 높은 성 위에 가두고 싶었다.

늦은 저녁 집에 돌아왔을 때, 일층의 부동산 여자가 나를 보고 달려나왔다.

"왜 이제 오세요?"

여자는 나를 끌고 부동산으로 들어갔다.

"303호 할머니가 돌아왔어요."

"누구요?"

"앰뷸런스에 실려갔던 303호 할머니요. 아까 오후에 돌아왔어요. 하얗게 질린 얼굴로 비틀비틀 올라가는 걸 제가 봤거든요. 꼭 유령 같았어요. 낮에 들어간 이후로 집안에서 꼼짝도 안 하는 것 같아요."

나는 계단을 뛰어올라가 303호 벨을 눌렀다. 사방이 고요하기만 했다. 나는 문을 두드렸다.

"할머니, 할머니 안 계세요?"

다시금 문을 두드려보았지만 역시 답이 없었다. 순간 그 안에서 누군가가 휙 움직이는 소리가 들린 것 같았다. 하지만 그뿐, 더 이상은 아무 기척이 없었다. 나는 문고리를 잡고 거칠게 흔들어댔다. 굳게 잠긴 문은 미동도 하지 않았다.

그후 며칠간 나는 노파의 집을 밤낮으로 찾아갔다. 노파는 전화를 받지 않았다. 계약서에 적힌 노파의 아들이라던 사람 번호로 걸어도 마찬가지였다. 나는 노파와 숨바꼭질이라도 하는 것처럼 초조해졌다. 그러다 시원의 출국일이 다가왔다.

아직 해가 뜨지 않은 어두운 새벽, 나는 아이와 같이 공항에 갔다. 시드니공항으로는 김이 마중나오기로 되어 있었다. 조금 이르게 도착한 우리는 커피숍으로 갔다. 나는 커피를 마시고, 시원은 샌드위치를 먹었다. 한입 가득 샌드위치를 먹던 시원이 갑자기 생각났다는 듯 제 가방에 달고 다니던 캥거루 인형을 떼어 내게 주었다.

"내 생각 나면 보라고."

아이는 전에 없이 홀가분해 보였다.

출국장 앞에서 시원은 내게 먼저 가라고 손짓했다. 나는 꼼짝도 하지 않았다. 아이는 뒤돌아 걸어갔다. 그 뒤로 굳게 문이 닫혔다.

공항에서 돌아오는 길은 안개로 자욱했다. 운전중 앞이 보이지 않아 한차례 자동차가 휘청거렸다. 사방에서 경적을 울려댔다. 희미하게 두통이 시작됐다.

나는 집에 오자마자 303호로 갔다. 한차례 벨을 누르고, 응답이 없는 것을 확인한 후 마스터 번호를 입력했다. 그것은 건물 안의 모든 문을 열 수 있는 비밀번호였다. 하지만 번호를 입력해도 삑

삑거리는 경보음만 날카롭게 울릴 뿐 문이 열리지 않았다. 안에서 누군가가 이중잠금을 해놓았다는 뜻이었다. 문 가까이 귀를 대보았다. 그 안은 깊은 바다처럼 고요하기만 했다. 그때, 어떤 냄새가 훅 끼쳤다. 하수구 냄새처럼 퀴퀴한 악취였다.

삼층 복도와 계단을 세제로 닦고 락스를 풀어 한번 더 닦아냈지만, 냄새는 사라지지 않았다. 오후가 되자 뭔가 썩는 듯한 악취는 더 짙어졌다. 어둠 속에서 썩어가는 노파의 몸이 떠올랐다. 경직된 몸, 녹아 흐르는 살, 그에 꼬여드는 구더기떼…… 사체가 언제부터 시취를 풍기는지 나는 몰랐다. 어쨌든 더는 기다릴 수 없었다.

나는 열쇠 수리공을 불렀다. 그는 일이 밀려 퇴근시간 이후에나 올 수 있다고 했다. 시간이 지날수록 날카로운 것으로 머리를 쪼는 것처럼 두통이 심해졌다. 통증은 한군데 머물지 않고 곳곳을 돌아다녔다. 눈두덩과 귓가를 구멍이라도 낼 것처럼 쑤셔댔다.

열쇠 수리공은 밤 열시가 넘어서야 도착했다.

"늦어서 죄송합니다. 세상에 잠긴 문이 얼마나 많은지 모르시죠?"

나는 그의 우스갯소리를 무시하고, 빨리 문을 열라고 재촉했다.

"아무리 건물 관리인이라고 해도 까닭 없이 세입자 집 문을 부수고 들어가면 불법입니다."

"안에 생명이 위독한 노인이 있어요."

나는 짓씹듯 말했다. 냄새는 두통을 악화시켰고 나를 미치기 직전까지 몰아가고 있었다. 머릿속이 조각조각 잘려나가는 것 같았다. 수리공은 별말 없이 도어록을 해체하기 시작했다. 센서등이 켜졌다 꺼졌다 해서 그의 작업용 램프를 내가 직접 들고 있어야 했다. 도어록은 요란한 경보음을 울리다가 이내 분해되었다. 덜컥 소리를 내며 문이 열렸다.

나는 성큼성큼 집안으로 들어갔다. 어둠 속을 헤집으며 벽의 스위치 버튼을 눌렀다. 순식간에 방안이 환히 밝아졌다. 열 평이 조금 넘는 공간이라 집안이 한눈에 들어왔다. 이 인용 식탁, 패브릭 소파, 나무 옷장, 그리고 침대. 그곳에는 아무도 없었다. 허무하리만치 텅 빈 방이었다. 수리공이 뒤에서 혀를 찼다.

"노인이 있다더니 있긴 뭐가 있소?"

그때 방구석에서 어떤 소리가 났다. 숨을 들이마시는 소리, 아니 숨을 참는 소리였다. 나는 천천히 소리가 나는 쪽으로 다가갔다. 옷장 문이 살짝 열려 있었다. 그 안의 어둠으로 빛이 새어들어갔다. 캄캄한 가운데 반짝이는 두 쌍의 눈, 웅크린 팔과 다리가 보였다. 나는 옷장 문을 힘주어 열었다. 아이들이 있었다. 더럽고 야윈 아이들. 강제퇴거된 302호의 아이들이었다.

"할머니가 여기 있어도 된다고 했어요."

남자아이는 두려움에 나와 눈을 마주치지 못하면서도 떨리는 목소리로 말했다. 여자아이는 제 오빠 뒤에 숨어 얼굴도 내밀지 않았다.

"너희 엄마는 어디 계시니?"

"아빠를 찾아온다고 잠시만 우리끼리 있으라고 했어요. 파출소에서 우리를 맡아줄 거라고, 엄마가 그 앞에까지 데려다주고 갔는데…… 무서워서 도로 나왔어요. 할머니 집에는 전에도 온 적이 있어요. 그래서 왔어요. 할머니가 여기 있어도 괜찮다고 했어요."

"구급차가 왔을 때는……"

"제가 신고한 거예요. 할머니가 갑자기 숨을 못 쉬었거든요."

나는 아무 말도 하지 못하고 아이들을 바라보았다.

"우린 잘못 없어요. 할머니가 퇴원하고 와서 우리한테 계속 이 집에 살라고 했어요. 냉장고에 있는 건 뭐든지 먹어도 된다고, 들키지만 말라고 했어요. 할머니가 혼자 짐을 싸서 나간 거예요."

"어디로?"

"몰라요. 우리가 어떻게 알아요?"

그때까지 꾹꾹 참고 있던 여자아이가 숨죽여 울기 시작했다. 소란이 계속되자 사람들이 몰려들었다. 304호 남자도 문을 열고 나왔다.

"이게 무슨 냄새야."

수리공이 코를 잡고 뒤로 물러섰다. 304호 집안은 쓰레기로 가득차 있었다. 비닐봉지, 통조림 캔, 플라스틱 용기 곳곳에 들러붙은 음식물 찌꺼기에서 악취가 흘러나왔다.

나는 두 아이를 데리고 집을 나섰다. 아이들을 도로 파출소에 데려다주는 것 말고는 다른 방법이 떠오르지 않았다. 문을 닫고 들어가버린 304호 남자를 어떻게 처리해야 할지도 알 수 없었다. 아버지가 이 사실을 안다면 가만히 있지 않을 것이었다. 머릿속이 뒤엉켜 제대로 된 생각을 하기가 힘들었다. 누군가와 잠시라도 대화를 나누고 싶었다. 최에게 전화를 걸었지만, 그는 받지 않았다.

파출소까지는 먼 거리가 아니었다. 가파른 내리막길을 지나 찻길을 건너기만 하면 되었다. 나는 아이들을 앞세우고 터덜터덜 길을 걸어내려갔다. 둘 다 겉옷으로는 너무 얇은 점퍼를 입고 있었다. 신호등 앞에서 내가 그 옷을 내려다보고 있을 때였다. 남자아이가 여자아이를 끌고 냅다 달리기 시작했다. 그애들은 웨딩홀 공사장 안으로 달려들어갔다. 나는 아이들을 뒤쫓아 달렸다.

공사장 입구에는 크고 작은 자재들이 쌓여 있었다. 가까스로 그것들을 피해 안으로 들어가니 텅 빈 공터가 나왔다. 아이들은 숨어 있지 않았다. 공사장 한가운데 붉게 일렁이며 타고 있는 드럼통의 불길 앞에 서 있었다. 그 앞에서 불을 쬐던 남자아이가 고개를 돌리고 물끄러미 나를 바라보았다.

불을 피운 이는 어디 갔는지, 그곳에는 아무도 없었다. 아이들과 나뿐이었다. 저멀리 땅바닥에 낙원웨딩홀의 간판이 쓰러져 있는 것이 보였다. 맥이 탁 풀린 나는 불가에 놓인 플라스틱 의자에 주저앉았다.

웨딩홀은 장식을 다 뜯어내고 페인트칠까지 새로 해서 연회색의 멀끔한 건물이 되어 있었다. 요양원에 어울리는 외관이었다. 자연스레 이 건물에 들어올 노인들이 떠올랐다. 시간표에 따라 잠이 들고, 잠에서 깨고, 배식을 받아 밥을 먹고, 창밖을 보듯 벽을 보며 순서대로 죽음을 기다리는 노인들. 그것이 훗날 나의 모습이라고 해도 이상할 것은 없었다.

십오 년 전 나는 이곳에서 결혼했다. 아이를 임신한 채였고 곧 불행이 닥칠 것이라는 사실을 어렴풋이 짐작하고 있었다. 어쩌면 버진 로드를 걸어가며 불가에서 온기를 찾는 중년의 여자를 환상처럼 보았는지도 모른다.

청량한 벨소리와 함께 시원에게서 문자메시지가 왔다. 잘 도착해서 아버지를 만났다는 내용이었다. 아이는 사진을 한 장 첨부했다. 시원과 김의 사진이었다. 아이는 제 아버지와 함께 말간 표정으로 이쪽을 보고 있었다. 적의가 없는 얼굴. 오랜만에 보는 딸아이의 얼굴이었다.

시원의 이름은 내가 지었다. 임신 당시 딸이라는 데 실망한 부모님들은 아기 이름 따위엔 관심이 없었고, 김은 자신은 그런 데 소질이 없다면서 뒤로 내뺐다. 돈을 주고 이름을 받아오고 싶지는 않아 며칠 동안 사전을 뒤져보았지만 딱히 마음에 드는 게 없었다. 그러다 아이를 낳으러 갔다. 그런 고통은 처음이었다. 실신할 때마다 이대로 죽고 싶다고 생각했다. 하지만 그렇게 쉽게 끝나지 않았다.

꼬박 이틀을 진통한 끝에 아이는 한숨을 쉬듯 낮게 울며 태어났다. 검고 푸르고 주름진 아이의 얼굴을 본 순간, 시원始原이 떠올랐다. 아직 아무것도 담기지 않은 두 눈과 입술, 투명한 손과 발에 내가 그 이름을 입혔다. 그 이름으로 부를 때마다 아이가 응답하는 것도, 고개를 돌려 나를 보고 눈을 맞추는 것도 놀라웠다. 이제 그 시간은 지나가버렸다. 내 인생에 다시 그런 순간은 없을 것이다. 시원은 내게 돌아오지 않을 것이다. 나는 고통이나 후회 없이 그 사실을 깨달았다.

최에게서 뒤늦게 연락이 왔지만, 받지 않았다. 문득 두통이 사라진 것을 느낄 수 있었다. 차가운 바람이 머릿속을 통과하는 것 같았다. 불길은 어느새 조금 수그러들었고 남은 장작도 얼마 되지 않았다. 여자아이는 언제부턴지 꾸벅꾸벅 졸고 있었다. 남자아이가 이제 가자는 듯 자리에서 일어났다. 하지만 나는 뭔가를 기다리는 사람처럼 망설이고 있었다. 뭘 기다리고 있는지 스스로도 알 수 없었다. 잠든 여자아이의 얼굴은 오래전 누군가의 얼굴을 떠오르게 했다. 그것은 나에게 간절한 마음이 들게 했고, 나는 그 모순을 견딜 수 없었다. 불을 피운 이는 끝내 나타나지 않았다. 나는 온기가 낭비되지 않도록 좀더 그곳에 머물고 싶었다.

고양이 자세를 해주세요

슬프면 음식을 안 먹는 사람이 있고, 더 먹는 사람이 있다. 나는 후자다. 지난 9월 이후 식비가 세 배 늘었다. 내가 직접 계산해본 건 아니다. 그간 나는 식비 따위를 계산할 수 있는 심경이 아니었다. 엄청난 카드값 앞에 망연자실했는데, 배달음식 말고는 카드 쓸 일이 없었던 것뿐이다.

배달의 세계란 놀랍다. 그 신속함, 다양함, 편리함이라니. 나는 집밖으로 한 걸음 내딛지 않고도 이 동네에서 배달 앱으로 주문할 수 있는 가장 먼 곳의 식당 깃발을 정복했다. 빨갛게 양념된 떡볶이가 주식이었다. 떡볶이만큼은 아무리 먹어도 질리지 않았다. 혼이 빠지게 매운 양념을 먹으면 우울도 잠시간 잊혔다. 쌓여가는 플라스틱 용기를 보면 물개와 북극곰에게 미안하기도 했지만 어쩌랴, 그들은 너무나 먼 곳에 있었다. 나는 당장의 허기와 고통을 달래야 했다.

옆집에는 고등학생과 대학생, 두 자녀를 둔 오십대 부부가 살고 있다. 그들과는 이사온 날 처음 만났다. 맵시 좋은 부인은 너무 단출한 나의 이삿짐을 보더니 혼자 사느냐고 물었다. "네"라고 대답하자 짧은 순간 당황하더니 "성공하셨나보네요"라고 응수했다. 삼십 평대 아파트에 혼자 사는 것이 온당치 않다는 뉘앙스로 들렸다. 난 억지로 웃어 보인 후 집에 들어가 문을 닫았다.

방 세 개, 욕실 두 개가 있는 집에서 내가 쓰는 공간은 안방과 안방에 딸린 욕실뿐이다. 다른 공간은 전부 텅 비어 있다. 민수와 같이 살던 집에서 가구나 살림은 하나도 가지고 나오지 않았다. 급하게 사들인 싱글 침대와 이불, 삼십 인치 텔레비전이 이 집에 가지고 들어온 전부였다. 예전 살림을 정리하고, 부수고, 나누는 과정을 나는 감당할 수 없었다. 그 모든 일은 민수가 맡아 했다.

민수와는 육 년 조금 넘게 살았다. 결혼식을 올린 뒤 혼인신고를 하지 말자고 한 사람은 바로 나였다. 당시 막 가격이 오르기 시작한 S시의 아파트 때문이었다. 국가에서 S시로 행정수도 이전 계획을 발표하면서 계약직 공무원인 내게까지 분양권이 온 것이다. 대출이자를 갚느라 허리가 휘었지만 내 이름으로 된 내 집이 있다는 것이 떳떳하고 배불렀다. 앞으로 결혼 따위 하지 않아도 좋을 것 같기도 했고, 결혼할 준비가 다 끝난 것 같기도 했다.

정작 신혼집은 민수가 사왔다. 그의 어머니가 오래전 사두었던 집을 민수의 명의로 바꿔준 것이었다. 지방에서 제법 규모가 큰 과수원을 운영하는 민수의 어머니는 나를 처음부터 마음에 들어하지 않았다. 민수보다 내가 세 살 연상인 것도, 붙임성이 없는 것도, 정규직이 아닌 계약직 공무원이라는 것도 탐탁지 않아했다. 그래도 내가 집을 가지고 있다는 것만큼은 인정해주었다. 세금 감면 혜택을 위해 당분간 혼인신고를 하지 않겠다는 내 의견에도 동조했다. 아들의 미래에 보탬이 된다고 판단했던 것이다.

뭐 얼마나 된다고 혼인신고를 안 해, 라고 말리던 사람들도 정확한 액수를 들으면 그럴 만하다고 고개를 끄덕였다. 최근 몇 년 사이 S시의 아파트값은 널뛰듯 뛰었다. 그간 착취당해왔다고 느낀 계약직의 피해의식을 한순간에 날려버릴 정도였다. 매일 아침 눈을 뜨자마자 휴대폰 앱으로 집값 변동 추이를 확인하며 짜릿함을 느꼈다. 그래프는 끝없이 고공행진했고 지난여름에는 전고점 대비 상승률이 최고 수치를 찍었다. 나는 신중한 노름꾼처럼 주변을 둘러보았다. 전세 세입자의 계약이 만료되는 여름쯤 S시의 아파트를 팔아 남은 대출금을 상환하고 다른 투자상품을 알아볼 작정이었다. 다음해에는 마흔이었다. 언제까지나 혼인신고를 하지 않은 채로 살아갈 수는 없다고 생각했다.

S시의 아파트를 매물로 내놓은 날, 평소보다 일찍 퇴근한 나는

집에 돌아오면서 슈퍼에서 맥주를 샀다. 그다음 주는 여름휴가였고, 치킨도 미리 배달을 시켰고, 집에 가자마자 맥주를 냉장고에 넣기만 하면 거의 완벽하다고 느낄 만한 저녁이었다. 집에 도착했을 때 거실에는 뜻밖에도 민수가 있었다.

"웬일이야, 이렇게 일찍?"

민수는 옷도 갈아입지 않고 소파에 앉아 있었다.

"더운데 왜 에어컨도 안 틀고 있어."

그는 고개를 돌려 나를 보았다. 아니, 내 뒤의 허공을 보는 것 같았다.

"할말이 있어."

그는 그날 사표를 냈다고 말했다. 농담인가 싶었지만 농담이 아니었다.

민수는 자동차를 만드는 대기업에 다녔다. 가혹하리만치 업무량이 많은 곳이었다. 매일 야근에 주말에도 출근하는 날이 많았다. 부서 내 분위기가 엄격해서 과업을 피할 길이 없었다. 업무량을 견딜 수 없으면 그만두라는 식이었다. 민수는 자주 불행감을 토로했다. 다 그만두고 일 년만 쉬고 싶다고, 제주도나 울릉도 같은 곳으로 홀로 떠나고 싶다고 했다. 그때마다 나는 지지 말고 이겨야 한다고, 강한 자가 살아남는 게 아니라 살아남는 자가 강한 것이라고 충고했다. 이제 와 회사를 그만두면 무엇을 할 수 있겠나. 블록마다 한 개씩 보이는 카페? 베이커리? 치킨집? 회사를 그만두면 또

다른 고통이 시작된다. 민수는 무표정한 얼굴로 고개를 끄덕였다. 나는 그것이 나의 말을 인정한다는 뜻인 줄 알았다.

"나는 대구 어머니 집으로 갈 거야. 당신은, 당신이 알아서 해."

"회사를 그만둔다고 해서 나와 헤어질 필요는 없어."

"그래. 별개의 문제야."

그는 이제야말로 본론이라는 듯 나를 향해 몸을 틀어 앉았다.

"당신과 더이상 삶을 도모할 자신이 없어."

그는 나의 모질고 끈덕진 성격에 지쳤다고 했다. 자신은 이제 그 무엇에도 쫓기지 않고 느릿느릿 흘러가는 삶 자체를 바라보고 싶다고, 어떤 부담도 무게도 없이 혼자 살고 싶다고 했다.

여름휴가 내내 집에 틀어박혀 싸우고, 울고, 협박하고, 애원했으나 결론은 같았다. 민수는 어린아이에게 말하듯 나직하게, 인내심을 가지고 같은 말을 반복했다.

"당신을 사랑하지 않아."

사랑하지 않는다는 남자를 계속 붙잡을 길이 없었다.

우리는 그렇게 헤어졌다. 민수는 위자료 대신 내게 S시의 아파트를 가지라고 했다. 그 역시 그 집에 적지 않은 돈을 넣었으니, 꽤나 인심을 쓴 셈이었다. 그래도 고마운 마음 따윈 들지 않았다. 차라리 다른 여자가 있었다면 정리하기가 쉬웠을 거란 생각이 들었다. 어떤 열정도 욕망도 없이, 그는 자기 인생에서 나를 가볍게 잘라냈다. 그만큼 우리 사이에는 아무것도 남아 있지 않았던 것이다.

민수와는 결혼생활 내내 갈등이 많았고, 돌이켜봐도 그다지 애틋한 부부관계는 아니었다. 그는 가끔 병이 도지는 사람처럼 연락 없이 사라졌다가 돌아오곤 했다. 나는 그가 어디에 갔다 왔는지, 뭘 했는지 묻지 않았다. 그런 것이 우리의 정해진 역할이라고 생각했다. 그는 떠나고, 나는 기다린다. 시간이 얼마나 지나든 그는 반드시 돌아온다— 그 무슨 믿음이었단 말인가. 우리 사이에는 아이가 없었다. 빚을 대신 지거나 명의를 공유한 일도 없었다. 혼인신고를 하지 않았으니 이혼 수속을 밟을 필요도 없었다. 우리는 각자 놀이터에 나왔다가 엄마가 불러서 집으로 돌아가는 아이들처럼 깔끔하게 헤어졌다.

민수는 대구로 내려가고, 나는 팔려고 내놓았던 S시의 아파트로 들어갔다. 당시 나는 새집을 알아볼 정신이 없었다. 세무서에서 종일 장부를 들여다보고 틀린 계산을 잡아내는 일에도 집중할 수 없었다. 무리하게 낸 휴가를 연장했다가 또다시 연장했고 더 연장할 수 없게 되어 옷을 입고 출근하다가 버스정류장에서 집으로 다시 돌아왔다. 아무것도, 한 발자국 걸어가는 것도 할 수 없다는 생각이 들었다. 아주 무거운 옷을 입은 것처럼, 온몸이 물에 젖은 솜처럼 늘어졌다.

세무서에서 면직당한 후 집에 들어앉은 것이 9월이었다. 에어컨 없이 낮에는 좀 덥지만 밤이면 선선한 바람이 불기 시작하는 때. 나는 온종일 텔레비전 드라마를 보면서 시간을 보냈다. 1990년대

드라마부터 최근의 것까지, 16부작, 24부작, 120부작 시리즈들을 이십사 시간 틀어놓고 지냈다. 그 소리를 들으면서 자고, 먹고, 일어나 집안을 돌아다녔다. 배우들이 연출하는 생활의 모습을 지켜보고, 소리를 들으면서 살아갔다. 가끔 내가 텔레비전 안으로 빨려들어간다고 해도 이상하지 않을 것 같다는 생각이 들었다.

겨울이 오자 몸에 이상이 생기기 시작했다. 어깨와 허리 통증이 심해지더니 소화불량으로 음식을 먹는 족족 체했다. 해가 지면 두꺼운 파카를 입고 모자를 쓰고 나가서 길을 걸어보았지만 불편함은 나아지지 않았다. 어느 날 밤거리를 걷다가 상가 이층에 요가원이 있는 것을 보았다. 묵타요가. 나는 휴대폰을 꺼내서 그곳의 전화번호를 찍었다.

세무서에 다닐 때부터 요가원은 꾸준히 다녔다. 요가는 종일 앉아 있느라 경직된 몸을 풀어주는 데 좋았고, 업무 스트레스를 푸는 데 명상이 도움이 되었기 때문이다. 비정규직으로 팔 년간 한 직장에서 버티는 것은 쉬운 일이 아니었다. 첫 재계약을 앞둔 해에는 하혈을 할 정도로 압박감이 심했다. 그때 요가를 접하면서 숨을 쉬기가 한결 편안해졌던 것이 기억났다.

다음날 나는 헐렁한 운동복을 입고 시간에 맞춰 요가원에 갔다. 상담 테이블에는 중년의 여자가 앉아 있었다. 어중간한 오후 시간인데도 수련생이 적지 않았다. 남자 수련생이 세 명이나 되는 것도 특이했다. 그들은 똑같이 헐렁한 민소매 티셔츠와 반바지를 입고 있었다. 시간이 되자 그중 한 남자가 자리에서 일어나더니 앞으로 나갔다. 그가 선생님이었던 것이다.

선생님은 오십대의 남자였다. 그는 자신의 힌디식 닉네임을 '묵타'라고 소개했다. '해방된 자, 자유로운 영혼'이라는 뜻이라고 했다. 또랑또랑한 눈동자와 작은 얼굴, 아담한 체구가 다소 귀엽다고 할 만한 인상이었는데, 구령 소리가 굵고 매서워 흠칫 놀랐다. 수련장 안을 쩌렁쩌렁 울리는 소리였다. 그는 수리야 나마스카라 태양 경배 자세를 반복하여 이끌었다. 수련이 다 끝나자 온몸이 땀에 젖어 있었다. 나는 다리를 후들거리며 집에 돌아왔다.

그후 하루에 한 번, 요가를 하러 가는 시간만큼은 꼭 지켰다. 수련을 하면서 몸 상태가 나아지는 것을 느낄 수 있었다. 진작 이곳에 왔으면 좋았을 거라는 생각이 들었다. 이 주째 되는 날 수련이 끝나고 매트에 누워 있는데 누군가가 내 옆으로 와서 나를 내려다보았다. 남자였다. 못생긴 얼굴이 왠지 낯익었다. 그가 자신의 이름을 말하자마자 기억이 났다. 문과대 최고 추남, 동기 이정우였다.

정우와는 스무 살 봄에 국문과 신입생 환영회에서 처음 만났다. 꽃바람이 부는 캠퍼스에서 새로운 인생의 서막이 열린 참이었다. 나는 길에서 만나는 남자애들마다 내 남자친구가 될 가능성을 점쳤지만 정우는 아니었다. 너무 못생겼던 것이다. 못생김의 기준은 가지각색이겠지만, 그의 못생김은 무척 전형적인 것이었다. 여드름투성이 피부에 길게 찢어진 눈, 낮은 들창코, 무엇보다도 결정적으로 치아교정을 하고 있었다. 그는 텔레비전에서 바보 연기를 하는 개그맨을 닮았고, 곧 이름 대신 그 별명으로 불렸다. 그때마다 정우는 난감한 어린애 장난을 대하듯 웃었다.

나는 정우와 빠르게 친해졌다. 함께 교양수업을 듣고, 떡볶이를 먹고, 서로 도서관 자리를 맡아주면서 시시껄렁한 이야기를 나누었다. 정우는 소설가가 되고 싶어했다. 내게 한두 편의 소설을 보여주기도 했다. 국문과 안에서도 작가가 되겠다는 사람은 처음이었다.

우리 사이에 이성적인 긴장감은 조금도 없었다. 그런데도 내가 연애를 시작하면서 점점 사이가 멀어지고 말았다. 일 년 선배인 남자친구가 우리 사이를 못마땅해했던 것이다. 정우는 군대에 다녀온 후 세계일주 여행을 떠났고 나는 실연 이후 조기졸업으로 학교를 떠났다. 그후에도 나는 종종 웹 사이트에 정우의 이름을 검색해보았지만 그중 소설가는 없었다. 어떤 뮤지컬 배우의 얼굴만 나올 뿐이었다. 나는 그 사실이 매번 섭섭하고 조금 쓸쓸했다.

정우는 그 뮤지컬 배우의 공연을 본 적이 있다고 말하며 웃었다. 우리는 요가원에서 나와 일층에 있는 커피숍으로 내려온 참이었다. 본명이 인터넷에 검색되지는 않지만, 정우는 소설가가 되었다고 했다. 그는 '모르페우스'라는 필명으로 웹소설을 쓰고 있었다. 대학 때도 같은 필명으로 쓴 글을 보여줬던 것이 뒤늦게 떠올랐다. 그리스신화에 나오는 꿈의 신 이름. 그는 포털 사이트의 소설 플랫폼에서 오 년째 한 작품을 연재중이었는데, 클릭 수와 구독 순위가 엄청났다. 나는 진심으로 그의 성취를 기뻐했다.

우리는 커피를 마시고, 길 건너에 있는 이탈리아 식당에서 이른 저녁을 먹었다. 정우는 질 좋은 니트와 매끈한 치노 팬츠를 입고 있었다. 치아 교정기는 사라졌고, 다소 말랐던 과거보다 살이 붙어 있었다. 눈에 띄게 못생겼던 과거의 개성이 세월 속에 뭉뚱그려진 모습이었다. 그에게 나의 모습은 어떻게 보일지 궁금했다. 민낯에 운동복 차림이니 참담한 지경일 게 뻔했다. 그래도 즐거웠다. 누군가와 이야기를 하고 같이 밥을 먹는 것이 몇 개월 만인지 몰랐다.

우리는 식사 후에 호프집으로 이동해서 맥주를 마시기 시작했다. 그리고 자정이 다 되어 내 집으로 갔다. 나는 운동복을 벗고 몸을 씻은 후 그와 관계를 맺었다. 어떻게 일이 그렇게 진행되었는지 모르겠다. 아마도 나에게 그것이 필요했던 것 같다.

다음날 일어났을 때 정우가 없었으면 했지만, 뜻대로 되지는 않았다. 그는 부엌에서 커피를 마시고 있었다.

"커피 마실래?"

나는 고개를 끄덕였다. 정우는 자리에서 일어나 물을 끓이고, 컵을 꺼내 봉지커피를 타 주었다. 자기 부엌이라도 되는 듯 천연덕스러웠다. 커피를 다 마신 뒤에는 컵을 씻었고, 주변을 둘러보더니 내게 먹을 건 없느냐고 물었다. 나는 찬장에서 컵라면을 꺼내 주었다. 갑자기 나도 허기가 느껴졌다. 우리는 거실 바닥에 나란히 앉아 컵라면을 먹었다.

"고백할 게 있어."

면발을 빨아들이며 정우가 입을 열었다. 나는 그를 힐끗 바라보았다.

"설마 유부남은 아니겠지."

전날 나는 서류 없이 결혼하고 이혼한 전남편에 대해 말했고, 지금 이 집에 들어오게 된 경위에 대해서도 말했다. 도무지 말하는 것을 멈출 수 없었다. 정우는 내 이야기를 듣기만 할 뿐이었다. 그는 자신에 대해서 별다른 말을 하지 않았다.

"설마. 결혼은 하지 않았어."

나는 안도의 숨을 내쉬었다.

"좋아하는 여자가 있어. 애인은 아니야. 나 혼자 좋아하는 거지."

"오."

나는 그 말밖에 할 수 없었다.

"그런데 윤민수가 누구야? 밤새 무시무시하게 저주하던데. 죽으라구, 죽어, 죽어, 죽어."

"전남편."

그는 고개를 끄덕였다. 그렇게 서로의 입장 정리가 끝났다.

나는 정우에게 전날 일에 대해 잘 기억이 안 난다고 했지만, 거짓말이었다. 그날 밤 나는 그를 내 손으로 침대로 이끌었다. 우리는 각자 옷을 벗었고 알몸으로 이불 속으로 들어가 서로를 끌어안았다. 그가 여자를 만지고, 바라보고, 호명하는 방식—그 모든 것이 민수와는 달랐다. 다 끝나고 난 뒤 나는 깊은 한숨을 내쉬었다. 안도감. 온몸을 하얗고 커다란 이불처럼 감싸는 안도감 때문이었다.

그날부터 요가 수업이 겹치는 날이면 정우와 저녁을 먹고, 내 집에 가서 조금 노닥거린 후 관계를 가졌다. 순서가 뒤바뀌는 날도 있었다. 어쨌든 정우가 요가원에 나오는 일주일에 사흘은 함께 운동을 하고 관계를 가지는 것이 우리의 루틴이었다.

정우와는 말이 잘 통했다. 예전부터 그랬다. 그는 다른 사람의 말을 관심 있게 들어주었고, 질문을 하지 않고도 다른 이야기들을 계속 이끌어내는 재주가 있었다. 육체관계에서도 비슷한 느낌을 받았다. 매 순간이 자연스럽고 편안했다. 그의 몸은 다른 사람들보다 따뜻했다. 피부는 늘 깨끗했고, 기분좋은 향기가 났다.

"궁금한 게 있는데 대답하기 싫으면 안 해도 돼."

어느 날 나는 관계가 끝난 후 정우에게 물었다.

"좋아한다는 여자 말이야. 누구야?"

정우는 피식 웃었다.

"웹소설 담당 직원이야. 만나는 일은 좀처럼 없지만 매일 한 번씩 메일을 주고받지. 연재 시작 때부터 같이했으니까 오 년 됐네. 내가 원고를 보내면 여자가 확인하고 교정본을 돌려주는 거야. 전화로 한두 마디 말을 주고받기도 하고."

"고백해보지, 왜."

"고백 못해."

정우는 침대에 누워 천장을 바라보았다.

"작년에 결혼했거든."

나는 그와 함께 천장을 올려다보았다. 할말이 없었다.

"그럼 끝난 거 아니야?"

"글쎄 그게 그렇게 간단한 문제는 아니야."

나는 고개를 돌려 정우를 바라보았다. 그는 아무 표정도 없는 얼굴로 말을 이어나갔다.

"왜냐하면 내가 쓰는 소설에 그 여자가 나오거든."

나는 한숨을 내쉬었다. 이건 꽤나 복잡한 관계였다. 하지만 그 복잡함이 내게 어떤 여파를 미치지는 않았다. 나는 도리어 그 어느 때보다 단순해졌다. 종일 집에 틀어박혀 드라마를 보거나 배달음식을 시켜 먹는 대신 매일 요가원으로 갔다.

무슨 이유에선지 나는 전과 달리 수련에 깊게 빠져들었다. 아마도 내가 고통을 향해 기꺼이 다가갔기 때문일 것이다. 고통은 아무 감각 없던 나의 몸과 마음에 살아 있다는 느낌을 주었다. 묵타 선생님의 커다란 구령이 내 몸을 울리고 깊이 있는 동작으로 이끌었다. 나는 전에 시도해본 적 없던 고난이도 동작들을 시험해보았다. 고통을 통해서 몸의 지경이 늘어나는 것을 체험했다. 그리고 제자리로 돌아왔을 때는 놀라울 만큼의 평안이 스미는 것도.

새해 첫 주, 나는 누구의 도움도 받지 않고 물구나무서기에 성공했다. 살람바 시르사아사나, 머리로 땅을 짚고 지탱한다는 뜻이었다. 몸을 거꾸로 세웠는데도 무게의 부담이 느껴지지 않았다. 두 다리가 무중력상태처럼 허공에 떠 있었다. 한순간 나는 나의 몸을—그 크기와 형식과 무게를 거의 느낄 수 없었다.

그날 묵타 선생님은 내게 심화 과정에 들어오지 않겠느냐고 물었다. 심화 과정은 수련 시간이 정오로 앞당겨져 전처럼 정우와 같이 운동할 수 없었다. 이제 그를 만나려면 직접 연락해야 한다는 뜻이었다. 우리는 서로의 번호를 묻지 않았다. 늘 요가원에 와서 만났을 뿐이었다.

나는 그의 연락처를 찾지 않았다. 수련 시간을 바꾸고 일주일이 지나는 동안 정우 역시 내게 연락하지 않았다. 조금 섭섭하고 괘씸하다고도 느꼈지만, 이대로 끝이라고 해도 할 수 없다는 생각이 들었다.

나는 웹 사이트에 들어가서 그의 소설을 찾아보았다. 검투사와 마물, 중세 기사가 나오는 판타지로 첫 장면부터 피와 살인이 난무했다. 신분제도의 최말단인 농노의 자식이 마물과 괴수들을 물리치고 기사단의 단장이 되는 것이 이야기의 가장 큰 줄기였다. 주인공은 어린 시절부터 짝사랑해온 영주의 딸을 지키기 위해 몸을 던져 싸운다. 그 과정에서 그와 엮이는 수많은 여자들—짙은 성애 묘사와 끝내 가지지 못할 영주의 딸을 향한 갈망을 드러내는 장면들. 나는 다 읽지 못하고 페이지를 닫았다.

심화 과정에서는 이론 수업을 병행해서 들어야 했다. 나 말고 두 명의 수강생이 더 있었는데, 사십대 주부와 대학 무용과에 다니는 학생이었다. 우리는 원처럼 둥글게 앉아 묵타 선생님에게 강의를 들었다. 우리 중에 또래의 주부인 여자가 제일 열성적이었다. 그녀는 매일 간식거리를 싸와서 우리에게 나눠주고, 열심히 필기한 내용을 복기시켜주기도 했다. 무용과 학생은 아무래도 취업에 가장 관심이 큰 듯했다. 그들은 내가 무슨 일을 하는지, 가족은 어떻게 되는지, 어디 사는지 궁금해했다. 나는 대개 말을 흐리며 웃어 보였다. 대단한 비밀이라서가 아니라, 그 모든 것을 펼쳐놓을 기력이 없었던 것이다. 한마디로 설명할 수 있는 인생이란 얼마나 간편한가. 내게도 그런 시절이 있었다. 일 년도 되지 않았는데 전생처럼 아득하기만 했다.

심화 과정에는 개인 수련 시간이 있었다. 어려움을 느끼는 동작을 반복적으로 오랜 시간 수련할 수 있었다. 나는 몸을 뒤로 구부리는 후굴이 늘 어려웠는데, 끼니도 잊고 두 시간 이상 수련했던 날 마침내 상체를 뒤로 구십 도 가까이 젖힐 수 있게 되었다. 가슴이 뻥 뚫린 것처럼 후련한데, 알 수 없는 눈물이 흘렀다. 우는 나를 보고 묵타 선생님이 다가왔다.

"시원하죠?"

선생님은 내 허리를 좀더 앞으로 밀어주었다. 후굴이 깊어졌다.

"많이들 울어요. 수십 년 얹힌 것들이 다 사라지는 기분이라고. 사실 수십 년간 쓰지 않은 근육을 쓴 것뿐인데도요."

선생님은 뒤로 뻗은 내 손을 잡더니 부드럽게, 하지만 확실한 힘을 가하며 거꾸로 바닥을 딛게 했다. 온몸이 활처럼 당겨졌다.

"두려워하지 말고 어떤 기분이 드는지 느껴봐요. 손끝과 발끝에서 어떤 감각이 전해지는지. 그게 전부예요."

그날 땀에 젖은 운동복을 갈아입고 점퍼를 입는데 몸이 떨렸다. 빠르게 뛰는 심장박동이 이상하리만치 크게 느껴졌다. 밖으로 나오니 눈이 내리고 있었다. 솜뭉치 같은 눈송이는 땅에 닿자마자 녹아버렸다. 갑자기 멀미가 나는 것처럼 속이 메슥거렸다. 온몸이 공중에 떠올라 부유하다가 이내 눈처럼 사라져버릴 것 같았다. 아니, 이미 투명하게 사라지는 중인 것 같았다. 하늘이 어둑어둑한 오후 세시였다. 나는 요가원에 올라가서 정우의 연락처를 물었다.

정우는 한참 만에 전화를 받았다. 마감을 못 끝내 글을 쓰는 중이라고 했다. 그는 조금 망설이더니 내게 자신의 집으로 오겠느냐고 물었다. 나는 택시를 잡아탔다.

"어서 와."

정우는 문을 열어 나를 들인 후, 곧장 다시 책상 앞에 가서 앉았다. 그는 정말 정신이 없어 보였다. 잠시만 기다려달라고, 마무리가 잘 안 된다고, 집안에 있는 건 뭐든지 먹고 마시고 건드려도 된다고 했다. 나는 정적 속에서 울리는 키보드 소리를 들으며 멍하니 소파에 앉아 있었다. 잠시 후 그가 자리에서 일어나더니 라디오를 틀어주었다. 척 베리의 〈Rock and Roll Music〉이 나왔다. 디제이가 눈이 와서 도로 정체가 시작되었다는 소식을 전해주었다. 나는 정우의 뒷모습을 보다가 까무룩 잠이 들었다.

잠에서 깼을 때 더이상 키보드 소리는 들리지 않았다. 정우는 발코니에서 누군가와 통화를 하고 있었다. 원고 분량이 어떻고 삽화가 어떻다 하는 말이 오가는 것으로 봐서 연재 담당자와 통화하는 것 같았다. 어쩌면 그가 좋아한다는 그 여자인지도 몰랐다. 아닌 게 아니라 정우의 옆모습은 조금 상기되어 보였다. 그사이 바깥은 온통 눈이 쌓여 있었다. 전화를 끊은 정우도 그 풍경을 바라보았다. 나는 유리창을 두드렸다. 그가 고개를 돌려 날 보고는 피식 웃었다.

그간 정우는 원고를 쓰느라 무척 바빴다고 했다. 새 시즌 론칭을 앞두고 있어서 잠자는 시간을 빼고는 온통 글만 써야 했다면서 보호대를 찬 손목을 올려 보였다. 나는 그의 작품을 읽어보았노라는 말을 하지 않았다.

정우의 책상은 만찬 테이블이라고 해도 좋을 만큼 커다랬다. 컴퓨터와 키보드, 온갖 책들이 두서없이 쌓여 있는 가운데 클레이로 만든 작은 성이 보였다. 성에는 창문과 난간, 위로 열린 도개교도 있었다. 그는 그것을 직접 만들었다고 했다.

"이걸 네가 만들었다고?"

그는 쑥스럽다는 듯 웃었다. 그렇게 웃는 모습은 처음 보는 듯했다.

"전체 작품의 일부분이야."

"나머지는 어디 있는데?"

그는 내게 정말 다른 것들도 보고 싶으냐고 물었다. 멀지 않은 곳에 그의 나머지 작품을 모아놓은 곳이 있다고 했다. 나는 겉옷을 입고 그를 따라나섰다.

키즈 카페에 가본 것은 처음이었다. 내 주변에는 아이가 없는 부부나 결혼하지 않은 사람들뿐이었다. 삼십대를 지나면서 아이를 둔 친구들과는 서서히, 예외 없이 연락이 끊어지고 말았다. 언어와 시차가 다른 나라에 사는 사람들처럼 삶의 축이 완전히 달라졌기 때문이다.

키즈 카페는 정우의 집에서 몇 블록 건너에 있는 빌딩 꼭대기층에 있었다. 사장은 정우를 무척 반기며 꼭 식사를 하고 가라고 당부했다. 우리는 놀이공원에 들어갈 때처럼 손목에 종이 밴드를 찼다. 아이들의 웃음소리가 여기저기서 울렸다.

키즈 카페는 몇 가지 놀이 섹션으로 나뉘어 있었다. 각 섹션 사이사이를 장난감 기차가 돌아다녔다. 정우의 작품—클레이로 만든 마을—은 기찻길을 따라 전시되어 있었다. 정우의 작업실에서 본 것과 똑같은 성을 중심으로 붉은 벽돌집, 방앗간, 빵집, 대장간, 농장, 논과 밭이 펼쳐져 있었다. 규모가 대단했다. 그것들을 다 만드는 데 이 년이 넘게 걸렸다고 했다. 돈을 받지 않고 모두 이곳에 기증했다는 것도 놀라웠다.

"왜 돈을 안 받아?"

"사주는 사람이 없으니까."

그는 그렇게 말하고 웃었다.

우리는 푸드코트에 가서 스파게티와 감자튀김을 주문했다. 전장과 다름없는 식당이었다. 아이를 쫓아다니며 음식을 먹이는 부모들, 파스타 면을 가지고 장난치는 아이들, 바구니에 담긴 갓난 아기를 테이블 위에 올려놓고 허겁지겁 밥을 먹는 사람들도 있었다. 스파게티는 별다른 맛이 느껴지지 않았다. 나는 별, 하트, 축구공 모양의 감자튀김을 보고 웃었다. 역시 눅눅하고 싱거운 맛이었다. 우리는 거의 다 남긴 음식을 슬그머니 분리수거대에 가서 버렸다. 밥은 먹었느냐는 사장의 질문에 잘 먹었다고 외치고 키즈카페를 나왔다.

"아이는 원한 적 없어?"

건물에서 나와 길을 걷는데, 문득 정우가 물었다. 나는 천천히 입을 열었다.

"생각 안 해봤어. 남편이 원하지 않았거든."

"그렇군."

나는 일부러 눈이 쌓인 길로 걸었다. 운동화 밑에서 뽀드득, 뽀드득 소리가 났다.

"그럼 이제 열심히 생각해봐."

정우가 말했다.

"네가 원하는 게 뭔지."

"글쎄, 늘 고양이를 키우고 싶었던 것 같아."

"왜 고양이지?"

"외로움을 덜 탄다고 하니까."

"덤으로 너의 외로움은 구원되고?"

"잘 아네."

나는 흐흐 소리를 내어 웃었다. 우린 눈앞에 있는 포장마차에 들어가 짜장면을 주문해서 먹었다.

그날 나는 정우의 집에서 잤다. 싱글 침대가 너무 좁아서 접이식 매트리스를 깔고 그 위에서 관계를 가졌다. 나는 전보다 많이 흥분했고, 작은 움직임에도 쾌감을 느꼈다. 마지막 순간에는 정우의 등을 깊게 할퀴었다. 그는 낮은 소리를 내며 내 손을 붙들었다.

정우가 씻는 사이 나는 작업실을 둘러보다가 그의 연재소설이 종이책으로 출간된 것을 보고, 그것을 꺼내들었다. 표지에 익숙한 그림이 그려져 있었다. 그가 클레이로 만든 성과 마을의 그림이었다. 그때 책 안에서 사진이 우수수 쏟아졌다. 맑고 순한 인상의 여자가 반복해서 등장하는 그 사진들을 나는 한참 들여다본 후 다시 책 속에 끼워넣었다.

겨울은 돈이 많이 드는 계절이었다. 기실 돈을 벌지 않고 지낸 지 육 개월이 되어가고 있었다. 나는 예전처럼 무분별하게 배달음식을 시켜 먹지 않았다. 보일러는 안방만 최소 온도로 틀고, 난방텐트 안에 들어가 지냈다. 요가 말고 정기적으로 돈을 쓰는 곳도 없었다. 그렇지만 어느 순간 돈이 다 말라버렸다. 급하게 일을 알아봤지만 전과 비슷한 자리도 구하기 어려웠다. 세무서에서 일했던 경력으로 겨우 장부 쓰는 파트타임 일을 구했을 뿐이다. 아파트 관리비와 세금, 휴대폰 요금을 겨우 메울 수 있는 돈이었다. 아파트 대출이자가 밀린 지도 몇 달이 지났다.

정우는 내게 이사를 권했다. 홀로 생활하기에는 집이 필요 이상 큰데다, 방치된 빈 공간은 더 빨리 노후화되기 마련이라는 것이었다. 그의 말이 옳다는 것은 나도 알고 있었다. 집을 팔지 않으면 어쩌지 못할 만큼 코너에 몰려 있기도 했다.

집을 내놓자마자 사람들에게서 연락이 왔다. 매물이 귀하다고 했다. 실제로 집을 보지도 않고 사는 사람도 있다고 했다. 나는 어린아이를 업고 온 삼십대 부부와 계약했다. 그들은 빠른 시일 안에 리모델링 공사를 시작하기를 원했다. 그날 곧바로 계약금이 입금되었다.

정우는 새집을 구하는 일에도 많은 도움을 주었다. 차에 태워 다니면서 근방의 오피스텔과 아파트 단지를 보여주고, 함께 집을 보러 가주기도 했다. 어떤 집도 마음에 차지 않아 번번이 헛걸음만 하던 어느 날 나는 요가원이 있는 상가 바로 뒤에 아파트가 있는 것을 보고 홀로 공인중개사 사무실로 들어갔다. 거울을 보고 있던 주인 여자가 살갑게 나를 맞았다. 여자는 그 아파트가 소형 평수 단지라 평소 매물이 잘 나오지 않는다고 하더니 이리저리 전화를 돌려본 후 겨우 한 집을 찾았다. 나는 여자와 함께 집을 보러 갔다.

그 집은 민수와 결혼하기 전 내가 혼자 살았던 집과 똑같은 구조였다. 창문과 발코니의 위치까지 똑같았다. 십이층에서 내려다보니, 텅 빈 테니스장이 보였다. 나는 그 풍경에 어쩐지 마음이 끌려 한참을 내려다보다가 여자에게 계약을 하겠다고 말했다.

이사 날짜를 확정 지은 뒤 며칠 동안 머리가 멍했다. 요가 수업에도 집중할 수 없었다. 중대한 실수를 저질렀다는 생각이 강하게 들었다. 불안감이 심해져 밤에 잠도 오지 않았다. 내가 계속 전화를 받지 않자 정우는 집으로 날 찾아왔다. 나는 잠옷 차림으로 그를 맞았다.

"아무래도 집을 괜히 판 것 같아. 계약금을 돌려주고 파기할까 봐."

"그게 무슨 소리야?"

"내가 잘못 생각한 것 같아. 여길 떠나고 싶지 않아."

정우는 기가 막힌다는 듯 나를 보았다.

"새로 갈 집이 마음에 안 드는 거면 시간을 두고 다른 집을 알아봐도 좋아. 그동안 잠시 내 집에 들어와 있어도 좋고. 하지만 이 집은 그만 정리해. 집을 머리에 이고 사는 격이잖아."

"네 집으로 들어오라고?"

나는 깔깔한 목소리로 그에게 말했다.

"그거야말로 이상한 거지."

정우는 할말을 잃고 나를 바라보았다.

"머리에 이든 등에 지든, 나는 이 집에 계속 살고 싶어. 누구나 어쩔 수 없는 부분이 있는 거야. 네가 스스로 만든 환상의 세계에서 벗어날 수 없는 것처럼."

그가 비틀거리며 떠난 뒤, 나는 홀로 남았다. 텅 빈 거실 바닥에 한참을 앉아 있다가, 비로소 내가 지금껏 민수를 기다리고 있었다는 것을 깨달았다. 나는 그가 돌아오기만을 기다리고 있었다. 그래서 이 집을 나가기 싫었던 것이다. 이 집마저 사라지고 나면 그와 나 사이에 남은 것은 정말 아무것도 없다. 나는 그것이 두려웠다.

익숙한 열등감의 구덩이가 발밑에 벌어졌다. 한없는 추락. 육개월 전으로 시간 이동이라도 한 것 같았다. 일주일째 요가원에도 나가지 않고 무기력에 빠져 있는데 묵타 선생님에게서 전화가 왔다. 그는 내게 혹시 수업을 해볼 마음이 있느냐고 물었다. 심화반의 세 사람에게 마지막 타임 수업을 맡겨볼 생각이라고 했다.

요가원의 마지막 타임은 밤 아홉시 삼십분부터 한 시간 동안 진행되었는데 나는 화요일과 토요일 수업을 맡았다. 늦은 시간이니 스트레칭 위주로 진행하면 된다고, 숙련자들이 있으니 어렵지 않을 거라고 했다. 나는 얼떨떨한 기분으로 연꽃 모양 고리가 달린 열쇠를 받았다. 묵타 선생님은 아홉시면 아내와 같이 퇴근했다. 나는 수업을 마치고 요가원 문을 잠근 뒤 돌아가면 되었다.

마지막 타임 수련생은 네댓 명을 기본으로 요일에 따라 조금 줄거나 늘거나 했다. 나는 조명을 최대한 어둡게 낮추고 몸을 이완시키는 동작 위주로 수업을 진행했다. 당장 돈이 필요해서 일자리를 덥석 받았지만, 수업을 이끄는 것은 생각보다 즐거웠다. 다른 수련생들에게 무언가를 준다는 느낌, 그들의 몸이 편안해지도록 돕는다는 느낌이 좋았다. 종일 격무에 시달린 이들에게 쉼과

평안이 깃들기를 진심으로 바라며 수업을 진행했다. 모두 다 돌아간 뒤에 아무도 없는 요가원의 문을 잠그고 그 안에서 홀로 수련에 임하는 것도 좋았다. 캄캄한 요가원의 바닥에 누워 사바아사나 송장 자세를 하고 있으면 온몸이 땅속 깊은 곳으로 꺼지는 느낌이 들었다. 내면의 가장 깊고 어두운 곳까지 내려간 듯했다. 정우는 다시 내게 찾아오지 않았다. 나는 비로소 모든 걸 다 잃어버리고 혼자가 되었다는 사실을 깨달았다.

3월에 나는 트럭 한 대를 불러 홀로 이사했다. 그리고 근방에 있는 창고형 가구 매장에 가서 필요한 것들을 샀다. 널브러진 옷들을 전부 옷장에 집어넣고, 식탁과 의자를 들이고, 벽에 시계를 걸자 집안이 완전히 달라 보였다. 집을 팔자 내 계좌에는 큰돈이 들어왔다. 나는 그 액수를 소리 내서 말해보았다. 아무것도, 고통마저 느껴지지 않았다.

사방에서 벚꽃 망울이 터지던 무렵 나는 민수의 전화를 받았다. 안녕, 이라고 그는 말했다. 목소리를 들으면 화가 날 줄 알았는데 그렇지 않았다. 반가웠다. 그는 주말에 서울에 올 일이 있다고, 나를 한번 보고 싶다고 했다. 우리는 단골로 다니던 커피숍에서 보기로 했다.

세 계절이 지나 만난 민수는 전과 달라 보였다. 얼굴이 검게 그을려서인지 건강하고 다부져 보였다. 그는 사과 한 박스를 가져왔다. 어머니의 과수원에서 딴 첫 사과라고 했다.

"좋아 보인다."

민수는 내게 말했다.

"그래? 다행이네."

나는 웃어 보였다. 천만에, 나는 아직 괜찮지 않다고, 아직 너를 죽이는 꿈을 꾼다고, 아직 패배감과 배신감에 시달린다고 말할 수는 없었다. 그 말을 하느니 혀를 깨물고 죽을 것이다. 하지만 그날 나는 정말 괜찮아 보였고—살이 빠져서 신혼 때 비싸게 주고 샀던 원피스를 입을 수 있었다—그래서 생각보다 더 의연하게 그를 마주볼 수 있었다.

"당신에게 사과하고 싶어."

민수는 힘겹게 그 말을 꺼냈다.

"그때의 나는 뭐라도 잘라내지 않고는 견딜 수가 없었어. 내가 싫었어. 그렇다고 당신을 그렇게 내팽개쳐서는 안 되었는데."

예전의 나는 민수에게 사과 따윈 받고 싶지 않았다. 더이상 사랑하지 않는다는 남자에게 미안하다는 말을 듣는 것이야말로 최악의 이별이라고 생각했다. 하지만 아니었다. 그가 용서를 비는 순간, 그간의 벌어진 상처가 조금 아무는 듯했다. 그래, 나는 그에게 사과받아야만 했다. 이별에도 등급이 있는 것이다. 우리의 이별은 최하급이었다.

"나는 아직도 우리가 헤어진 게 잘 안 믿겨. 그렇다고 당신을 매일 생각한다는 뜻은 아니야. 관성 같은 거겠지."

민수가 동의하듯 천천히 고개를 끄덕이며 말했다.

"나는 당신이 바라는 사람이 될 수 없었어."

"내가 어떤 사람을 바랐는데?"

나는 그에게 부드럽게 되물었다.

"우린 그냥 서로를 참을 수 없었을 뿐이야. 변덕스러운 어린애들처럼."

한 박스 가득한 사과 때문에 민수는 나를 집까지 데려다주었다. 집 앞에 사과를 내려주고 그는 떠났다. 나는 편한 옷으로 갈아입고 사과를 먹었다. 사과를 먹으면서 태블릿으로 정우의 소설을 읽었다. 소설은 아주 재미있었다. 관능적이기도 했다. 주인공이 사랑하는 여자를 위하여 시간 속에 스스로를 가두는 부분이 가장 좋았다. 남자는 여자를 포함한 모든 사람에게 잊히고 수천 년이 흐른 뒤 마침내 눈을 뜬다. 비틀비틀 걸어나간 그가 마침내 마주한 세계의 풍경은…… 밤새워 소설을 읽은 나는 천천히 해가 뜨는 것을 바라보았다.

혼자 살면서 처리 곤란인 것 중 하나는 바로 과일 상자이다. 한 상자 가득한 사과를 감당할 수 없는 지경이 되었을 때, 나는 그것을 요가원에 들고 갔다. 수련생들에게 나눠주기 위해서였다.

그날 마지막 수업에는 원래 멤버 외에 다른 사람이 한 명 더 있었다. 무척 눈에 익은 사람이었다. 나는 다른 수련생에게 하듯 그의 굳은 몸을 당기고 밀어주었다. 그의 몸은 다른 사람보다 조금 더 온도가 높았다.

늦은 밤 꾸준히 요가 수련을 하러 오는 사람들은 대개 불면으로 고생했던 경험이 있다. 불면의 이유란 하고많아서 해소하는 데에도 정답은 없지만, 분명 도움이 되는 것들을 나는 잘 알고 있다. 사람들과 함께 조금 웃는 것, 그리고 고양이 자세를 하는 것. 나는 매일 수련이 시작되기 전에 사람들에게 웃기는 이야기를 해준다. 썰렁한 농담이지만 수련자들은 소리 내서 웃어준다. 마지막에는 다 함께 고양이 자세를 한다. 엉덩이를 허공에 치켜들고 가슴을 땅에 대는 그 동작은 보기보다 쉽지 않은데, 수련생들이 모두 숙련자들이라 능숙하기만 하다. 나는 우렁찬 소리로 구령을 외치며, 그곳에 모인 사람들이 모두 편안히 잠들 수 있기를 기원한다. 그것은 내가 이전에 한 번도 가져본 적 없던 선의이다.

수업을 마친 뒤, 나는 가방에서 위생 봉지를 꺼내 사람들에게 사과를 담아 주었다. 모두 기뻐하며 사과를 받아 가지고 갔다.

"나도 줄래?"

정우가 내게 다가와 손을 내밀었다.

"물론이지."

나는 그에게 빨갛고 예쁜 사과를 다섯 개 담아 주었다. 그는 그것을 소중히 들고 뭔가 말하려는 듯 머뭇거리더니 입을 다물었다. 그가 떠난 뒤 나는 수련장 청소를 시작했다. 정리를 다 마치고 수련장에서 나왔을 때, 상담 테이블 위에는 전에 못 보던 것이 올려져 있었다. 클레이로 만든 귀여운 고양이였다. 고양이는 미소 띤 얼굴로 눈을 감고 기지개를 켜고 있었다. 어떤 번뇌도 없이 홀로 만족한 미소. 그 고양이로 인해 내 인생은 전혀 다른 국면에 이르게 되는데, 그 이야기는 나중에 새로 할 기회가 있을 것이다. 기쁘면 이야기를 더 하는 사람이 있고, 멈추는 사람이 있다. 나는 후자다.

기진의 마음

아침의 루틴을 보면 그 사람이 어떤 사람인지 알 수 있다. 기진은 그 글을 한 잡지에서 읽었다. 아침마다 명상을 하는 사람이 있고, 동네를 한 바퀴 뛰는 사람이 있고, 차를 마시며 책을 읽는 사람이 있다. 눈뜨자마자 하는 생각— 그것이 나다, 라고 쓰인 강렬한 문구를 기억했다. 당시 기진은 잠에서 깨자마자 주로 '뭘 먹이나'를 생각했다. 다른 건 몰라도 식구들 아침밥만은 꼭 먹게 하는 것이 주부로서 그녀가 가진 원칙이었다. 갓 지은 밥과 따뜻한 국, 부드러운 달걀과 두부를 먹이기 위해서 그녀는 새벽부터 주방을 종종거렸다.

이제 그런 것은 다 지나간 일이 되었다. 근래 그녀는 누구를 위해서도 밥을 짓지 않았다. 아침마다 잠에서 깨지 못해 멍했다. 잠이 부족한 것은 아니었다. 열두 시간, 열네 시간, 때로는 거짓말처럼 스물네 시간을 꼬박 자기도 했다. 그래도 늘 몸의 한 축이 어긋난 것처럼 개운치 않았다.

기진은 거실로 나와서 커튼을 젖히고, 해뜨기 전의 희부연 창밖을 바라보았다. 잠시 후, 그녀의 남편과 두 아들이 잠에서 깨어 밖으로 나왔다. 그날 그들은 친구 부부네 가족과 주말여행을 갈 예정이었다. 유성우를 보러 K시의 천문대에 가기로 한 것이다. 그들이 그런 시간을 가지는 것은 정말이지 오랜만이었다.

이 년 전 기진은 유방암 선고를 받았다. 2기에서 3기 사이, 희망적이라고도 절망적이라고도 속단할 수 없는 단계였다. 그녀의 담당의는 최악의 경우까지 염두에 두어야 한다고 경고했다. 그 말을 들었을 때, 기진은 제일 먼저 당시 아홉 살이었던 큰아들을 떠올렸다. 그애가 한 살 터울인 동생을 보살피며 제 인생을 꾸려나갈 수 있을 것인가. 그 생각을 하자 숨이 콱 막히는 것 같았다. 눈물은 한 방울도 나오지 않았다. 그녀는 자신이 그때까지 살아오며 흘린 눈물이 모두 감상에 불과했다는 사실을 깨달았다.

기진은 서른일곱 살에 죽을 수도 있었다. 이제 서른아홉 살이 된 그녀는 종종 그 사실을 의미심장하게 떠올리곤 했다. 항암 치료 과정은 길고 지난한 터널을 지나는 것 같았다. 그녀는 간신히 그 터널을 빠져나왔다. 하지만 언제든 암이 재발하거나 전이될 가능성이 열려 있었다. 그녀의 친구 윤도 바로 그렇게 세상을 떠나고 말았다. 윤의 죽음에 기진은 누구보다 더 낙심했다. 장례를 치른 뒤 며칠간 목소리가 나오지 않을 정도였다. 보다 못한 남편이 그녀에게 여행을 제안했다. 때마침 일 년 중 유성우를 제일 많이 볼 수 있는 날이 돌아온다고 했다.

기진은 유성우가 뭔지도 몰랐고, 집을 떠나 다른 곳에서 하룻밤을 묵고 오는 일정도 부담스럽기만 했다. 하지만 두 아들이 좋아하는 모습을 보고 반대할 수 없었다. 아이들과 마지막으로 여행을 한 것이 언제인지 기억도 나지 않았다. 남편의 친구 강의 가족도 여행에 동참하기로 했다. 아이들을 위해 낮에는 해변에서 시간을 보내고, 해가 지면 천문대로 이동하는 일정이었다. 8월의 둘째 주, 뒤늦게 떠나는 여름휴가인 셈이었다.

그들은 아침으로 우유에 만 시리얼을 먹고 떠날 준비를 했다. 1박 2일 여정인데도 챙겨야 할 짐이 꽤나 많았다. 기진의 남편은 가족들의 가방을 옮기고, 마지막으로 트렁크에 천체망원경과 카메라를 실었다. 아이들은 차에 오르자마자 다시 잠이 들었다. 아직 이른 시간이라 고속도로는 텅 비어 있었다. 안개가 잔뜩 끼어 길가의 풍경도 잘 보이지 않았다. 그들 부부는 아무 말도 하지 않고 앞만 바라보았다.

"꼭 그날 같군."

남편이 반쯤 잠긴 목소리로 말했다.

"당신에게 프러포즈한 날 말이야. 내가 갑자기 바다에 가자고 했잖아. 아침 일찍 해변에 도착했는데 문을 연 카페가 한 군데뿐이었지."

기진은 고개를 끄덕였지만 남편이 말하는 내용이 하나도 기억나지 않았다. 어렴풋하게나마 떠오르는 것도 없었다.

"또 기억이 안 나?"

기진을 흘긋 보더니, 남편이 말했다.

"경포대 산토리니!"

기진은 어깨를 으쓱해 보였다. 이상한 이름의 카페라는 생각만 들 뿐이었다.

항암 치료를 받은 이후 기진의 기억력에는 뭔가 문제가 일어났다. 특정한 단어, 지칭이 제때 떠오르지 않아서 애를 먹을 때도 많았다. 마치 생쥐가 파먹은 것처럼 기억의 군데군데에 구멍이 뚫리는 식이었다. 기진은 남편의 겨울옷이 어디 있는지, 아이들의 생일이 언제인지, 어느 식당에 식사를 예약했는지 기억할 수 없었다. 머릿속의 일부가 하얗게 탈색되어버린 것 같았다.

담당의는 기억력 저하가 가장 흔한 항암 치료 부작용이라고 대수롭지 않게 말했다. 시간이 지나면 모든 게 제자리로 돌아올 거라고 했다. 하기는 기억 한 귀퉁이가 깜빡거리는 것쯤은 암 재발이나 전이에 비하면 간지럽다고 할 만큼 사소한 증상이었다. 누군가는 영영 자리에서 일어나지 못하고 세상을 떠났다. 기진은 불평

하지 않았다.

해가 뜨면서 안개가 걷히고, 해변의 풍경이 드러났다. 8월의 열기에 도로가 이글이글 타오르는 듯했다. 기진의 가족은 정오가 다 되어서 목적지에 도착했다. 자다 깨다 하며 지루함에 몸을 뒤틀던 아이들은 차가 멈추자마자 밖으로 튀어나갔다. 강과 그의 아내가 해변에서 그들을 향해 손을 흔들었다.

그들 부부는 신혼 때부터 종종 어울려 시간을 보내곤 했다. 부부들끼리도 동갑인데다 비슷한 또래의 아이들을 키우면서 더욱 가까워졌다. 하지만 지난 이 년간 기진은 이러저러한 핑계로 만남을 멀리해왔다. 자신이 암에 걸렸다는 사실을 알리고 싶지 않았기 때문이다.

암에 걸렸다는 이야기를 하면 대개들 곧 죽는다는 말이라도 들은 듯한 표정을 짓곤 했다. 도리어 기진이 상대방을 위로하며 희망적인 이야기를 해야 했다. 비슷한 일을 몇 번 겪은 후, 기진은 입을 다무는 쪽을 선택했다.

"이게 얼마 만이야!"

강의 아내는 기진을 보자 반가워 어쩔 줄 모르겠다는 듯 두 손을 잡고 팔짝팔짝 뛰었다. 그녀는 쌍둥이인 딸들과 같이 나풀거리는 민소매 원피스를 입고 있었다. 기진은 햇빛 아래 드러난 그녀의 매끈한 팔을 바라보다 이내 시선을 거두었다. 암수술 이후 기진은 긴소매 옷만을 입었다. 림프절이 손상되어 피곤하면 팔이 흉하게 부풀어올랐기 때문이다. 기진은 자신이 전과 다르게 보인다는 사실을 알고 있었다. 강의 아내도 기진의 소식을 남편에게 들었을 것이다. 그녀는 기진에게 그저 좋아 보인다고, 이렇게 잘 회복되어서 다행이라는 말만 했다.

"나 많이 변했지?"

"나도 그래. 살이 얼마나 쪘는데. 스트레스 때문에 오 킬로그램이나 불었는걸."

강이 다니던 직장이 부도를 맞아 그들 부부가 꽤나 힘든 시간을 보냈다는 것은 기진도 들어 알고 있었다. 최근 그들은 인터넷 쇼핑몰을 오픈했다. 등산용품과 캠핑 장비 따위를 판매하는데, 그 역시 별 재미를 못 보는 듯했다.

기진의 남편이 강과 함께 해변의 끝에 대형 그늘막을 설치하는 동안 해는 머리 위로 떠올랐다. 남자아이들은 셔츠를 벗어던지고 곧장 바다로 뛰어들었다. 강의 딸들은 모래성을 쌓는 일에 열심이었다. 더위에 지친 기진은 바위에 앉아 그애들을 바라보았다. 아이들은 서두르지 않고 성벽과 탑을 빚어나갔다. 쌍둥이라서 그런지 호흡이 척척 맞았다.

그늘막이 완성되고 잠시 후, 미리 주문해놓은 치킨이 배달되어 왔다. 기진이 나서서 돈을 내고 배달 상자를 받았다. 기름에 튀긴 닭 냄새에 갑자기 속이 뒤집혀, 그녀는 얼른 테이블 위에 그것을 내려놓았다. 강의 아내는 새벽부터 쌌다는 김밥 도시락을 꺼냈다. 찬합 뚜껑을 열자 희미하게 쉰 냄새가 나는 것 같았지만 그런 이야기를 할 수는 없었다. 기진을 제외한 모든 사람들은 잘 먹기만 했다.

강은 비대한 체구의 남자로, 움직일 때마다 작게 숨을 헐떡였다. 그는 언제나 놀라울 정도로 많은 음식을 먹었다. 기진은 강의 옆에 앉아 있었는데, 그의 숨소리 때문에 속이 더욱 울렁거렸다. 음식을 똑바로 보기도 힘들었다.

"당신 괜찮아?"

남편이 그녀의 기색을 살피며 물었다.

"얼굴이 하얗게 질렸어."

"아무래도 좀 걸어야겠어요."

자리에서 일어난 기진은 강과 그의 아내를 향해 흐리게 웃어 보였다.

"오면서 계속 멀미를 했거든요."

"같이 가줄까?"

"아니, 괜찮아."

기진은 남편을 물리치고 허둥지둥 걸음을 옮겼다. 모래 속으로 신발이 푹푹 들어갔다. 음식 냄새가 옅어지자 속이 좀 진정되는 것 같았다. 파도가 치는 바다 앞까지 가자 땀이 식으면서 몸이 떨렸다. 멀리서 남편이 뭐라고 말하는 것 같았으나, 그녀가 서 있는 곳에서는 잘 들리지 않았다.

기진이 암 선고를 받았을 때 남편은 누구보다 상심이 컸다. 가족들 중 아무도 암에 걸린 사람이 없는데, 어째서 이런 병에 걸린 거냐고 의사에게 따지듯 되묻더니 갑자기 딸꾹질을 했다. 놀라거나 당황했을 때 딸꾹질을 하는 게 그의 오래된 버릇이었다. 집에 돌아오면서도 그는 계속 기진의 가족은 암 병력이 없다는 사실을 그녀에게 강조했다. 기진은 너무나 지쳐서 자기도 잘 알고 있다고 고함이라도 지르고 싶은 심정이었다.

어쨌든 그도 받아들일 수밖에 없었다. 남편은 몸에 좋다는 약재와 약초를 직접 구하러 다니고, 그녀의 식이요법에 동참하고, 병원에 갈 때마다 동행했다. 그녀의 투병을 지켜본 사람들은 모두 그에게 감탄했다. 그녀도 그가 애써줬다는 사실을 잘 알고 있었다. 하지만 때로는 제발 입을 다물어줬으면 했다. 그가 하는 말은 조금도 위로가 되지 않았다. 그녀는 그가 아닌 누군가가 옆에 있어줬으면 했다. 그녀와 함께 추락하고, 함께 부서지고, 함께 신음하는 누군가, 그녀의 고통을 이해하고 공감해줄 누군가가.

기진이 윤을 만난 것은 암 병동에 입원한 첫날이었다. 수술을 앞두고 있던 기진은 조용히 홀로 있고 싶은 마음뿐이었는데, 남은 병실이 이 인실밖에 없었다. 병실에 들어가자 붉은 실크 스카프를 머리에 둘러쓴 여자가 발톱에 매니큐어를 바르고 있었다. 기가 막힌 표정으로 자신을 바라보는 기진의 시선을 느꼈는지, 여자가 고개를 들었다.

"곧 손톱, 발톱이 다 빠진다고 해서요."

윤은 색료가 담긴 작은 병을 들어 보였다.

"화학성분 하나도 안 들어간 천연염료예요. 제가 직접 만든 건데. 발라드릴까요?"

윤은 설치와 회화 작업을 함께 하는 미술작가였다. 미혼이었고, 눈에 띄게 키가 컸고, 집채만한 지프차를 몰고 다녔다. 그리고 열 살 연하의 남자친구가 있었다. 그녀처럼 설치 작업을 하는 작가였다. 윤은 그를 크리켓이라고 불렀다. 귀뚜라미처럼 무책임하고 무능하지만 그만큼 사랑스럽다는 뜻이라고 했다.

이 인실에서 함께 지낸 일주일여의 시간 동안 기진은 윤의 솔직하고 쾌활한 면면에 반했다. 윤이 기진보다 세 살 어렸지만, 두 사람은 금세 친구가 되었다. 서로 비슷한 병증을 앓으며 의지하는 마음도 컸다. 기진은 윤과 같은 사람과 친구가 되리라는 생각을 해본 적이 한 번도 없었다. 윤은 어디서나 튀고, 다소 충동적이고, 자기가 원하는 것을 말하는 데 주저함이 없었다. 기진은 그런 이들이 늘 못마땅하고 불편했다. 그들이 자신을 보며 '지루한 인생'이라고 말한다는 것도 알고 있었다.

만약 기진과 윤이 과거와 미래를 사이에 두고 만났더라면, 둘 사이에는 나눌 것이 하나도 없었을 것이다. 하지만 그들에게는 암이라는 특수한 막에 갇힌 현재밖에 없었다. 기진은 아무에게도 이야기할 수 없는 것들을 윤에게만은 털어놓을 수 있었다. 아침에 눈을 뜨면서 느끼는 통증에 대해, 제 기능을 잃어버린 몸에 대해, 가족들을 마주할 때마다 느끼는 부담감과 무기력감, 소외감에 대해. 윤이 먼저 퇴원한 후에는 통화를 하도 오래 해서 휴대폰이 뜨겁게 달구어질 정도였다. 우리는 마치 연인 같다, 고 기진은 우스갯소리를 했다.

기진은 남편 외의 다른 남자를 사귀어본 적이 없었다. 대학 졸업 후 작은 완구 회사에 다니다가 남편을 소개받았고, 삼 년간 사귀다 결혼했다. 그녀는 삶에 대한 남다른 포부나 이상이 없었다. 스스로를 실리적이고 현실적인 사람이라고 여겨왔고, 주변의 평판도 그랬다. 연년생으로 남자아이들을 낳아 키우면서, 그녀는 더욱 단순하고 무딘 사람이 되어갔다. 그녀는 오랫동안 자신의 감정을 느끼지 못하고 지냈다. 그래서 암에 걸린 후, 불쑥불쑥 일어나는 감정들이 당혹스럽기만 했다. 예전에는 당연하게 해냈던 일들, 아이들을 먹이고, 입히고, 위험에서 보호하는 그 모든 일들이 힘에 부쳤다. 아이들은 그녀의 모든 것을 원했다. 그녀의 생명력을 뿌리째 빨아들이기를 원했다. 그녀는 아이들 앞에서 항복하듯 빈손을 내밀고 싶었다. 아무도 자신을 모르는 곳으로 도망치고 싶었다. 하지만 그 이야기만은 윤에게도 할 수 없었다. 자신의 삶에서 아이들을 부인해버리고 나면 남는 것이 아무것도 없다는 것을 기진도 알고 있었기 때문이다.

기진의 아이들과 쌍둥이는 수줍음 때문인지 한동안 서로를 모른 척하다가 점심 이후에야 한데 어울려 놀기 시작했다. 물속에서 반짝반짝 빛나는 아이들의 몸이 한데 얽혔다. 여자아이들은 꺅꺅 소리를 지르며 남자아이들에게서 도망쳤다. 물을 뚝뚝 흘리며 밖으로 나온 아이들은 젖은 손으로 음식을 집어먹고 다시 바다로 들어갔다.

그들 부부는 자신의 작품을 감상하듯 아이들이 움직이는 모습을 눈으로 좇으며 맥주를 마셨다. 강의 아내는 쉼없이 안주를 집어먹으며 치솟는 집값에 대한 푸념을 늘어놓았다. 이 년 전과 똑같은 레퍼토리였다. 서울 중심가에 아파트를 가진 기진에게 부러움과 감탄을 늘어놓고, 나아지는 것 없이 빚만 늘어나는 자신들의 처지를 한탄하고, 강의 그 커다란 덩치가 쪼그라들 지경이 되어서야 씁쓸한 농담으로 이야기를 마무리하는 것까지 똑같았다.

기진은 맥주를 한 모금도 마시지 않고 아무 말 없이 이야기를 들었다. 예전에 그녀는 자신의 아파트에 대한 자부심이 대단했다. 그린벨트가 풀리면서 서울 노른자 땅에 들어선 아파트였다. 어마어마한 경쟁률을 뚫고 남향 로열층에 당첨되었을 때, 그녀는 누가 자신의 행운을 빼앗아갈까봐 발걸음도 조심조심 걸었다. 기진은 집안의 문틀과 수도꼭지까지 흠 하나 없도록 닦고 또 닦았다. 인테리어 잡지를 들여다보며 집안을 꾸미고, 커피 한 잔을 마실 때도 얼룩이 묻을까봐 소파에 편히 앉지 못했다.

지금 그 집은 정리되지 않은 살림과 먼지로 뒤엉켜 있다. 집값이 치솟았다는 말에도 기진은 아무 감흥을 느낄 수 없었다. 물수건을 들고 집안을 종종거리며 돌아다니던 여자가 정말 자기 자신이 맞았던가 의문이 들었다. 불과 몇 년 전이었는데, 아주 오래전의 일 같았다.

해변에서 반나절을 보낸 후, 그들은 그늘막을 거뒀다. 천문대 가는 길에 있는 천체 박물관에 들를 예정이었다. 아이들은 별 흥미를 보이지 않았지만 기진의 남편이 강하게 밀어붙였다. 아는 만큼 보이는 거지. 그는 선생처럼 그런 말 하기를 좋아했다.

남편은 젊은 시절부터 천문학에 관심이 많았다. 우주와 별에 관한 책을 즐겨 읽었고, 아마추어 천문 동호회에서도 열심히 활동했다. 남편은 부모님이 반대하지만 않았다면 천문학을 가르치는 선생이 되었을 거라고 누누이 말했다. 기진은 그가 밤을 새워 이슬을 맞으며 찍어오는 희미한 별 사진들을 숱하게 보았지만, 그게 대체 무슨 의미인지 이해할 수 없었다. 기진이 투병중일 때 그는 그 사진 중 하나를 액자에 넣어 선물했다. 별을 보면 살아갈 이유를 찾을 수 있을 거라고 했다. 기진은 그 말이 남편이 선생님이 되는 것만큼이나 터무니없다고 생각했다. 그래도 사진을 침대 옆에 놓아두기는 했다.

박물관에 들어서자 시원하고 건조한 공기가 뜨거운 몸에 착 달라붙었다. 기진은 현기증을 느끼고 간신히 벽을 붙잡았다. 다행히 아무도 그녀의 상태를 눈치채지 못했다. 그녀는 천천히 무리의 뒤를 따라갔다. 어두운 박물관 안에 별의 사진, 모형, 영상 따위가 전시되어 있었다. 기진은 남편이 열띤 목소리로 아이들에게 별에 대해 설명하는 모습을 잠시 지켜보았다. 유성우가 궤도를 잃어버린 별들의 찌꺼기라는 사실을 그녀는 처음 알았다. 화면에서 구현된 별의 모습은 진짜 먼지처럼 부옇고 희미했다. 스피커에서는 둔중한 마찰음 같은 소리가 웅웅 흘러나왔다. 실제로 우주에 나갔을 때 들을 수 있는 소리라고 했다. 그 소리에 맞춰 천장에 매달린 별 모형들이 흔들흔들 움직였다. 기진은 그 질서 있는 움직임을 잠시 지켜보다가, 눈길을 거두고 먼저 밖으로 발걸음을 옮겼다.

박물관의 출구에는 눈에 익숙한 고흐의 복제화가 걸려 있었다. 기진은 이끌리듯 그 앞으로 다가갔다. 깊은 바닷속처럼 짙푸른 하늘, 중세의 성처럼 치솟은 나무, 마치 폭발하는 것처럼 보이는 별빛과 달빛, 소용돌이치는 구름…… 귀에서는 계속 웅웅대는 잡음이 멈추지 않았다. 기진은 식은땀을 흘리며 자리에 주저앉고 말았다.

암 완치 판정을 받은 지 육 개월 만에 윤은 폐와 간으로 암이 전이되었다는 소식을 들었다. 어떻게 그런 일이 일어났는지, 암세포가 숨어 있다가 나타난 것이나 다름없다고 했다. 상황이 전보다 훨씬 더 나쁘다고 담당의는 말했다. 그 말은 전보다 강한 항암제를 투여해서 몸은 더 만신창이가 될 테지만, 딱히 희망은 없다는 뜻이었다. 윤은 치료를 거부했다. 아무런 희망도 없이 그 모든 과정을 다시 겪을 수는 없다고 했다.

기진은 윤을 이해했다. 하지만 윤의 남자친구는 그녀를 이해하지 못했다. 끝까지 싸워보지 않고 포기하는 게 비겁하다고, 자기 자신밖에 모르는 이기적인 사람이라고 비난했다. 그는 결국 그녀를 떠났다. 아마도 죽어가는 사람을 지켜보는 것이 두려웠을 것이다. 남자친구가 떠난 후 윤은 혼자가 되었다. 그녀에게는 가족이 없었다. 어머니는 그녀가 대학에 다닐 때 돌아가셨다고 했고, 아버지에 대해서는 말하기를 꺼려했다.

윤은 천천히 주변을 정리했다. 원룸과 화실을 처분해서 현금을 만들고, 키우던 고양이를 유료 보호시설에 맡기고, 자신의 물건들을 주변에 나눠주었다. 그림과 설치작품들은 하나도 남기지 않고 태워버리기를 원했는데, 그것들이 자기 자신과 다름없기 때문이라고 했다.

기진은 단 한 점만 자신에게 남겨달라고 했지만, 윤은 그마저도 거절하고 혼자 소각장에 가서 작품을 남김없이 태워버렸다. 기진은 윤이 야속하면서도, 한편 부러웠다. 기진에게는 이것이 내 인생의 전부라고 내세울 만한 것도 없었고, 설사 있더라도 마지막 순간 그것들을 불붙여 재로 날릴 용기도 없었기 때문이다.

기진의 남편은 저녁 메뉴를 샤부샤부로 정했다. 종일 굶다시피 했던 기진은 허겁지겁 음식을 먹었다. 그래도 식사량은 얼마 되지 않았다. 몸이 아픈 이후로 위가 쪼그라든 느낌이었다. 뭘 먹어도 금세 숨이 차도록 배가 불렀다.

저녁을 먹은 후 기진과 강네 부부는 천문대가 있는 산밑의 휴게소에서 커피를 마셨다. 아이들은 휴게소 옆에 있는 실내 야구장에 가겠다고 떼를 썼다. 강이 아이들에게 돈을 줄 셈으로 지갑을 꺼내자, 그의 아내가 그것을 홱 채갔다.

"애들 용돈 좀 주는 걸 가지고……"

"여기 입장료가 얼만데, 정신 나갔어?"

사람 좋게 웃기만 하던 강의 얼굴이 순간 딱딱하게 굳었다. 기진의 남편이 서둘러 일어나 아이들에게 돈을 쥐여주고 내보냈다. 강은 뭔가 할말을 참는 사람처럼 입을 씰룩였다. 강의 아내는 아무렇지 않은 표정으로 커피잔을 들어올렸다. 그때였다.

"어머, 저 사람!"

갑자기 강의 아내가 소스라치게 놀라며 외쳤다.

"여보, 저 사람! 407호 맞지?"

강은 미간을 찌푸렸다.

"글쎄, 아닌 것 같은데. 난 잘 모르겠어."

"이 사람이 이렇게 둔하다니까. 407호 맞잖아. 저 얼굴 기억 안 나?"

"누구요?"

기진의 남편이 호기심을 참지 못하고 물었다.

"저기, 초록색 등산복요."

기진은 곁눈질로 그쪽을 바라보았다. 하얗게 센 머리카락에 낡은 등산복을 입은 노인이었는데, 서 있는 자세가 무척 꼿꼿했다.

"예전에 우리집 아래층에 살았던 할아버지예요. 층간소음 때문에 우리 저 사람 손에 죽을 뻔했잖아요."

강의 아내는 속삭이듯 말했다.

"저희가 이사오자마자 떡을 돌렸거든요? 그런데 다음날 그걸 돌려주면서, 애들 좀 그만 뛰게 하라는 거예요. 저희도 처음에는 미안하다고 했죠. 그런데 갈수록 정도가 너무 심해지는 거예요. 다 큰 여자애들이 뛰면 얼마나 뛴다고 하루에도 몇 번씩 찾아와서 그렇게 잔소리를 해대고, 험악한 말을 메모지에 써놓고…… 우리 때문에 잠을 못 자서 환청이 들린다고, 계속 이러면 가만두지 않겠다고요."

강은 침울하게 고개를 끄덕였다.

"글쎄 나중엔 우리집 앞에 돌을 쌓아놨어요. 엄청 날카롭고 울퉁불퉁한 돌을요. 그거 우리한테 던져버리고 싶다는 뜻이잖아요. 맞죠?"

"저 노인네가요? 기운도 좋네."

기진이 비난하듯 바라보자, 남편은 얼른 입을 다물었다.

"얼마나 무서웠다고요. 밤중에도 한 걸음만 움직이면 바로 바닥에서 쿵쿵, 치받는 소리가 들려요. 화장실 문만 조금 세게 닫아도 곧장 달려와서 난리를 치고요. 그러니 아이들이랑 집에 있으면 종일 신경이 곤두서지 않겠어요? 아파트 복도에 노인네 그림자만 보여도 숨이 막히고요. 결국 못 견디고 다른 단지 일층으로 이사를 갔어요."

강의 아내는 식은땀을 흘리고 있었다.

"이건 겪어보지 않은 사람은 몰라요. 피가 말라 죽는 기분이라니까요."

"정말 힘들었겠네."

기진은 강의 아내를 위로하는 말을 건넸지만 동시에 속으로 중얼거렸다. 아니, 피가 말라 죽는 기분이 어떤 건지 너는 몰라. 자신의 몸에서 풍기는 악취를 맡는 기분이 어떤 건지, 온몸에 생긴 푸른 반점을 발견하는 기분이 어떤 건지, 팔다리가 조각나는 듯한 고통이 어떤 건지, 너는 몰라. 정말 무서운 건 자신의 몸에서 일어나는 일이라는 걸, 너는 모르지.

기진은 냉소적인 사람이 아니었다. 단 한 번도 누군가가 하는 말을 비웃거나 속으로 빈정거린 적이 없었다. 하지만 사람은 변한다. 액체처럼 흐르고, 튀고, 때로는 증발해버린다. 기진은 이제 누구보다 그 사실을 잘 알았다.

해가 지기 전, 산밑에는 벌써부터 사람들이 모여들고 있었다. 유성우를 보기 위해서 모인 사람들이었다. 기진의 남편은 망원경과 카메라, 접이식 의자 따위를 어깨에 메고 선두에서 길을 오르기 시작했다. 아이들이 그 뒤를 따라 폴짝폴짝 뛰어갔고, 강과 그의 아내는 서로 한참 떨어져 걸었다. 휴게소에서 나온 이후 그들 부부는 무슨 일인지 언쟁을 벌이더니, 굳은 표정으로 입을 다물어버렸다. 기진은 애초에 그들과 함께 여행을 온 것이 잘못이었다고 생각했다. 자신의 민낯을 가리기 위해 안간힘을 쓰는 것도, 다른 사람의 민낯을 보면서 허둥대는 것도 아직은 힘에 부쳤다. 예전에는 어떻게 이들과 조화를 맞추었는지 까마득하기만 했다.

천문대가 있는 산의 정상까지는 한 시간 정도 산책로를 따라 올라야 했다. 기진은 그 정도 산행은 별 무리가 없을 줄 알았다. 집에서도 운동 삼아 공원과 천변 길을 걷고는 했다. 하지만 아침부터 무리를 한 탓인지, 영 맥을 차릴 수 없었다. 오르막길과 계단이 나올 때마다 기운이 축축 처졌다. 몇 걸음 오르지 않아서 벌써 숨이 찼다.

"당신 괜찮아? 올라갈 수 있겠어?"

남편이 그녀 옆으로 다가와 물었다.

"응, 좋아."

기진은 아무렇지 않다는 듯 말했다.

"어때, 내 말대로 오기를 잘했지. 확실히 기분전환도 되고, 무엇보다도 우리 오늘 암 이야기를 한 번도 안 했잖아."

기진은 상기된 남편의 얼굴을 말없이 바라보았다.

"조금 더 속도를 내야 해. 오늘 사람들이 많아서 좋은 자리를 맡으려면 서둘러야 하거든."

"저기, 있잖아."

기진이 남편의 말을 막았다.

"난 지금보다 속도를 내지는 못할 거 같아. 당신이 아이들이랑 같이 먼저 올라가 있으면, 뒤따라갈게."

"따로 가자는 말이야?"

"응. 길도 잘 나 있고, 앞뒤로 오가는 사람들도 이렇게 많잖아. 무슨 일 있으면 연락할게."

남편은 잠시 망설이더니 고개를 끄덕였다.

"그럼 내가 먼저 가서 자리를 맡고, 당신을 데리러 내려올게. 산책로를 따라서 천천히 오고 있어."

남편은 말을 끝내자마자 껑충껑충 앞사람을 제치고 뛰어올라갔다. 잠시 후 기진의 일행은 전부 눈앞에서 사라졌다. 사람들이, 수없이 많은 사람들이 그녀를 스쳐 올라갔다. 이제 뒤에 남은 이는 한 명도 없는 듯했다. 숲은 고요했다. 오직 그녀의 숨소리와 흙이 바스러지는 소리만 들릴 뿐이었다. 수풀 사이를 지나갈 때마다 짙은 수액 냄새가 났다. 기진은 속이 울렁거려 허리를 펴지 못하고 발끝만 바라보며 한 발, 한 발 내디뎠다.

"암에 걸려서 좋은 건, 암 말고 무서운 게 없어졌다는 사실이에요."

아버지를 만나러 가기 전에 윤은 말했다. 어머니가 돌아가신 후 근 십오 년 만에 만나는 아버지였다. 윤은 원래 아버지와 사이가 좋지 않았다. 어머니가 불행하게 살다가 죽음을 맞은 것은 전부 아버지의 탓이라고 생각했다. 아버지에게 대들다가 손찌검을 당한 적도 한두 번이 아니었다. 만나면 늘 부딪쳐 세간이 깨지는 소리가 났다. 결국 어머니가 돌아가신 후, 그녀는 아버지와 절연했다. 막연하게나마 아버지가 돌아가시면 그를 용서할 수 있으리라고 생각했다. 그 순서가 뒤바뀔 줄은 그녀도 아버지도 몰랐을 것이다.

윤은 텅 빈 화실에서 아버지를 만났다. 딸이 시한부 판정을 받았다는 말에도 아버지는 무덤덤해 보였다. 그녀처럼 장신에 뼈대가 굵은 아버지는 몸을 웅크리고 작은 의자에 앉아 있다가, 자리에서 일어날 때는 조금 휘청거렸다. 눈물도, 용서도 없었다. 몇 마디 말을 주고받았지만 그들은 끝내 화해하지 못했다. 하지만 그것으로 충분했다고 윤은 말했다.

"진즉 만나볼걸. 너무 오래 마음에 담아두고 살았어요."

윤은 기진에게도 넌지시 제안했다.

"언니도 한번 만나봐요, 그 여자애."

기진이 여자애에 관해 이야기한 사람은 윤이 유일했다. 평생 누구에게도 이야기하지 않으리라 생각했고, 그녀 자신도 그런 일이 있었다는 사실을 애써 모르는 척하고 살아왔다. 그런데 어느 밤—왼쪽 가슴의 절반을 수술로 들어낸 봄이었다—윤과 나란히 누워 있던 병실에서 기진은 자기도 모르게 그 이야기를 꺼냈다.

기진의 아이들이 이제 막 여섯 살, 다섯 살 되던 해의 일이었다. 그녀의 남편은 시내에서 레스토랑을 운영하고 있었다. 무슨 일인지 어느 날 평소보다 일찍 들어온 남편이 하얗게 질린 얼굴로 그녀 앞에 무릎을 꿇고 앉았다. 일으켜세우려 해도 바위처럼 꼼짝하지 않았다. 남편이 더듬더듬 말을 내뱉는 동안, 기진의 얼굴이 천천히 일그러졌다.

남편은 홀에서 서빙하는 여자애와 잘못된 관계를 맺었다고 말했다. 단 한 번뿐이었고, 사고였고, 자기는 그 즉시 발을 뺐다고 덧붙였다. 강제로 맺은 관계는 아니었지만 자신의 잘못이라고 사과하고, 여자아이가 원하는 만큼의 퇴직금을 융통해주었다. 하지만 여자애는 돈을 받고도 계속 레스토랑 주위를 얼쩡거렸다. 남편에게 시시때때로 연락을 해서 밥을 사달라고 지분거렸다. 남편이 섭섭하게 대하자, 급기야 모든 것을 기진에게 폭로하겠다고 협박중이라고 했다. 남편은 눈물을 뚝뚝 흘리며 기진 앞에서 고개를 떨구었다.

"내가 잘못했어. 하지만 그애는 미친 애야. 제정신이 아닌 애라고."

다음날 기진은 그 여자애에게 전화했다. 여자애는 기진을 대뜸 사모님, 이라고 불렀다. 웅얼거리는 말투에 잘 알아들을 수 없을 정도로 낮은 목소리였다. 원하는 게 뭐냐고 기진이 묻자, 여자애는 레스토랑에서 계속 일을 하고 싶고 남편과도 전처럼 지내고 싶다고 했다. 그건 안 된다, 고 기진은 말했다. 만약 남편이 저지른 일을 갖고 협박하는 거라면 법으로 처리하라고 하자 여자애는 화들짝 놀라며 그건 아니라고 대답했다.

"저도 합의했던걸요, 사모님. 저는 사장님과 사귀고 싶다는 게 아니에요. 그냥 전처럼 흉허물 없이 지냈으면 좋겠다는 거예요."

"그건 안 된다고 했잖아요."

"안 되면 사모님이라도요."

여자애는 느릿느릿 말했다.

"사모님이라도 제 연락을 받아주시면 좋겠어요. 그냥 친한 언니동생처럼, 안 되나요?"

기진은 말없이 전화를 끊어버렸다. 이후 여자애는 기진의 가족들 앞에 시시때때로 나타났다. 잠시 한눈을 판 사이 놀이터에 있는 아이들에게 접근했고, 시댁의 명절 모임이 열리는 레스토랑 룸에 나타났고, 온 가족이 함께 다니는 성당에도 등록했다. 나중에는 집안에 들어오는 것도 서슴지 않았다. 도어록 비밀번호를 알아내 소리도 없이 문을 열고 들어온 것이다. 한밤중 거실 소파에 앉아 울고 있는 여자애를 봤을 때, 기진은 자신이 벗어날 수 없는 덫에 걸려버렸다는 사실을 깨달았다.

결국 기진과 남편은 경찰서에 찾아갔다. 그들은 여자애를 스토킹과 협박으로 고소했다. 여자애가 몇 달 차이로 아슬아슬하게 미성년자 신분을 벗어난 것이 남편에게는 천운이었다. 여자애가 그 후 어떤 일을 겪었는지, 기진은 아는 바가 없었다. 남편이 모든 일을 처리했을 뿐이다. 그녀는 그에 대해 남편과 대화를 나누지 않았다. 혹시나 어떤 소문이라도 날까봐 아이들과 숨을 죽이고 지냈다. 남편은 결국 레스토랑 문을 닫았다. 그는 가족의 신의를 모두 잃고, 시아버지의 프레스 공장에 말단으로 출근하기 시작했다.

여자애는 다시 그들 앞에 나타나지 않았다. 띄엄띄엄 걸려오던 한밤중의 전화도 완전히 사라졌다. 이제는 그런 일이 있었다는 사실도 희미할 만큼 오래된 일이었다. 그런데도 기진은 종종 여자애를 떠올렸다. 그 일 이후 그녀는 성당에 완전히 발길을 끊었다. 집안의 성모상마저 전부 없애버렸다. 그녀는 기도하는 법을 잊어버렸다. 기도하려고 할 때마다 미사포를 쓴 그 여자애가 나타나 그녀의 뒷덜미를 잡아챌 것 같았기 때문이다.

윤의 장례가 끝난 뒤, 기진은 그 여자애를 찾아갔다. 전화번호가 바뀌지 않고 그대로인 것에 그녀는 조금 놀랐다. 여자애는 그녀의 전화를 받고도 당황한 기색이 조금도 없었다. 한번 볼 수 있겠느냐는 말에도 순순히 응했다. 약속한 날짜까지 마음을 졸인 것은 도리어 기진 쪽이었다. 자신이 잘못된 짓을 저지르는 것은 아닌가, 다 끝난 일을 도리어 들쑤시는 것은 아닌가 불안한 생각이 들었다. 그들은 시내의 대형 커피숍에서 만나기로 했다. 기진은 조용하고 밀폐된 공간에서 여자애를 마주할 자신이 없었다.

여자애는 삼십 분쯤 늦게 커피숍에 나타났다. 검정색 주름치마에 늘어진 해골 무늬 티셔츠 차림이었다. 여자애는 전과 다른 사람 같았다. 예전보다 부은 듯한 얼굴이었고, 피부가 푸석푸석했다. 드러난 팔다리는 앙상하게 말라서 위태로워 보일 정도였다. 기진은 커피를, 여자애는 허브티를 주문했다.

"사장님은 어떻게 지내세요? 아이들도 많이 컸죠?"

여자애는 찻잔에서 티백을 건져내며 아무렇지 않게 물었다. 마치 친척의 안부라도 묻는 듯했다.

"모두 잘 지내요."

기진은 조용히 대답했다. 여자애는 고개를 끄덕였다.

"종종 궁금하더라고요. 어떻게들 지내는지."

"이름이 뭐죠?"

기진의 물음에 여자애는 눈을 들어 그녀를 마주보았다.

"저요?"

"네."

"유진이에요. 김유진."

"유진씨에게 묻고 싶은 게 있어요."

"네, 물어보세요."

여자애는 무슨 질문이든지 다 받아주겠다는 얼굴로 기진을 바라보았다.

"그때 왜, 울고 있었던 거예요? 우리집에 들어왔을 때."

"이제 와서 그게 왜 궁금하세요?"

"…… 왜냐하면 나는 그때 이후로 캄캄한 거실에 혼자 나가지 못하거든요."

여자애는 푸, 하고 한숨을 내쉬었다.

"슬펐어요. 당신들이 나를 쓰레기처럼 다루고, 나에게는 아무 힘도 없는 것이."

기진은 천천히 고개를 끄덕였다.

"미안해요. 그때 우리가 제대로 사과하지 못했죠."

"저도 잘한 일 없는데요, 뭐. 이제 다 지난 일이에요."

잠시 침묵이 흘렀다. 옆 테이블에서는 젊은 남자 둘이 나초를 놓고 맥주를 마시고 있었다. 여자애는 물끄러미 그들을 바라보았다.

"맥주 한잔 할래요?"

기진의 물음에 여자애는 흠칫 놀라 그녀를 바라보았다.

"아뇨, 사모님. 저 지금 임신중이에요."

기진은 더럭 겁이 났다. 남편의 아이일지도 모른다는 생각 때문이었다. 그리고 다음 순간 그런 생각이 얼마나 황당한 것인지를 깨닫고 헛웃음을 지었다. 여자애는 자신의 남자친구가 근처에 와 있다고 말했다.

"괜찮다면, 여기로 불러도 될까요? 아까부터 밖에서 기다리고 있거든요."

기진은 상관없으니 좋을 대로 하라고 대답했다. 잠시 후, 키가 큰 남자가 나타났다. 아직 아이의 태가 벗어지지 않은 남자였다. 반항심 많은 소년 같은 얼굴. 기진은 자연스럽게 자신의 아들들을 떠올렸다.

기진이 뭘 좀 마시겠느냐고 묻자, 남자는 샌드위치를 먹겠다고 했다. 남자는 여자애의 몫까지 샌드위치 두 개를 주문하더니, 두 개를 전부 다 먹어치웠다. 기진은 자신이 그들과 마주앉아 있는 상황이 기묘하다는 생각을 했다. 여자애는 남자에게 기진을 '언니'로 소개했다.

기진은 정말 친한 '언니'처럼 그들의 만남과 이별, 그후 재확인한 사랑에 대한 이야기를 들었다. 끝이 나지 않을 것처럼 길고 장황한 이야기였다.

“저희는 곧 결혼할 거예요.”

여자애는 남자의 손을 잡고 말했다.

“아이가 태어나기 전에…… 늦어도 9월에는 할 거예요. 더 늦어지면 배가 너무 나와서 신부가 아니라 거대한 눈덩이처럼 보일 테니까요.”

그때까지 옆에서 한마디도 하지 않고 앉아 있던 남자가 킥킥 소리를 내며 웃었다. 여자애가 남자를 쿡 찌르더니, 곧 자기도 어쩔 수 없다는 듯 같이 웃었다. 기진은 더이상 아무 이야기도 할 수 없었다.

그들은 곧 자리에서 일어났다. 옆 테이블의 남자들이 맥주 한 병을 다 마시기도 전이었다. 기진이 계산서를 들고 카운터로 가자, 여자애가 따라왔다. 남자는 화장실에 간다고 사라져버렸다. 커피숍 밖으로 나오자 더위에 숨이 막혔다. 아직 해가 지지 않은 오후였다. 그들은 건널목 앞에서 마지막 인사를 했다.

“지난 일이라면 이제 잊으셔도 돼요, 사모님.”

여자애는 기진에게 말했다.

“저는 다 용서했으니까요.”

기진은 어떤 표정을 지어야 할지 몰라 시선을 돌렸다.

“사장님 말이에요, 이젠 그러지 않으시죠?”

갑작스러운 물음에 기진은 멍하니 여자애를 바라보았다.

“저라면 절대로 극복할 수 없었을 거예요. 배신이잖아요.”

여자애는 두 손을 배 위에 올려놓고 서 있었다. 햇빛 아래에서 여자애의 불어난 몸과 얼굴에 낀 거뭇한 기미가 확연히 눈에 들어왔다. 여자애가 남자와 함께 떠난 후, 기진은 한동안 그 길에 서서 꼼짝도 하지 못했다.

집에 돌아온 기진은 물에 젖은 솜처럼 무거운 몸으로 겨우 침대 위에 올라갔다. 그녀는 며칠간 열을 내며 앓았다. 종종 아이들이 방문을 여닫는 소리, 남편이 괜찮으냐고 묻는 소리가 들렸다. 새벽녘 자리에서 일어난 기진은 후들거리는 걸음으로 거울 앞에 가서 섰다. 거칠고 야윈 얼굴에 눈빛만 형형한 여자가 비쳤다. 그녀는 인생의 많은 부분을 잃어버렸지만, 아직 완전히 다 잃은 것은 아니었다. 기진은 서른일곱 살에 죽을 수도 있었다. 서른아홉 살이 된 지금도 그 사실은 언제나 새로웠다.

기진은 자신이 잘못된 길에 서 있다는 것을 깨달았다. 어느 순간 그녀는 산책로에서 벗어나 좁고 가파른 길을 걷고 있었다. 갈림길에서 앞사람들을 쫓아가야 했는데, 그녀 생각대로 방향을 잡은 것이 문제였다. 뭔가 차가운 느낌에 손을 들어 얼굴을 만져보니 안개처럼 축축한 비가 내리고 있었다. 기진은 얇은 바람막이 점퍼의 지퍼를 올리고, 모자를 뒤집어썼다.

잘 닦인 길이었으나 그곳으로 지나가는 사람은 한 명도 없었다. 주위는 점점 어두워지고 있었다. 기진은 천천히 호흡을 가다듬고 계속 앞으로 나아갔다. 휴대폰이 있으니 정 잘못되면 구조를 요청할 수도 있을 것이었다. 사람들이 바글거리는 산책로로 돌아가고 싶지 않았다.

짙어져가는 어둠과 적막 속에 홀로 있게 되자, 그녀는 비로소 알 것 같았다. 자신이 종일 혼자 되기만을 원했다는 것을. 비단 강의 가족뿐 아니라 남편과 아이들까지도 견딜 수 없었다는 것을.

바다와 태양과 피크닉, 그 모든 것에서 그녀는 너무나 멀리 떨어져나와 있었다. 그녀 스스로 원했던 것은 아니었다. 그것은 추방이었다. 기진은 처음 머리카락이 손에 잡혀 우수수 빠지던 날을 기억했다. 항암 치료 부작용을 겪으면서 기저귀를 차야 했던 일, 차 안에서 기저귀에 용변을 흘리고, 그 냄새에 둘째 아이가 연신 헛구역질을 했던 일도 기억했다. 그런 기억은 쉽게 사라질 수 있는 것이 아니다. 없던 일로 치부할 수 있는 것도 아니다. 그녀는 살아남은 것에 매일 감사했지만 다른 사람들과 같은 일상으로 돌아갈 수는 없었다.

반대편에서 걸어오는 사람을 만난 것은 사위가 완전히 캄캄해진 무렵이었다. 수풀을 밟으며 다가오는 발소리가 들렸다.

"누구세요?"

기진은 큰 소리로 외쳤다. 손전등을 가진 상대편이 기진을 위아래로 비춰보았다. 기진은 눈을 깜빡이며 그의 얼굴을 바라보았다. 휴게소에서 봤던 초록색 등산복이었다. 강의 아내가 말했던 노인.

그는 무표정하게 기진을 지나쳐갔다. 그녀는 노인을 따라 허둥지둥 발걸음을 옮겼다.

"천문대에 가시는 길인가요?"

"그게 아니면 무슨 볼일이 있다고 이 산에 왔겠소?"

"저는 길을 잃어버렸어요."

"그렇겠지."

노인이 툴툴거렸다.

"이 길로는 올라가지 마시오. 나도 길을 잘못 들어 한참을 헤매다 내려오는 길이니까."

기진은 강의 아내가 겁에 질린 목소리로 했던 말들을 떠올렸다. 노인은 강의 아내가 말한 그 사람이 맞을 수도 있고, 아닐 수도 있었다. 어쨌든 예전의 기진이었다면 절대로 노인을 따라나서지 않았을 것이다. 하지만 달리 그곳에서 벗어날 길을 찾을 수 없었다. 그녀는 더이상 비를 맞으며 캄캄한 숲속을 헤매고 싶지 않았다.

어둠 속에서 그들은 앞뒤 간격을 유지하며 걸어갔다. 노인이 그녀를 귀찮아하는 기색이 역력했으므로, 더이상 말을 걸 수는 없었다. 젖은 흙길이 미끄러웠다. 바람이 불 때마다 나뭇잎이 쏴, 소리를 내며 흔들렸다. 어쩐지 같은 길을 뱅뱅 돌고 있는 듯한 느낌이었다. 입이 마르고 속이 뒤집혔다.

"잠깐만요."

기진은 기어들어가는 목소리로 노인을 불렀다.

"저 토할 것 같아요."

다음 순간 그녀는 속에 있는 것을 게워내기 시작했다. 저녁으로 먹었던 음식을 전부 다 토해내고, 노란 위액마저 게워냈다. 눈물이 뚝뚝 흘러나왔다. 꼼짝도 못하고 쪼그려앉아 있는 기진에게 노인이 다가오더니, 물병을 내밀었다.

기진은 물병의 물로 입안을 헹구었다. 노인이 그녀에게 박하사탕을 주었다. 주머니에 들어 있던 것인지 사탕에 온기가 남아 있었다. 화한 기운이 입안에 퍼지자, 가슴에 답답하게 얹혀 있던 것들이 조금씩 가시는 느낌이었다.

"고맙습니다."

기진은 끙, 소리를 내며 자리에서 일어났다. 그제야 노인의 얼굴이 제대로 보였다. 희미한 불빛 아래서도 노인에게 병색이 있다는 것을 알 수 있었다. 살이 말라 골격만 남은 얼굴은 생기가 빠져나가 빛이 바래 있었다. 병원 복도에서, 입원실에서, 수도 없이 봤던 얼굴. 그녀 자신의 얼굴이었다. 기진은 그 노인이 다시 살아가겠다는 소망으로 유성우를 보러 왔으리라 짐작했다. 삶에서 내쳐진 자의 성마름과 초조함이 노인의 몸집에서, 말투에서 배어나왔다.

어느새 비는 그쳤지만 하늘은 여전히 먹물처럼 검은 구름에 덮여 있었다. 유성우는커녕 별 하나도 보이지 않았다. 그들이 어디쯤 와 있는지도 알 수 없었다. 손전등은 최소한의 시야만을 밝혀

줄 뿐, 사방이 칠흑 같은 어둠에 덮여 있었다.

그들은 다시 걸음을 내디뎠다. 결국 노인이 그녀의 속도에 맞춰주었다. 기진이 땅에 드러난 나무뿌리에 걸려 넘어질 뻔했을 때는 그녀의 손을 붙잡아주기도 했다. 물기가 하나도 없는, 마르고 거친 손이었다. 그녀가 바로 선 후, 노인은 조용히 자신의 손을 거둬갔다.

그때, 날카로운 벨소리가 허공을 울렸다. 남편의 전화였다. 전화를 받자 남편의 성난 목소리가 숲속에 퍼졌다. 기진은 말없이 휴대폰 전원을 꺼버렸다. 그녀는 천문대에서 자신을 기다리는 남편을 떠올려보았다. 검은 하늘과 그녀의 빈자리를 번갈아 바라보며 발을 동동 구르고 있을 남편을. 자신이 노인과 함께 있다고 말한다면 그는 뭐라고 대답할까. 자신이 여자애를, 김유진을 만났다고 말한다면 그는 어떻게 반응할까. 아마 우물쭈물하다가 그만 딸꾹질을 할 거라고 기진은 생각했다. 그 모습을 떠올리자 그녀는 자기도 모르게 웃음이 나왔다.

어쩐지 마음이 가벼워진 느낌이었다. 어디로 가는지도 모르면서, 어디까지고 갈 수 있을 것만 같은 기분이었다. 노인은 기진을 이끌고 숲길을 걸어갔다. 그들은 점점 더 동굴 같은 길로 들어서고 있었다. 숲은 거대한 동물의 뱃속 같았다. 별똥별 따위는 볼 수 없었지만, 기진은 검은 허공을 향해 눈을 감고 소원을 빌었다. 그것은 정말 오랜만의 일이었다. 뭔가를 바라고, 염원하고, 기도하는 일. 하지만 조금도 어색하지 않았다. 자신에게 그런 소원이 있었다는 것이, 늘 마음속에 그 소원을 간직해왔다는 것이 새삼 놀라울 뿐이었다.

할로윈

1

죽음에 이르러 부탁하니— 할머니는 유언의 첫머리를 이렇게 시작했다. 시신은 화장할 것, 그리고 이 주 뒤에 집에서 장례를 치를 것, 집과 토지를 네 명의 자녀에게 나눠줄 것, 가게를 정리하여 세희에게 넘길 것. 마지막 순간, 할머니는 뭔가 더 할말이 있는 것처럼 입술을 들썩였지만 이내 긴 숨을 내쉬고 세상을 떠났다.

당시 나는 P시에 있었다. 휴대폰을 없애고 잠적하듯 집을 떠났던 터라 할머니의 부음도 듣지 못했다. 임종 후 일주일이 지나서야 아버지가 수소문 끝에 나를 찾아왔다. 아버지는 나에게 왜 불현듯 직장을 그만두었는지, 왜 연락처도 알리지 않고 사라져버렸는지, 이 낯선 도시에서 뭘 하고 있는 건지 묻지 않았다. 그는 본디 자신의 일 말고는 중요한 것도, 궁금한 것도 없는 사람이었다.

할머니는 유지를 따라 화장되었고, 장례는 일주일 뒤에 치러질 예정이었다. 할머니께 감사해야 한다, 고 아버지는 말했다. 자식도 아닌 손녀에게 유산을 남겼으니, 고모들에게서 다른 말이 나오기 전에 가게를 정리해야 한다는 것이었다. 아버지는 비좁은 지하방을 한번 둘러보고는, KTX 타러 갈 시간이 다 되었다면서 자리를 털고 일어났다. 현관문이 닫히고도 한참이 지난 뒤에야 나는 공증을 마쳤다는 할머니의 유언장을 집어들었다.

아버지는 나를 낳아준 엄마와 오래전에 이혼했다. 두 사람이 떠난 후, 나는 할머니의 집으로 갔다. 평생을 병상에서 보낸 할아버지의 흔적이 집안 곳곳에 남아 있었다. 물 빠진 병원복, 볼링 핀처럼 나란히 서 있는 새하얀 약통들, 거대한 크기의 인공호흡기…… 할아버지는 내가 그 집에 맡겨지기 전해에 세상을 떠났다. 오늘부터 여기서 함께 사는 거라고, 할머니가 말했다.

할머니와 나는 금세 한 팀이 되었다. 우리에게는 공통점이 많았다. 둘 다 된밥을 좋아했고, 추위를 많이 탔고, 텔레비전 소리를 싫어했다. 문과의 연애 사건이 아니었다면 끝까지 함께했을 것이다. 내 일에 이러쿵저러쿵 간섭한 적이 없었던 할머니가 그때만큼은 격렬히 반대했다. 날마다 듣기 싫은 소리를 해댔다. 결국 나는 한밤중에 집을 떠났다. 당시 나는 할머니가 암 말기 환자라는 것도, 진통제로 죽음을 연기하고 있다는 것도 몰랐다. 사실을 알았더라면 떠나지 않았을까? 아마 아닐 것이다. 그때 나는 미쳐 있었으니까. 늙은이가 내 다리를 붙잡고 늘어지면, 아마 발로 뻥 차고 뛰쳐나갔을 것이다. 미친다는 것은 그런 것이다.

문과는 직장에서 만났다. LED 조명기기를 만드는 회사였다. 사장은 값싼 중국산 LED 칩을 들여와서 샹들리에부터 독서등까지 돈이 되는 건 뭐든지 다 만들어 팔았다. 샘플 조명들 탓에 사무실은 늘 대낮처럼 환했다. 때에 절어 있는 문의 옷, 그의 주름진 얼굴, 위축된 어깨에 매달린 누추함이 훤히 다 들여다보일 정도였다. 나는 문에게 아내와 아이가 있다는 사실을 종종 잊어버렸다. 원체 자기 이야기는 하지 않는 사람인데다 가정의 손길이 닿은 흔적이라고는 찾아볼 수 없었기 때문이다. 그는 싱거운 농담을 잘했고, 바람 빠진 소리를 내며 웃었다. 웃으면서도 늘 뭔가 불편한 것처럼 눈썹을 찌푸렸다.

우리는 오랫동안 직장 동료로 지냈다. 카풀을 해서 함께 출퇴근하고, 단둘이 술을 마시며 시답지 않은 이야기를 나누다가도, 밤이 되면 얌전히 각자의 집으로 돌아갔다. 그러던 어느 날, 포장마차 간이 테이블에서 그가 내 손을 잡았다. 손을 빼내려고 했으나 그는 놔주지 않았다. 왜요, 라고 물었더니 무서워서요, 라는 답이 돌아왔다.

"세희씨, 나는 살아가는 것이 무서워요."

그는 절박한 목소리로 내게 속삭였다. 서서히 손에 땀이 차올랐다. 두 손이 찐득찐득하게 엉겨붙었다. 나는 그에게 한 손을 붙잡힌 채로 소주를 마셨다. 알싸한 기운이 아랫배로 스며들었다. 우리는 그렇게 두 손을 포개고 한참을 머물러 있었다.

매일 새벽에서 아침으로 넘어가는 푸르고 서늘한 시간, 나는 차를 몰고 문을 태우러 갔다. 그가 사는 빌라 앞에 차를 대고 있으면, 곧 잠이 덜 깬 듯 휘청휘청 걸어오는 그의 모습이 보였다. 어느 날부터 내가 그를 기다리고 있다는 것을 깨달았다. 그의 지친 얼굴이 나를 발견하고 환하게 밝아지는 순간, 그 순간이 점차 나를 길들였다. 나는 그를 구해주고 싶었고, 그가 나를 구해주기를 바랐다.

문과 함께 P시에 내려오면서 나는 모든 걸 다 버렸다. 가족, 친구들, 직장, 자동차, 내 방, 침대, 책, 옷, 구두— 그것들은 나라는 인간을 이루는 세포였다. 나라는 인간의 역사였다. 나는 망설임 없이 그 전부를 버리고 뒤돌아섰다. 과거는 끝났다. 문이 나의 미래였다.

떠나는 날 판매중인 야간열차의 티켓으로 갈 수 있는 가장 먼 곳이 P시였다. 만약 D시로 가는 표가 남아 있었다면 D시로 갔을 것이다. 텅 빈 열차 칸에는 문과 나 둘뿐이었다. 나는 야윈 그의 어깨에 기대 눈을 감았다. 죽어도 상관없다고 생각했다. 적당히 연명하다가 어느 순간 숨이 끊어지면 그뿐이라고. 부모 없이 할머니의 손에서 자란 탓인지, 나는 늘 그런 생각을 하며 살았다. 너무 일찍이 노인이 되는 법을 배운 것이다.

굶주린 채로 추위에 떨며 P시에 도착한 우리는 누군가 쫓아오는 사람이라도 있는 것처럼 빠르게 걸었다. 생계를 위해 당장 무슨 일이든 찾아야 했다. 임시직과 아르바이트로는 집세를 내고 끼니를 때우기가 어려웠다. 나는 마트에서, 그는 못 공장에서 일을 시작했다. 전과 비교할 수 없는 노동강도에 몸이 축축 처졌다. 그래도 명랑한 기분만은 잃지 않으려고 애를 썼다. 매일 식사를 함께 만들어 먹고, 짧은 거리든 긴 거리든 손을 잡고 걸어다녔다. 나는 문의 옷을 직접 손으로 빨아 햇빛 아래 말렸다. 그가 땟국물 한 점 없는 반듯한 옷을 입고 집을 나서는 것이, 환한 얼굴로 나를 돌아보며 손 흔드는 것이 기뻤다. 그때껏 죽어 있던 영혼의 한 부분이 생생히 살아나 숨을 쉬었다. 우리는 서로를 같은 표정으로 바라보았다. 삶은 모두에게 공평하게 주어지며, 기쁨과 슬픔 역시 그렇다는 것을 나는 그때야 깨달았다. 매일매일 시간이 흐를 뿐 남은 것이 없었고, 남길 것도 없었다. 그렇게 봄이 되었다.

"아직도 무서운가요?"

어두운 방에 손을 잡고 나란히 누운 어느 날 밤, 나는 문을 놀리듯 물었다. 열린 창문으로 봄밤의 향기가, 꽃과 나무와 풀벌레 소리가 밀려들어왔다.

"……무서워요."

처음에 나는 그의 말을 잘 알아듣지 못했다. 그는 반복해서 말했다.

"세희씨와 함께 있으면 무서움이 사라질 줄 알았는데. 무서워요, 아직도."

고개를 돌렸지만, 그의 얼굴은 어둠에 가려져 볼 수 없었다. 그의 완고한 얼굴 옆선이 희미하게 보일 뿐이었다. 나는 마음이 상해 손을 빼내려고 했다. 그는 잠시 내 손을 붙잡고 있다가, 다음 순간 힘없이 놓아버렸다.

문은 여름이 오기 전에 아내와 아이에게 돌아갔다. 어느 날 집에 돌아왔더니 사라지고 없었다. 나는 너무 놀라 입을 다물 수 없었다. 그는 자신의 짐을 하나도 남겨놓지 않았다. 칫솔, 양말, 슬리퍼, 내가 빨아서 말려놓은 티셔츠까지 몽땅 챙겨서 갔다. 대신 그가 짧은 끈으로 고리를 묶어 가지고 다니던 열쇠와 쪽지 한 장이 신발장 위에 놓여 있었다. 집으로 돌아갑니다, 라는 여덟 글자를 나는 읽고, 또 읽었다. 너무 짧고 간단해서 오히려 암호처럼 느껴지는 글이었다. 나는 오랫동안 그 암호를 해독하기 위해 애써왔다. 하지만 어디서도 실마리를 찾을 수 없었다. 그것은 그냥 텅 빈 글이었다. 아무런 약속도, 위로도, 변명도 없었다.

나는 홀로 P시에 남았다. 문이 돌아오기를 기다렸던 것은 아니다. 다만 돌아갈 곳이 없었다. 할머니의 죽음이 나를 소환하지 않았다면 아마도 지금까지 P시의 지하방에서 좀비처럼 입을 벌리고 누워 있었을 것이다.

2

옥으로 만들어진 유골함에는 할머니의 이름이 쓰여 있었다. 그 안에 할머니의 육신이 담겨 있다니, 거짓말 같았다. 거짓말 같아서 슬프지도 않았다.

"혹시나 싶어 미리 말해두지만, 가게 말고 다른 것에는 욕심부리지 마라."

할머니가 임종할 때 서럽게 울다가 차례로 혼절했다는 고모들은 이제 회한을 전부 떨쳐버린 듯 보였다. 떠난 사람은 떠난 사람, 남은 것은 정산뿐이었다.

아버지 생각과 달리 고모들은 가게가 내 몫이 된 데에 별 이견이 없었다. 그보다는 한참 값이 올랐다는 집과 시골의 토지가 관심거리였다. 문제는 유서에 적힌 '네 명의 자녀'라는 표현이었다. 할머니에게는 두 고모와 아버지 말고 다른 자식이 없었다. 그것이 단순히 실수인지, 숨은 뜻이 있는 건지, 다들 신경이 날카로웠다.

"한마디 상의도 없이 이런 엉뚱한 유서라니. 노인네, 뭐든지 자기 마음대로지."

할머니는 자식들과 사이가 그리 좋지 않았다. 고모들은 할머니가 냉정하고 이기적이고 속을 알 수 없는 사람이라고 비난했다. 일찌감치 집에서 겉돌았던 아버지 역시 할머니에게 무관심으로 일관했다. 할머니는 돈벌이로 늘 바빴고, 나머지 시간에는 성당에만 매달려 지냈다. 할머니는 늘 혼자였다.

재래시장 앞에 있는 열두 평 남짓한 가게. 할머니는 그곳에서 사십 년 넘게 장사를 했다. 청바지 전문점을 하다가 부인복으로, 말년에는 노인 의류 전문점으로 노선을 바꾸어 자리를 지켰다. 다들 할머니에게는 돈을 버는 재주가 있다고 했다. 불경기에 시장 주변이 다 힘없이 무너져도 할머니만은 끄떡없었다. 형편이 살 만해진 뒤에도 할머니는 좀처럼 쉴 줄을 몰랐다. 남들처럼 여행을 떠나거나 시골 흙집에서 텃밭을 가꾸는 노년을 즐기지도 못했다. 암이 번져가는 동안에도 매일 가게 불을 환하게 밝혔다. 매일 새벽 끙 소리를 내며 자리에서 일어나 도매시장에 갔고, 주말 하루도 쉬지 않고 좁은 가게를 지켰다.

그런 할머니가 내게 자신의 가게를 남겼다. 그것이 어떤 의미인지 나는 알았다. 자신의 유해를 정리하라는 것이었다. 가게는 할머니의 몸이었다. 처분할 것을 처분하고, 태울 것을 태우고, 남은 것을 허공에 뿌려 보내야 했다.

셔터를 올리고 컴컴한 가게 안으로 들어서자마자 뭔가가 와락 무너져내렸다. 나는 깜짝 놀라 그 자리에 주저앉았다. 부러진 팔다리가 내 앞으로 쏟아졌다. 마네킹이었다. 젊은 여자의 얼굴을 하고 있지만, 가게의 역사만큼이나 오래된 마네킹은 연결부위가 헐거워져 도무지 바로 세울 수가 없었다. 그것을 대충 구석으로 치우고, 어둠을 더듬어 겨우 불을 켰다. 사방에 걸린 옷가지들이 눈에 들어왔다.

할머니는 다른 가게보다 훨씬 많은 재고를 두고 장사했다. 그것이 당신만의 비결이라고, 할머니는 내게 말한 적이 있다. 실제로 좁은 가게 안은 겨우 걸어다닐 공간만 제외하고 전부 옷과 상자로 가득차 있었다. 대체 이 많은 것들을 어떻게 진열했는지도 의아할 지경이었다.

맥이 빠져 플라스틱 의자에 앉아 있는데, 누군가가 문을 열고 들어왔다. 미애였다.

"아무래도 제 도움이 필요할 것 같아서 왔어요."

미애는 아기를 안고 있었다. 고등학생이던 때부터 학교를 다니면서 할머니 가게 일을 돕던 미애는 지난해 스물다섯 살에 동갑내기 남편을 만나 결혼했다. 귀여운 얼굴은 그대로였지만 눈빛이 전보다 더 강인해진 것을 느낄 수 있었다. 아기 때문이리라고 나는 생각했다.

"사장님이 갑자기 쓰러지시면서 한여름에 환기도 제대로 못했어요. 옷이 많이 상했을 거예요."

미애는 자는 아기를 한쪽 구석에 눕히더니 팔을 걷어붙이고 나섰다. 미애가 가게 안에 있는 옷을 전부 끌어내 종류별로 분류하기 시작했다. 나도 눈치껏 미애를 도왔다. 구석에 처박혀 있는 옷까지 꺼내서 펼쳐놓으니 산이라도 쌓을 수 있을 것 같았다. 어떤 물건들은 십수 년씩 묵혀둔 것이었다. 유행이 지난 낡은 옷들의 소용과 쓸모가 무엇인지 나는 도무지 알 수 없었다. 그것을 아는 사람은 할머니뿐이었다. 하지만 할머니는 죽었다. 쓰레기 같은 옷 더미를 뒤에 남겨둔 채 사라져버린 것이다.

점심때가 되자, 미애는 전화기 밑에서 작은 수첩을 꺼내더니 짜장면 두 그릇을 주문했다. 사방에 물건을 한 무더기씩 쌓아놓은 가게 한가운데서 미애와 무릎을 맞대고 짜장면을 먹었다. 아기가 깨어나 울자, 미애는 가슴을 풀어헤쳐 젖을 먹였다. 아기의 손이 미애의 머리카락을 만지작거릴 때, 그녀의 얼굴이 얼핏 어두워지는 것을 보았다. 나는 고개를 돌렸다. 유리창 너머로 환한 대낮의 길을 걸어가는 행인들이 보였다.

오후 무렵 가게로 할머니의 친구가 찾아왔다. 반백의 단발머리에 차콜색 원피스를 입은 노파였다. 엘에이 김, 이라고 자신을 소개한 그 노파는 테이블 위에 요구르트가 가득 든 검정색 비닐봉지를 내려놓았다. 여기 올 때마다 이걸 사오는 게 버릇이라고 중얼거리더니 갑자기 눈물을 쏟았다. 미애가 얼른 일어나 의자를 내주었다.

"미안해요. 늙은이가 주책이죠."

의자에 앉아 정신없이 가방을 뒤지던 엘에이 김 할머니가 이내 손수건을 꺼내어 얼굴을 묻었다.

"줄곧 외국 생활만 하다가 뒤늦게 한국에 들어와서, 내가 참 외로웠어요. 세희씨 할머니가 내 유일한 친구였지요."

그녀는 손수건에 기운차게 코를 풀고는 내게 물었다.

"손녀 세희씨, 맞죠?"

"네."

"할머니가 걱정을 많이 했어요. 이제 집에 돌아온 건가요?"

나는 뭐라 대답해야 할지 몰라 입을 꽉 다물었다.

"어쨌든 장례식 때는 모두 한자리에 모일 수 있겠군요."

그녀는 주름진 손으로 내 손을 토닥였다. 그때 갑자기 스치는 생각이 있었다.

"할머니가 저 때문에 장례식을 미룬 건가요?"

엘에이 김 할머니는 잠시 나를 바라보더니, 고개를 끄덕였다.

"그 이유도 있었겠지요."

"다른 이유도 있다는 뜻인가요?"

"그 속을 다 알 수 없다는 뜻이에요. 세희씨는 할머니에 대해 얼마나 알고 있나요?"

그녀는 물음을 남겨놓고 자리에서 일어났다. 아기를 업은 미애는 홀로 조용히 물건 정리를 하고 있었다. 아기는 무척이나 순했다. 제 엄마의 등에 매달려 가끔 목을 울리는 소리를 낼 뿐, 보채거나 우는 법이 없었다. 나중에는 아기가 있다는 것도 잊어버릴 정도였다.

할머니와 함께 살던 집에 돌아와보니 거실이 텅 비어 있었다. 아마도 고모들이 낮에 다녀간 모양이었다. 오래된 집이라, 가구를 치운 자리마다 변색된 흔적이 있었다. 고모들은 장례식 때까지 새로 살 집을 구하라고 말했다. 이 집을 허물고 원룸 건물을 올릴 것이라고 했다.

부엌으로 가서 냉장고 문을 열었다. 할머니가 담근 매실청이 눈에 들어왔다. 차가운 물에 매실청을 조금 섞어 단숨에 들이마셨다. 점심으로 먹은 짜장면이 아직도 답답하게 얹혀 있었다. 할머니의 친구까지 나의 일을 알고 있다니, 당혹스럽기 그지없었다.

하기는 손녀가 유부남과 야반도주했으니, 할머니도 무척이나 당혹스러웠을 것이다. 그때까지 나는 한 번도 말썽을 일으킨 적이 없었다. 앞서지도 뒤처지지도 않는 학창시절을 보냈고, 스스로 무엇이든 알아서 했다. 나는 밝고 명랑한 남자들을 좋아했다. 할머니가 부르면 스스럼없이 집에 들어와 식탁의 한 자리를 차지하고, 묻는 말에 시원하게 대답하며 몇 그릇이고 밥을 비우는 그런 남자들. 상대의 호의를 의심 없이 받아들이고 마음껏 누릴 수 있는 사람들. 나는 그들을 동경했지만, 그들을 사랑할 수는 없었다. 손톱만한 결함에도 쉽게 마음이 식었다. 삼십대 중반에 이르러 내가 얻은 결론은 나에게 관계를 지속할 능력이 없다는 것이었다. 결국 혼자가 편해졌고, 사람을 믿지 않게 되었다. 나는 보다 합리적인 인간이 되어야 했다. 소득의 절반 이상을 저축하고, 영어회화를 공부하고, 매일 헬스 트레이닝 센터에 다녔다. 하지만 종종 인적이 없는 길 위에 서 있는 것처럼 불안하고 두려운 마음이 들었다.

문은 지금껏 내가 만난 남자들과 달랐다. 내성적이고, 예민하고, 그늘이 짙었다. 그런 문이 내 손을 잡고서 무섭다고 말했을 때, 단단한 둑처럼 막아놓은 마음이 무너져내렸다. 나는 그와 함께 끝까지 가고 싶었다. 영원히 도망치고 싶었다.

눈을 감으면 아직도 P시의 겨울이 생생히 떠올랐다. 우리는 낡은 점퍼를 입고 동네의 구불구불한 오르막길을 다리가 아프도록 밤새 걸었다. 그곳에서 보았던 밤하늘, 별, 그리고 옆에 있는 문의 체온. 그것은 내가 인생에서 유일하게 진실이라고 말할 수 있는 것들이었다. 하지만 다음 순간 눈을 떴을 때, 전부 사라지고 없었다. 아예 처음부터 없었던 것처럼 사라져버렸다. 남아 있는 것은 나, 곤혹스러운 나의 존재뿐이었다.

다음날 미애와 같이 물건을 정리하고 있는데, 한 노파가 가게에 들어오더니 쌓인 옷가지를 보고 얼마에 파느냐고 물었다. 파는 물건이 아니라고 하자, 그럼 버리는 거냐고 되물었다. 대꾸할 말을 찾는 사이 노파의 허리춤에서 보자기가 펼쳐졌다. 노파는 한 보따리 옷을 꾸려 가지고 갔다.

미애와 나는 동시에 서로를 마주보았다. 당장 가게문을 활짝 열고, 사람들을 받아들였다. 한동안 휴업 상태였음에도 워낙 한자리에 오래 있던 가게이다보니 드나드는 노파들이 드문드문하게나마 끊이지 않았다. 할머니 소식을 아는 사람도 있고, 모르는 사람도 있었다. 어쨌든 옷이 공짜라고 하면 그냥 돌아서는 법이 없었다. 몸에 얼추 맞기만 하면 먼지가 뽀얗게 내려앉은 재킷, 곰팡이가 슨 바지도 툭툭 털어서 가지고 갔다. 취향이나 유행을 가리지 않았다.

신기한 것은 그들이 옷을 가져가는 대신 먹을 것을 준다는 점이었다. 내가 모르는 노파들의 규례라도 있는 모양이었다. 미리 약속이라도 한 것처럼, 노파들은 가방 안에 먹을 것을 가지고 있었다. 떡, 과일, 과자, 사탕이 줄줄이 쏟아져나왔다.

점심때가 되면 먹을거리는 더욱 풍성해졌다. 순대를 사오는 할머니, 약과를 만들어 오는 할머니, 칼국수를 끓여 가지고 오는 할머니도 있었다. 받은 음식을 먹어치우는 것도 일이었다. 미애와 나는 종일 쉴새없이 먹었다. 산처럼 쌓인 옷들이 차츰 줄어드는 것이 눈에 보였다.

"이대로라면 금세 정리가 되겠는데요."

미애가 파헤쳐진 옷더미를 제대로 쌓으며 말했다.

"고마워. 혼자서는 도무지 엄두가 안 났을 거야."

"사장님께 도움받은 게 얼마인데요. 당연히 도와야죠."

미애는 땀을 닦으며 조그만 소리로 말했다.

고아원에서 자란 미애는 청소년기에 고아원에서 도망쳐 나와 떠돌다가 할머니 가게로 흘러들어왔다. 할머니는 미애가 일하며 학교를 다닐 수 있게 도와주었다. 고모들이 헛돈을 쓴다고 불평할 때마다 할머니는 매서운 말로 입을 막았다. 미애도 나처럼 할머니가 주워들인 아이였다. 어떤 의미에서 우리 둘은 자매와 같은 처지였다.

"언니, 가게를 넘길 생각이죠?"

미애의 물음에 나는 말없이 고개를 끄덕였다. 집이 헐리고, 가게가 팔리고 나면, 나도 이곳을 떠나야 했다. 어디로 갈지는 몰랐다. 때로는 홀로 떠돌다가 비참하게 죽는 것만이 문에게 복수하는 길이라는 생각이 들었다. 나는 스스로에 대한 증오와 허영심에 깜짝깜짝 놀라곤 했다.

3

할머니의 장례식은 유언대로 10월의 마지막 주에 집에서 치러졌다. 아버지와 고모들은 거실에 빈소를 마련하고 손님들을 맞았다. 나는 부엌을 오가며 음식을 나르고, 사람들이 들고 나는 자리를 정리했다. 문상객이 많지 않아서 그럭저럭 일을 치르기 어렵지 않았다. 조용하고 평범한 장례식이었다. 고모들은 간간이 울음을 터뜨렸으나, 이내 평정을 찾았다. 나는 내내 불안한 마음이 들었는데, 그 이유가 뭔지 알 수 없었다.

사흘째 날 저녁 무렵 갑자기 비가 내리기 시작했다. 나는 종일 그릇을 몇 개나 깨뜨려 아버지에게 핀잔과 함께 좀 쉬라는 말을 들었다. 앞치마를 벗고 이층으로 올라가려는데 누군가가 내게 알은체를 했다. 엘에이 김 할머니였다. 할머니 옆에는 검정색 판초를 입은 작은 체구의 여인이 있었다. 비에 살짝 젖어 허리까지 구불거리는 검은 머리카락이 눈길을 끌었다. 다음 순간, 여인과 눈이 마주쳤다. 놀랍도록 할머니를 닮은 얼굴에 나도 모르게 숨을 삼켰다. 대니얼, 그것이 그 여인의 이름이었다.

대니얼은 한국말을 한마디도 하지 못했다. 마흔다섯 살이라고 했는데, 그보다 훨씬 젊어 보였다. 한 톤 높은 목소리에 연신 웃고 있는 표정 때문에 더욱 그랬다. 아버지와 고모들은 마치 유령이라도 만난 얼굴이었다. 그녀는 할머니의 유언장을 받고 찾아왔다고 말했다.

대니얼은 할머니가 사십오 년 전 출산한 사생아였다. 부정한 관계로 낳은 자식이었고, 태어난 즉시 미국으로 입양 보내졌다. 할머니는 한 번도 그 딸을 찾지 않았다. 죽음을 앞두고 입양 기관에 연락을 취했고, 그곳에서 알려준 주소로 마지막 소식을 전했을 뿐이다. 장례식이 보름이나 미뤄져야 했던 것도 바로 그 때문이었다. 엘에이 김 할머니가 그간의 사연을 대니얼에게 대신 전해주었다. 대니얼이 한국에 오도록 설득한 사람도 엘에이 김 할머니였다. 사기꾼이 아니냐고, 저 여자의 말을 어떻게 믿을 수 있느냐고 고모들은 고래고래 소리를 질렀다. 아버지는 말없이 고개를 숙이고만 있었다.

소란이 지나간 뒤, 정적이 찾아왔다. 손님들은 모두 돌아갔고, 장례식은 끝이 났다. 결국 아버지와 고모들은 날이 밝는 대로 변호사와 이 문제를 상의하기로 합의했다. 그때까지 대니얼은 나와 함께 지내기로 했다. 내가 자원한 일이었다. 집을 떠나기 전, 아버지는 내게 '저 여자를 잘 지키라'고 말했다.

"커피를 좀 마실 수 있을까요?"

모두 떠나고 우리 둘만 남았을 때, 대니얼은 간청하듯 내게 물었다.

"네, 그럼요."

나는 부엌으로 가서 찬장을 뒤져 커피 원두가 든 봉지를 찾았다. 그라인더로 원두를 갈고, 끓인 물을 부어 커피를 내리는 동안 침묵이 맴돌았다. 대니얼은 호기심이 담긴 눈으로 주변을 둘러보고 있었다.

"오늘, 아버지와 고모들이 너무 무례했지요."

나는 더듬거리는 영어로 뒤늦게 사과했다.

"오늘밤은 제 방을 쓰시는 게 좋을 거예요. 내일 손님방을 치워 드릴게요."

"고마워요."

그녀는 미소 지으며 내가 건네는 커피잔을 받았다.

"하지만 곧 돌아가야 해요. 할로윈이라서요."

"할로윈이라고요?"

"죽은 자들의 날이요."

대니얼은 부드러운 목소리로 그렇게 덧붙였다.

"한 해 중 영매들이 제일 바쁜 날이죠. 늦어도 내일 저녁에는 떠나야 해요."

대니얼은 엘에이에서 사이킥 하우스를 운영하고 있었다. 미국식 점집 같은 곳인데, 할로윈에는 자리를 비울 수가 없다고 했다. 그녀는 점성술과 타로카드 마스터였다. 어딘지 장난스럽고 신비스러운 분위기가 풍긴 것은 그 때문이었다.

대니얼은 이전에 한국에 와본 적이 있다고 했다. 이십대였던 대학 시절, 할머니를 찾기 위해 입양 기관을 방문했던 것이다. 하지만 생모에 대한 기록은 어디에도 남아 있지 않았다. 생모측이 원치 않았던 것인지, 기관측의 실수인지 그녀로서는 알 수 없었다.

그녀는 자신이 어머니를 찾고 있다는 소식과 함께 두꺼운 신상명세서를 남겨두고 미국으로 돌아갔다. 하지만 아무리 기다려도 그녀를 찾는 사람은 없었다.

이후 그녀는 대학을 그만두고 여행을 다니기 시작했다. 길에서 먹고 자며 별과 카드 읽는 법을 배웠다. 사람들이 찾아오면 그들의 과거를 헤아리고 미래를 점쳐주었다. 하지만 그녀 자신의 어머니만큼은 희미한 윤곽도 찾을 수 없었다. 마침내 포기했다고 믿었을 때, 연락이 왔다. 어머니가 죽었다는 소식이었다.

"나는 이곳에 오고 싶지 않았어요. 그렇다고 오지 않을 수도 없었지요. 할 수 없이 마지막에 카드를 뽑아보았어요. 황제와 검, 기사 카드가 나를 이곳으로 보내줬지요."

나는 그녀를 이층의 내 방으로 안내했다. 대니얼은 방에 들어서자마자 가방에서 긴 초를 꺼내 불을 붙였다. 그 불에 뭔가를 태웠다. 나는 호기심어린 시선으로 그녀를 바라보았다.

"개양귀비 꽃잎이에요. 편안한 꿈을 꾸게 해주죠."

그녀는 말린 붉은색 꽃잎을 손바닥 위에 올려 내게 보여주었다. 건초와 오렌지의 향기가 났다.

이층에서 내려온 나는 할머니 방에 자리를 펴고 누웠다. 창밖의 빗소리가 그치지 않았다. 천둥이 치는 밤이면 나는 종종 베개를 들고 할머니의 방으로 왔다. 늘어진 면 티셔츠를 입은 할머니는 말없이 자신의 자리를 내주고, 내가 잠들 때까지 큰 손으로 얼굴을 쓸어주었다. 할머니는 늘 평온해 보였다. 굳은살이 박인 손바닥과 늘어진 티셔츠의 맨들맨들한 감촉처럼 모든 게 단순해 보였다. 남을 속이기란 얼마나 쉬운가. 또 스스로 속아넘어가기란 얼마나 쉬운가.

다음날 아침, 나는 오랜만에 밥을 지었다. 국을 끓이고 나물을 무쳐 상을 차렸다. 어쩐지 그래야 할 것 같았다. 대니얼은 음식을 조금씩 전부 다 먹어보았지만, 밥공기를 반도 비우지 못했다. 식사를 마친 후, 할머니 가게에 같이 가보겠느냐고 묻자 그녀는 금세 반색했다.

대니얼과 함께 가게에 갔을 때, 미애는 벌써 아기를 데리고 나와 있었다. 대니얼은 아기를 돌보는 데 무척이나 능숙했다. 그녀는 형제가 열셋이나 된다고 했다. 전부 입양된 형제들이었다. 집 안에는 늘 사람이 바글바글해서, 조용히 혼자 있는 것이 유일한 꿈이었다고 그녀는 말했다. 그러나 다락방 구석에 숨어 있어도 곧 누군가가 문을 발칵 열었다고.

"우리집은 늘 조용했어요. 할머니와 나, 둘뿐이었거든요."

"어머니와 딸 같았겠군요."

나는 가볍게 고개를 끄덕였지만, 사실은 달랐다. 할머니와 나, 우리 둘 사이에는 일정한 거리가 있었다. 어머니와 딸 사이였다면 거침없이 침범하고 넘어섰을 어떤 영역이 늘 남겨져 있었다.

우리는 서로에게 전부 다 말하려 하지 않았고, 서로를 전부 다 이해하려 하지 않았다. 할머니에게 의심할 바 없는 애정을 받았지만, 때로는 한 발도 다가설 수 없었다. 호젓한 가을밤과 같은 나날이었다.

가게에 남은 옷은 이제 몇 벌 되지 않아 행어에 드문드문 걸려 있는 정도였다. 대니얼은 흥미롭다는 듯 옷가지를 살펴보더니 빛바랜 붉은색 블라우스를 골라 입었다. 자루처럼 커다란 옷인데도 의외로 잘 어울렸다. 선물로 주겠다고 하자 그녀는 아이처럼 기뻐했다.

나는 미애에게 가게를 부탁하고 대니얼과 함께 밖으로 나왔다. 근처 식당에서 점심을 먹고, 공원 산책을 했다. 아버지는 그때까지 아무 연락이 없었다. 유산상속에 대한 법적인 문제를 확실히 하기 위해 혈안이 되어 있을 거라고 나는 생각했다. 정작 대니얼은 태평하게 나를 뒤따르며 주변 풍경을 눈에 담고 있었다.

한낮의 공원은 텅 비어 있었다. 아치 모양의 다리 위에도, 배드민턴 코트 위에도, 벤치 위에도 노란 단풍잎이 떨어져 있었다. 대니얼은 단풍잎을 주우며 길을 걸었다. 숲으로 이어지는 밤나무 길은 할머니가 좋아했던 산책 코스였다. 사방이 고요로 가득해서 새소리, 바람에 나뭇잎이 사각거리는 소리까지 들렸다. 그 길 끝에 작은 성당이 있었다.

어렸을 때 종종 할머니를 따라 이 성당에 왔었다. 할머니는 새하얀 미사포를 쓰고 기도한 뒤 신부님에게 납작한 과자 같은 것을 받아 먹었다. 그런 할머니는 너무 연약하고, 작아 보였다. 낯선 그 모습이 아름답기도 했고, 두렵기도 했다. 제단의 바로 뒤에는 돌로 깎은 성모자상이 있었다. 할머니는 그 앞에서 무릎을 꿇고, 머리를 깊이 숙였다. 입술을 땅에 가까이 대고 연신 기도문을 중얼거렸다. 용서를, 용서를, 용서를, 용서를. 내가 알아들을 수 있는 것은 겨우 그런 소리였다. 그것이 기도의 전부일 수도 있다는 것을 그때 나는 몰랐다.

나는 대니얼과 함께 성당의 문을 열고 들어갔다. 기도중인 수녀 둘이 있었다. 그들은 벌컥 문을 열고 들어온 우리를 비난하듯 한번 돌아보더니, 다시 기도에 열중했다. 성모자상은 아직도 그 자리에 있었다. 아기 예수를 품에 안은 마리아의 몸. 대니얼이 그 앞으로 천천히 다가갔다. 나는 그녀를 방해하지 않으려고 뒤편의 의자에 앉았다. 오래전, 할머니를 기다리던 그때처럼. 성당 안의 공기는 따뜻하고 건조했다. 스테인드글라스에 반사된 색색의 빛이 허공에 프리즘처럼 번졌다.

잠시 후, 대니얼이 내게 다가왔다.

"괜찮아요?"

그녀가 내게 물었다. 내가 울고 있다는 것을 그제야 깨달았다. 눈물이 무릎 위로 툭툭 떨어지고 있었다. 도저히 그칠 수가 없었다. 속수무책이었다.

집에 돌아와서, 나는 몇 장 안 되는 할머니의 사진을 꺼내 대니얼에게 보여주었다. 어린 나를 안고 있는 오십대의 할머니, 막내 고모의 결혼식에서 한복을 입고 긴장한 얼굴로 이쪽을 보고 있는 할머니, 가게에서 미애와 같이 웃고 있는 할머니. 능숙지 않은 언어로 사진 속의 순간들을 설명하기는 쉽지 않았다. 말해질 수 있는 것과 말해질 수 없는 것 사이에서 우리는 적당히 타협했다. 대니얼은 할머니의 경대에 있는 로션과 크림의 뚜껑을 열어 냄새를 맡아보고, 할머니의 신발과 모자와 가방을 직접 손으로 만져보았다. 그리고 시간이 되었을 때, 아쉬움 없이 손에서 놓고 돌아섰다. 할머니의 유품 중 기념이 될 만한 것을 골라보라는 말에도 고개를 저었다. 나는 그녀가 이별하기 위해 이곳에 왔다는 사실을 깨달았다.

집을 떠나기 전, 대니얼은 카드로 나의 운세를 봐주겠다고 했다. 그녀는 식탁 위에 부드러운 천을 깔고, 가방에서 낡은 가죽 주머니를 꺼냈다. 그 안에 흑백 타로카드가 들어 있었다. 그녀는 능숙하게 카드를 다루었다. 손안에서 새가 날갯짓하는 것 같았다. 테이블 위에 카드가 부채처럼 펼쳐졌다.

"왼손으로 카드 세 장을 뽑아요."

내가 카드를 뽑자, 대니얼이 그것을 차례로 뒤집었다. 바보, 매달린 남자, 여덟 개의 컵. 나는 어리둥절한 표정으로 웃었다.

"당신은 지금 벼랑 끝에 서 있어요. 어리석은 판단을 했군요. 돈을 탕진했고, 신경이 날카로워져 있어요. 현실적으로 아무것도 할 수 없는 정체된 상태예요. 다행인 건 당신의 무의식이 아직 자유롭다는 거예요. 그러니 곧 새로운 목표를 찾아갈 거예요. 단, 자기 자신을 버려야 해요. 여덟 개의 컵은 당신이 애착과 희망을 가지고 채운 것들이죠. 그것들을 땅에 쏟아버려야 해요. 그전엔 아무 변화가 일어나지 않을 거예요."

대니얼은 컵을 거꾸로 드는 흉내를 냈다. 나는 허공을 움켜쥔 그녀의 손을 바라보았다. 마르고, 강인한 손이었다. 할머니와 닮은, 언제나 내가 갖고 싶었던 손.

잠시 후, 엘에이 김 할머니가 대니얼을 공항까지 바래다주기 위해 집으로 왔다. 대니얼은 가게에서 가져온 붉은 블라우스를 입고 집을 떠났다. 할로윈 내내 그 옷을 입고 있을 거라고 했다.

"친절하게 대해줘서 고마워요."

대니얼은 차에 오르기 전 내게 말했다.

"와보기를 잘했다는 생각이 들어요, 정말로."

그녀는 내게 작은 봉투를 내밀었다. 그 안에 말린 개양귀비 꽃이 있었다.

"그분들에게 전해주세요. 저는 아무것도 원하지 않는다고요."

그녀가 아버지와 고모들에게 남긴 말은 그것뿐이었다.

대니얼이 탄 차가 떠나고, 나는 홀로 집에 들어왔다. 초를 밝히고, 꽃잎을 태워보았다. 허공으로 날려 흩어지는 연기를 보다가 어떤 소리를 들었다. 그것은 나의 목소리였다. 문에게 가보자. 그가 사는 동네라면 눈을 감고도 찾아갈 수 있었다. 우리는 제대로 된 이야기도 하지 못하고 헤어졌다. 나는 그에게 들어야 할 이야기가 있었다. 왜 그런 식으로 나를 떠났는지. 미안하다는 말 한마디, 따뜻한 포옹 한 번 없이 왜 그렇게 도망치듯 사라져버렸는지.

나는 그대로 집을 나서서 정류장으로 달려갔다. 버스를 타고, 내려, 익숙한 길을 따라 걷기 시작했다. 전에는 차로 빠르게 스쳐 지나갔던 길을 한 걸음씩 걸어갔다. 좁은 오르막길 끝에 문이 사는 빌라가 나타났다. 빌라 이층에 있는 그의 집은 거실과 방에 전부 환하게 불이 밝혀져 있었다. 나는 그 집의 창문이 올려다보이는 놀이터 벤치에 앉았다. 차로 다닐 때는 한 번도 보지 못했던 놀이터였다. 놀러 나와 있는 아이들은 없었다. 페인트칠이 벗겨진 그네와 미끄럼틀을 바라보다가 문득 그의 아이도 이곳에서 뛰어놀 거라는 생각을 했다.

나는 그의 아이가 몇 살인지, 딸인지 아들인지도 알지 못했다. 내가 묻지도 않았고, 그가 이야기하지도 않았다. 아내에 대해서도 마찬가지였다. 당시에 나는 그들이 중요하지 않다고 생각했다. 아예 없는 존재처럼 여겼다. 하지만 돌이켜보면 그건 정말 이상한 일이었다. 도처에 그들의 그림자가 드리워져 있었는데, 나는 그 위를 밟고 서 있으면서도 그것이 무엇인지 한 번도 의심해보지 않았던 것이다.

시간이 얼마쯤 지났을까. 낡고 오래된 빌라의 열린 창문으로 뉴스를 전하는 앵커의 목소리, 아기 울음소리, 다투는 젊은 부부의 목소리가 새어나왔다. 언덕을 올라오는 문을 발견한 것은 바로 그때였다. 문은 고개를 푹 숙이고 땅을 보면서 터덜터덜 걸어오고 있었다. 전보다 마른 몸, 두 팔을 주머니에 넣고 흔들흔들 걷는 익숙한 걸음걸이가 아프게 눈에 들어왔다. 놀이터 근처까지 다가왔을 때, 그는 어떤 소리를 들은 것처럼 고개를 들더니 정확히 벤치 앞에서 시선을 멈추었다.

나는 조용히 그를 바라보았다. 우리의 시선이 허공에서 마주쳤다. 오 초, 아니 십 초— 서로를 알아보고, 다가서고, 손을 내밀기에는 충분한 시간이었다. 하지만 우리는 둘 다 꼼짝하지 않았다. 문의 표정은 기묘했는데, 나는 그것이 무슨 뜻인지 이해할 수 없었다. 다음 순간, 그는 내게서 고개를 돌렸다. 나를 지나쳐 천천히 빌라 출입구로 들어갔다. 계단을 올라가는 그의 질질 끌리는 발소리, 현관문을 여닫는 소리가 들렸다. 이층 복도에서 센서등이 반짝, 불을 밝혔다.

문을 따라 그의 집으로 올라갈 필요는 없었다. 벨을 누르고 문을 두드릴 필요도 없었다. 그러기엔 너무 늦었다는 것을 나는 깨달았다. 그에게 나는 이미 죽은 자였다. 과거의 망령이었다. 나를 보는 그의 눈에 두려움이 담겨 있었다. 한차례 바람이 불자, 그네가 저 혼자 흔들렸다. 이내 사위가 고요해졌다. 나는 조금 더 벤치에 앉아 있다가 자리에서 일어났다. 버스정류장까지는 하염없는 내리막길이었다. 집에 돌아온 나는 옷도 벗지 않고 침대에 누워 잠이 들었다.

새벽에 무겁게 짓눌리는 느낌에 잠에서 깼다. 뜨겁고 축축한 뭔가가 목을 간질였다. 나는 몸부림치며 자리에서 일어났다. 머리칼이 땀에 흠뻑 젖어 있었다. 몸 상태가 심상치 않았다. 나는 침대에서 내려와 무릎으로 바닥을 기어갔다. 약통은 다행히 책상 서랍 속에 그대로 있었다. 해열제와 진통제를 먹고 겨우 다시 자리에 누웠을 때, 어디선가 달그락거리는 소리가 들렸다. 부엌에서 들리는 소리였다. 할머니라는 생각이 들었다. 창으로 비치는 새벽의 푸르스름한 기운을 본 순간 알아차렸다. 얼른 일어나 나가봐야 한다고 생각하면서도 몸을 꼼짝할 수 없었다.

할머니가 매일 밤 도매시장에 갈 때마다 나는 잠결에도 할머니가 집을 나가는 기척을 느꼈다. 나는 할머니가 돌아오지 않을까봐 두려웠다. 집에 홀로 남은 상황을 마주하기 싫어 눈을 꽉 감았다. 온몸을 작게 웅크린 채로 잠에 매달려 있으면, 어느덧 달그락거리는 소리가 귓가에 스며들었다. 할머니가 돌아왔다는 소리였다. 할머니는 집에 돌아오자마자 내게 먹일 밥을 지었다. 가끔 시장에서 파는 충무김밥을 사오기도 했다. 투명한 일회용 도시락에 담긴 김밥은 아직 온기가 가시지 않아 입안에서 보드랍게 녹았다. 나는 잠옷 바람으로 할머니 앞에 앉아 그것을 먹고 또 먹었다. 할머니의 옷에는 새벽의 파르스름한 공기가 묻어 있었다. 칼날 같은 그 공기를 나는 기억하고 있었다.

다음날 아침, 부동산에서 연락이 왔다. 낭랑한 목소리의 여자가 내게 권리금을 얼마쯤으로 생각하고 있느냐고 물었다. 무슨 소리냐고 되묻자, 여자는 가게를 팔 게 아니냐고 했다.

"내가 잘해드릴 테니 다른 데는 매물 내놓지 말아요."

나는 전화를 끊고 곧장 가게로 향했다. 자물쇠를 풀고, 셔터를 올리고, 위태롭게 서 있는 마네킹을 요령 있게 피해서, 불을 켰다. 물건이 다 빠지고, 행어마저 치워둔 탓에 텅 빈 가게의 풍경이 한눈에 들어왔다. 가게 내부가 생각보다 크다는 것에 나는 놀랐다. 그때, 형광등이 깜빡거리다가 팟, 소리와 함께 꺼져버렸다. 나는 잠시 어둠 속에 머물러 있었다. 거대한 물고기의 입속에 들어와 있는 것 같았다. 나는 미애에게 전화를 걸었다.

미애의 집은 가게에서 무척 가까웠다. 수십 호의 원룸이 다닥다닥 붙어 있는 상가건물이었다. 문을 두드리자 아기를 업은 미애가 얼굴을 내밀었다.

"무슨 일이에요? 갑자기 온다고 해서 집을 치우지도 못했어요."

미애는 허겁지겁 바닥에 늘어진 아기 장난감들을 치우며 말했다. 좁고 어두운 방. 그 한쪽에는 부업 자재가 박스째로 쌓여 있었다. 미애는 냉장고에서 사과를 두 개 꺼내왔다. 아기가 동그란 눈으로 나를 바라보았다. 미애는 사과를 깎아서 내 앞의 접시에 나란히 놓았다.

"할머니 말이야. 어째서 대니얼을 내내 찾지 않다가, 장례식에 부른 걸까."

나는 사과를 먹으며 미애에게 물었다.

"죽음이 끝이 아니라서겠죠."

미애는 담담한 목소리로 말했다. 나는 사각사각 소리를 내며 사과를 먹었다. 한동안 방안에 침묵이 맴돌았다.

"혹시 할머니 따라서 새벽 도매시장에 가본 적 있어?"

나는 미애에게 물었다. 미애는 의아한 표정으로 고개를 끄덕였다. 나는 그곳에 한번 데려가달라고 부탁했다. 미애가 거절하지 않으리라는 것을 나는 알고 있었다.

다음날 이른 새벽, 미애의 남편 영철의 배달용 승합차가 집 앞으로 나를 데리러 왔다. 미애와 아기가 영철의 옆자리에 앉고, 나는 그들의 뒷자리에 앉았다. 식료품 배달 일을 하는 영철은 키가 작지만 다부진 몸에 얼굴이 까맣게 그을려 꼭 운동선수처럼 보였다. 그는 무척이나 붙임성이 좋았다. 손과 발을 빠르게 놀렸고, 무엇보다 말이 많았다. 마른오징어를 하나 물고 운전을 하면서 끝도 없이 떠들어댔다.

"대출 하나 없는 번듯한 점포가 하늘에서 떨어지다니. 얼마나 좋으시겠어요. 우리 같은 사람들은 상상도 못할 일이죠."

영철이 룸미러로 나를 보며 말했다. 미애는 내내 입을 다물고 있었다. 차가 무척이나 빠른 속도로 달려서 나는 어지럼증을 느꼈다. 시장에 도착해 차에서 내리자 안도감에 무릎이 후들거릴 지경이었다.

미애는 시장 안을 손바닥처럼 꿰고 있었다. 늘어져 잠든 아기를 업고서도 좁은 길을 날쌔게 헤치고 다녔다. 노인들의 옷을 취급하는 블록에 이르자 할머니와 수십 년 거래를 해온 상인들이 미애를 알아보고 인사를 건넸다.

시장 안은 대낮처럼 환했다. 노인 외출복이 사방에 걸려 있었다. 과일과 야자수와 꽃의 패턴, 강렬한 원색의 색채가 눈을 찌르며 달려들었다. 그것들은 몸을 드러내기보다는 감추기 위한 옷들이었다. 그 색깔, 그 무늬에는 어떤 원한이 깃든 것 같았다. 그 옷들은 삶이면서 죽음인, 기이한 경계에 있었다. 마치 카니발 같았다.

시장 안을 한 바퀴 둘러본 우리는 포장마차에서 우동과 김밥을 먹었다.

"같이 일을 해보지 않겠어?"

나는 수저질을 멈추고 미애에게 물었다. 젊은 여자 둘이서 노파들의 옷을 파는 게 이상해 보일지 몰라도 오래된 가게라 실패할 염려가 적을 거라고, 나는 장사에 대해 아무것도 아는 게 없지만 미애가 있으면 한번 해볼 만하다고, 어쨌든 우리 둘 다 일이 필요하지 않으냐고, 살아가기 위해서는 누구에게나 일이 필요한 거라고, 긴 이야기를 속사포처럼 내뱉었다. 영철은 처음으로 입을 다물고 있었다. 그가 작은 눈을 반짝이며 미애를 흘긋 바라보았다.

"글쎄요, 이런 이야기는 너무 갑작스럽네요. 잠시 저희끼리 상의를 좀 해봐야겠어요."

그들은 종종걸음으로 자리를 떴다. 그것은 필경 쇼였다. 좀더 자세히는 돈과 관련된 쇼일 것이었다. 나는 그 젊은 부부의 친절함과 뻔뻔함, 용의주도한 삶의 자세에 대해 생각했다. 그들이 내게 어떤 요구를 하든지, 나로서는 따라갈 수밖에 없으리라는 것이 분명했다.

당장 필요한 것은 사입품을 실어나를 자동차, 약간의 가게 수리비, 신상품 구입에 들어갈 자금이었다. P시에서의 체류가 조금만 더 길어졌다면 돈이 부족했을 것이다. 테이블 위에는 식어가는 우동과 말라비틀어진 김밥이 있었다. 나는 그것을 입안에 넣고 천천히 씹었다. 시큼한 부패의 맛이 났다. 나는 김밥을 먹고, 또 먹었다. 순간 구역질이 치밀어올랐다.

미애와 영철은 좀처럼 돌아오지 않았다. 바닥에 그들이 떨어뜨린 아기 딸랑이가 있었다. 나는 그것을 주워들어 흔들어보았다.

뜻밖에 아무 소리도 나지 않았다. 어두운 하늘에 조금씩 푸른 기운이 서리더니, 서서히 주위가 밝아졌다. 지금쯤 대니얼도 자신의 집에 도착했을 것이란 생각이 들었다. 붉은 옷을 입고 카드 점을 치는 대니얼이 떠올랐다. 죽은 자들의 날, 할로윈의 아침이었다.

대담

정한아
×
염승숙

실패할 수밖에 없는 싸움을 계속한다

1. 내가 계속할 수 있을까, 소설을 쓸 수 있을까

염승숙(이하 염) 『술과 바닐라』는 『나를 위해 웃다』 『애니』 이후 세번째 소설집이고, 장편소설 『친밀한 이방인』 이후에 내놓는 여섯번째 책이에요. 발표하는 작품들을 꾸준히 읽고 응원하는 독자이자 동료로서 저는 괜히 뭉클한 마음이 듭니다. 이 일곱 편의 소설을 써낸 그간의 시간들을 생각하면 역시나 감회가 남다를 것 같은데 어떠실까요. 거의 육 년 만의 새 소설집이죠?

정한아(이하 정) 생각해보니 이번에 묶이는 소설들이 삼십대 중후반에 쓴 거예요. 작가로서 고민이 제일 많았던 때. 그전에도 물론 힘들었지만 좀 다른 의미에서 내가 계속할 수 있을까, 소설을 쓸 수 있을까 하는 생각을 진심으로 거듭하던 때. 그전에는 그런 생각을 거의 해본 적이 없는데.

염 이번 소설집을 읽으면서 두번째 소설집 『애니』도 다시 봤는데, 정말 느낌이 많이 달라졌더라고요. 지금의 현실적인 고민들이 더 확실히 느껴진다고 해야 할까요.

정 좀 발랄했죠, 그전에는?

염 아유, 그럼요. 말이라고. (일동 웃음)

정 『애니』 전에는 더 발랄했고요.

염 첫 소설집은 『나를 위해 웃다』였어요.

정 날아가요, 날아가. 너무 발랄해서.

염 『나를 위해 웃다』라니. 아니 지금 어떻게 웃어요, 우리가. 뭐 나도 똑같죠. 첫 소설집이 『채플린, 채플린』이었는데 지금 그런 거 쓰면 잡혀가요. (웃음) 그러고 보니 세 권의 소설집의 역사에서 작가 정한아의 여러 가지가 보이고 또 스쳐가네요. 시기별로 각기 다른 고민과 지향점이 느껴졌어요.

정 내 생활의 분투의 지점을 너무 잘 알고 있어서 그럴 거예요.

염 맞아요, 내가 너무 감정이입해서. (웃음) 그래도 『애니』에서 『술과 바닐라』에 이르기까지 변모해온 지점들에 대해서 듣고 싶어요.

정 무엇보다 아이들을 낳아 키우면서 '엄마 되기'의 과정을 겪은 게 내 인생의 가장 큰 전환점이었던 것 같아요. 전생과 후생이라고 나누어도 될 정도로 삶의 결을 너무 다르게 만들어놓은 사건이고, 무조건 달라질 수밖에 없었던 사건이니까요.

염 천지차이라는 말이 괜히 있는 게 아니잖아요. 내가 딛고 선 땅의 균열을 느낄 정도의.

정 알고 있겠지만 나는 아침형 인간이라서 작업을 밤에 하지 않잖아요. 내 시간이 내 것이었던 시절에는 아무 문제가 없었어요. 그런데 아이를 낳고 나니까 아이를 재우고 밤에라도 뭘 해야 하는데, 난 그게 안 되는 사람이었어요. 거기서 오는 큰 균열이 있었던 것 같아요. 시간을 통으로 못 쓰고 한 시간 두 시간 조각으로 나눠서 써야 하는 데서 오는 스트레스와 압박감도 컸고요.

염 공감해요. 아이를 곁에 둔 채로 소설을 쓴다는 게 정말 불가능하게 여겨져요. 사고가 연달아서 이어지질 않고, 신경은 자꾸만 잘게 분쇄되고. 그럼에도 불구하고 써야 한다는 초조함에 시달리잖아요.

정 맞죠, 맞죠.

염 아시는 분들도 계실 텐데 사실 우리가 친구입니다. 이렇게 서로 존대하는 게 너무나 어색할 정도로. (웃음)

정 반말 튀어나올 거야. (웃음)

염 그것도 자연스럽죠. 생각하면 재밌기도 해요. 나이도 같고, 등단 연도도 같고, 엇비슷한 시기에 결혼하고 지금은 둘 다 아이를 기르는 엄마가 되었으니까요.

정 남편도 아이들도 동갑이고.

염 우리는 언제나 소소한 일상을 공유하면서 함께 시간을 축적해왔고, 지금은 '아이를 낳아 기르는 삶'과 '소설 쓰는 작가로서의 일생'이 결코 합일되지 않는 자아처럼 우리 둘의 일상을 잠식하고 있죠. 그래서 사실 나는 이 대담을 내가 진행하지 않는 게 좋겠다고 생각했어요. 정한아 작가의 소설을 좀더 객관적으로, 거리를 두고 봐줄 수 있는 사람이 적합하지 않을까 싶었죠. 그런데 듣기로는 그렇게 내가 아니면 안 된다고 하셨다면서요. (장난스럽게) 그 집착의 이유를 좀 들어볼까요?

정 (웃음) 내가 쓴 소설을 제일 가까이서 봐온 게 염승숙 작가예요. 아이디어 구상 단계부터 대화를 나누니까, 어떻게 보면 내 소설의 시작과 끝을 알고 있다고 해도 과언이 아니죠. 다른 이유가 뭐 있겠습니까, 너 아니면 내가 또 누구와…… (울음)

염 그래요, 그래요. (웃음) 하긴 그래서 나도 읽으면서 더 울컥하기도 했어요. 발표될 때마다 따로 떼어서 읽었던 단편을 이렇게 한꺼번에 모아서 어떤 축적된 세계를 들여다보니 더욱 다양한 감정이 느껴졌고요.

어떤 면에서 소설을 쓴 것과 엄마가 된 것, 이 두 가지는 꼭 되돌릴 수 없는 필연적인 '실수'처럼 여겨지기도 해서 때때로 어떻게 '기어이' 여기까지 왔을까, 한탄하며 읽기도 했어요. 물론 아이는 존재 그 자체로 내 영혼에 충일한 사랑을 부어주는데, 아이의 성장을 위해 그 영혼을 글쓰기에만 온전히 할애할 수 없는 절망적인 순간들이 있으니까요. 엄마로서의 삶과 소설 쓰는 사람으로서의 삶의 균형을 어떻게 유지하고 있는지 궁금해요. 전쟁 같은 하루의 시간을 어떻게 쪼개어 쓰는지, 소설을 쓰기 위해 이것만은 꼭 필요하다는 것이 있는지 알고 싶어요.

정 내가 작가로서 이것만은 꼭 있어야 한다, 고 생각하는 건 절대적인 나만의 공간이에요. 나는 등단한 이후로 쭉 작업실을 따로 마련해왔어요. 하지만 아이들이 너무 어렸을 땐 시간이 파편화되니까 작업실을 마련할 수 없더라고요. 작업실에 진득하게 앉아 있을 수 없어 카페를 전전하거나 식탁에 앉아서 일했죠. 이후에 아이가 네 살이 되고 어린이집에 가면서야 조금 자유가 생겨서 다시 작업실을 마련했는데, 처음 한 달은 그냥 거기서 커피 한 잔만 마시고 와도 좋더라고요.

염 결국 작가에게 중요한 건 돈과 '자기만의 방'인 거네요. (웃음)

정 그런가봐요. (웃음) 집안에는 아이 둘이 점령하고 있는 생활의 흔적이 너무 짙어서 나만의 공간에서 나만의 작업을 하는 게 간절했던 것 같아요. 이건 역설적인 얘긴데, 엄마가 되고 일을 마음껏 못해서 속상했지만 그나마도 해나갈 수 있었기 때문에 엄마로서의 삶도 받아들일 수 있었어요. 나만의 공간에서 내 고통에 대해 발설할 수 있었으니까요.

염 그러니까 한마디로 작가 정한아가 엄마로서의 삶과 소설가로서의 삶을 양립시킬 수 있었던 이유가, 계속 썼기 때문이라는 거군요!

정 그렇죠.

염 정말 멋진 말이네요. 「할로윈」에 이런 문장이 있어요. "전과 비교할 수 없는 노동강도에 몸이 축축 처졌다. 그래도 명랑한 기분만은 잃지 않으려고 애를 썼다."(217쪽) '명랑한 기분', 이런 표현에 눈길이 가더라고요. 어, 정한아 아닌데?

정 그치, 그치. (웃음) 네가 나를 잘 아니까.

염 무언가 잃지 않기 위한, 고단한 다짐의 뉘앙스가 느껴졌던 것 같아요. 그런 '명랑한 기분'을 유지하기 위한 자신만의 공간이 필요했던 게 아닐까 싶네요.

2. 작가인 동시에 엄마로 살아가는 일

염 수전 루빈 술레이만의 「글쓰기와 엄마됨」(모이라 데이비 엮음, 『이등 시민』, 시대의창, 2019)이란 글을 떠올리지 않을 수가 없네요. 그녀가 이야기하는, '글쓰는 엄마가 느끼는 비정상이라는 느낌'에 대해서.

정 아, 눈물 난다.

염 그러니까. 바로 그 '비정상'이라는 느낌에 우리는 필연적으로 시달리잖아요. 내가 왜 글을 써서, 하필이면 또 왜 소설이란 걸 쓰고 싶어해서, 기어이 여기까지 오고 말았는가의 문제. 글을 쓰기 위해서 아이에게 시간을 더 할애하지 못하는 죄책감, 그럼에도 불구하고 쓸 수 없다는 우울감과 자아분열과…… '내 글쓰기는 중요한 게 아니니 지금은 이 아이가 성장하는 것에 집중하자'라는 식으로 원하는 것을 감추고 외면하는 역할 연기, 그리고 계속 줄어드는 성과에 대한 체념.

정 나 진짜 운다고.

염 (웃음) 그리하여, 생각해보게 되는 글쓰는 자아의 포기. 내가 언젠가는 더이상 글을 쓸 수 없게 되지 않을까 하는 염려. 이게 바로 글쓰는 엄마들의 실상이자 가능한 선택지다, 라고 얘기하는 문장들이…… 우리도 사적으로 너무나 빈번히 나누는 대화잖아요. 말하다보니 정말 울컥하네?

정 우리가 선택한 것들이기 때문에 어디 하소연할 데가 없죠. 말해봤자 주변 사람들은 '아이 키우는 게 우선이지, 당장 소설 안 쓴다고 죽니', 이런 소리들만 하거든. 시간은 없고, 작업에 몰입하지 못한다는 자괴감만 들고. 하루하루 신체적으로도 정신적으로도 나약해지는 상황에 맞닥뜨리게 된단 말이죠.

염 이 이야기를 하지 않을 수 없지 않나요. 엄마가 되기 전에 우리는 이미 소설가였는데 '엄마됨' 이후 소설가로 살지 못하는 또는 살지 못할 것만 같은 패배감에 휩싸여 있다는 걸요. 소설쓰기에만 온전히 몰두할 수 없는 영역으로 들어와버렸는데 애석하지만 이것이 우리의 선택에서 출발했다는 거. 누구의 강요도 아닌.

정 그렇지, 난 둘이나!

염 그래, 넌 둘이나. 두 번이나.

(일동 잠시 웃고 운다)

정 우리의 선택으로 여기까지 와버렸다는 자조감도 있고, 그러다보니까 이 두 가지를 계속 손에 쥐고 가기가 너무 어렵고, 그럼에도 불구하고 계속 가야 한다는 암담함도 있는 것 같고요.

염 그리고 내가 소설쓰기를 포기해야만 거둘 수 있는 육아의 성과 또한 기회비용으로 그 안에 매복되어 있죠. 그걸 인정해야만 하는 절망적 현실의 답보 상태랄까. 어려워요. 그래선지 수록작들의 면면을 보면 '엄마'인 인물들이 많이 나와요. 두 딸아이를 기르는 가정주부(「잉글리시 하운드 독」), 아들을 키우며 드라마 극본을 쓰는 작가(「술과 바닐라」), 아들을 돌보는 폐업 약사(「참새 잡기」), 이혼한 뒤 홀로 딸을 양육하는 대학 강사 출신의 건물 관리인(「바다와 캥거루와 낙원의 밤」), 한 살 터울의 아들들을 둔 엄마이자 암환자(「기진의 마음」) 등. 실제로 두 아이의 엄마인 작가가 이 인물들을 통해 말하고 싶었던 것 또는 의도하지 않았으나 이런 인물들을 등장시키게 된 배경에 대해 듣고 싶어요. 쓰면서 어떤 마음이었는지도.

정 아이들을 낳고 나서 생긴 새로운 관계가 있어요. 아이 엄마들과의 관계. 워킹맘이든 전업주부든 그들이 가지고 있는 불안감과 죄의식을 엿보면서 내가 엄마로서 적합한가, 엄마의 역할을 잘하고 있는가, 라는 질문에 아무 고민 없이 대답할 수 있는 엄마는 없다는 생각이 들었어요. 아이들은 순진무결한 존재이고, 그 백지상태를 어떤 상태로든 훼손시킬 수밖에 없는 게 양육의 한 부분이거든요. 아이를 망치고 있는 게 아닌가 하는 불안감이 늘 괴롭죠. 그런 문제의식들이 이번 소설집에 많이 실려 있다는 생각이 들어요.

엄마인 나와 작가인 나는 매 순간 충돌해요. 혼자였을 때는 전적으로 글쓰기에 몰입하며 살았다면, 아이를 기르면서는 그 몰입이 매 순간 깨지는 것을 느끼거든요. 그런 스스로를 미워하고, 포기하고, 또다시 독려하고…… 실패할 수밖에 없는 싸움을 계속하는 거죠.

염 실패할 수밖에 없는 싸움. 눈물 나네요, 정말. 최근 우리 삶을 뒤흔든 팬데믹이라는 상황이 소설쓰기에 영향을 주기도 했을 듯해요. 「참새 잡기」는 전 세계적으로 전염병이 발병한 근래의 상황 때문에 약국을 폐업하고 집에서 아이의 양육을 전담하게 된 약사가 주인공이라서 몰입감이 더 강했는데요. 그간 작가로서는 어떻게 지내셨나요?

정 작년의 내 삶은 네가 제일 잘 알잖아.

염 그렇지……

정 하루하루 어떻게 하면 좋나, 이런 생각만 했죠.

염 우리 둘 다 집안에만 갇혀 있었으니까요. 보육시설의 도움을 받을 수도 없었고. 타인과의 접촉이나 대면이 불가능한 시대에 아이를 오롯이 혼자서만 양육해야 한다는 부담이 있었어요.

정 맞아요. 사실은 양가적인 감정이 들었어요. 아이를 돌보면서 '그래, 난 지금 작업을 못해'라며 소설쓰기를 내려놓았는데, 한편으로는 거기서 오는 자유도 분명히 있었고요.

염 소설을 쓰지 못하는 아주 정당한 이유이자 핑계가 되어주었죠. (웃음) 누구도 날 비난할 수 없어!

정 그러다 또 어떤 날은 아, 이대로 계속 있어도 되나 싶어 불안하고 답답했고요. 마음이 정말 복잡했어요. 나는 내가 두렵고 불안할 때 그것을 언어화하면 조금 덜 외로워지는데, 소설로 자꾸 써내면서 오히려 그 불안과 죄의식에서 벗어나고 싶었던 것 같아요. 이것은 나의 죄가 아니고, 엄마가 된 것은 결코 문제가 아니다, 라고 자꾸 나 자신에게 주지시키고픈.

염 샬럿 퍼킨스 길먼의 단편소설 「엄마 실격」(『엄마 실격』, 민음사, 2020)에 그런 비정한 말들이 나오잖아요. "엄마의 도리는 자기 아이를 지키는 거야!" "그 여자는 자격 없는 엄마였어요!"와 같은. 한 여자가 둑이 무너지는 순간에 위험을 감지하고 세 마을을 지켜낸 끝에 죽었는데도 마을 사람들은 어린 딸을 두고 죽어버린 잘못이 더 크다며 여자에게 비난을 퍼붓는데, 그 소설과 우리의 일상이 사실은 전혀 다르지 않잖아요. 언제나 '둑이 무너지는 순간'을 두려워하는 삶이란 말이죠, 아이를 기른다는 게. 소설 앞에서나 아이 앞에서나 나는 어째서 왜 이토록 비난받는 죄인같이 굴고 있는 것일까 싶고, 때로는 이 모든 걸 다 외면하고 걷어차버리고 싶은 무기력에 휩싸이기도 해요. '글쓰는 엄마'란 무엇이고 어떠해야 한다고 누가 가르쳐줬으면 싶어요.

정 나는 그런 것들을 적합한 언어를 찾아서 써내는 게 내 작업이 가야 할 방향이라고 믿고 있어요. 작가로서 내가 살아가는 삶을, 일상을, 정확한 언어로 기술하는 것. 다소 직관적이고 감정적이 되더라도 내가 나의 죄의식을 직시하고 또 명징한 언어로 풀어나가는 것. 그게 나 자신에게 도움이 돼요.

3. 인간으로서의 욕망이 모성을 앞설 때

염 이번 소설집에서는 파편화된 가정에서 자라나 홀로 싸움하듯 아이를 양육하는 직업여성들의 모습에 특히 눈길이 가요. 「술과 바닐라」 「참새 잡기」 「바다와 캥거루와 낙원의 밤」과 같은 작품들요. 비교적 최근작들이고 연이어 쓰인 것으로 알고 있는데, 한 목소리로 어떤 한 세계의 명백한 균열과 파열을 그리고 있다는 생각이 들어요. 갈등은 태초부터 내부 깊은 곳 어딘가에서 이미 시작되고 있었던 듯 느껴지고요. 그 여성들은 좀처럼 이해받거나 이해할 수 없는 차갑고 인색한 부모라든가 언제까지고 대척점에 서 있는 남편, 더 나아가 자신을 적대시하는 아이의 시선을 받아내야 하는 상황에 이르는데, 그 상황을 스스로에게 부여하는 형벌처럼 받아들이는 모습이 가슴 아프더라고요. "왜냐하면 나는 그런 일을 당해 마땅하다고 생각했기 때문이다. 나는 단 한 번도 아이를 위해 나를 내어주지 못했기 때문이다"(「바다와 캥거루와 낙원의 밤」, 133쪽)라든가, "그녀는 아이들 앞에서 항복하듯 빈손을 내밀고 싶었다. 아무도 자신을 모르는 곳으로 도망치고 싶었다. (……) 자신의 삶에서 아이들을 부인해버리고 나면 남는 것이 아무것도 없다"(「기진의 마음」, 186~187쪽) 같은 밧줄 같은 구절에 한동안 매여 있었어요.

정 가장 큰 문제는 죄책감이에요. 바로 그 죄책감 때문에 결국에는 아이를 낳지 않는 게 가장 합리적인 결정처럼 느껴지는 거죠. 작금의 현실에서 출산, 양육이 너무나 큰 수고를 요구하고 아이에게 헌신하다보면 자신을 잃어버리게 되는 게 사실이니까. 저는 이게 문제의 본질인 것 같아요. 소설 속에 그려낸 여성들도 사실은 필연적인 실패와 고통에 다다르고 있잖아요.

염 그런 문제의식 때문인지, 소설집을 읽으면서 모성보다 자신의 욕망이나 성취에 집중하고 있다는 것을 자각하는 순간 커다란 죄책감을 느끼는 인물들에게 마음이 끌리더라고요.

정 그런 거 있잖아요. 이 시대의 정언명령은 '너 자신이 되라'인데 '엄마 되기'는 그와 정반대라는 생각이 들어요. 엄마 되기는 내가 되면 안 돼요. 나 자신이 되는 순간 아이들이 대가를 치르게 되니까. 참 그런 게 아이러니하죠. 아이들은 자신이 마땅히 받아야 하는 사랑이 있는 것처럼 구는데, 그러기에 우리는 스스로를 사랑하기도 벅찬 불완전한 존재들이거든요. 그럼 아이에게 줄 사랑은 어디에 있나, 그 사랑 없음에 매일매일 고민했어요.

염 그렇죠. 아이들은 정말 응당 받아가야 할 것이 있다는 듯이 엄마의 신체를 물리적으로 요구하고 사랑을 갈구하죠. 그런 갈구를 받을 때마다 마음이 꺾이고요.

정 네, 거기서 오는 꼬리 물기인 거예요. 나 자신이 사랑이 없는 사람인데, 사랑을 주지 않으면 망가지는 아이들 사이에 있으면서 괴로움을 많이 느꼈던 것 같아요. 그래서 끼인 존재로서 이러지도 저러지도 못하는 인물들이 소설 속에 많이 나오는 게 아닐까 싶고요.

염 그러다보니 「술과 바닐라」의 주인공에게 더 눈길이 갔어요. 아이를 낳고 기르는 와중에 돌보미를 구해서라도 드라마 극본 집필을 놓지 않는 작가가 나오는데, 그 인물이 너무나도 절실하게 글쓰기를 이어가서 '나도 어쩌면 이렇게까지 했어야 하는 게 아닐까' 하는 생각까지 들더라고요. 나 같은 경우엔 어느 정도 마음을 내려놓았었거든요. 임신과 출산을 겪으며 몇 해 정도는 당연히 아무것도 하지 못한다, 소설도 쓰지 못할 거다, 그래도 괜찮다, 라고 각오를 해버린 면이 있었죠.

정 그런데 또 너무 순하고 잠 잘 자는 아이를 낳아서 오히려 글을 쓸 여력이 좀 있었잖아요. (웃음) 연이어서 장편과 소설집을 냈고.

염 맞아, 그랬죠. 한편으론 정한아 작가가 글쓰기의 절박함을 나보다 더 많이 가지고 있었던 건 아닐까 생각하게 됐어요. 자꾸 밖으로 나가려고 하고, 공간을 만들려고 하고, 그러면서 최근에 부지런히 작품을 발표했고요. 그 때문인지 「술과 바닐라」의 이런 여성상, 아이는 아이대로 거두면서도 자신의 커리어를 끝까지 잃지 않으려는 인물이 조금 더 특별하게 보였던 것 같아요.

정 그런데 그 「술과 바닐라」의 엄마도, 결과적으로 아이 양육과 자기 커리어를 다 지켰느냐 하면 아니잖아요. 그 두 가지를 다 해낸다는 건 꼭 판타지 같아. 나는 그런 경우를 잘 못 봤어요.

염 그런 어떤 두려움과 체념의 상태가 소설을 자꾸 아이를 잃게 되는 결말로 이끄는 거군요. 「술과 바닐라」에서 '율이'를 기숙사로 보내게 되거나 「바다와 캥거루와 낙원의 밤」의 '시원'이 아빠가 있는 호주로 가버린다거나. 이렇게 아이를 잃을지도 모른다는 불안과 경계심은 아이에게 엄마로서 전적으로 또는 지속적으로 헌신하지 못했다는 죄의식을 기반으로 하고 있고요.

정 결국 관계 맺음의 어려움이란 생각이 들어요. 엄마와 아이의 관계 맺음. 이게 절대 수평적이지 않아요. 엄마가 아이에게 일방적으로 사랑을 주고 지켜봐주길 요구받으니까요.

염 내가 원하는 때에 외면할 수 없는 관계이고, 어떤 형태로든 영원히 지속될 수밖에 없는 관계니까.

정 하지만 실패한 관계라고 해도 나는 그것이 인생의 의미가 된다는 생각을 가지고 있어요. 소설 속의 여자들이 이러지도 못하고 저러지도 못하는 상황에 빠져 있지만 그게 끝은 아니라는 생각을 해요. 지금 나 자신도 그렇고. 아이를 키우는 일에 득과 실을 따질 순 없겠지만 나는 그 일의 본질이 관계 맺음이고, 그것이 성공하든 실패하든 인생에서 가장 의미 있는 일이라는 생각을 가지고 있어요.

염 그래서 소설쓰기와 마찬가지로 '엄마됨'의 기저에서 아이를 양육하는 것 또한 실패할 수밖에 없는 싸움을 계속하는 거라는 거죠. 마음이 아프다…… (웃음)

4. 생애 최초의 기억과 마지막 기억

염 이 소설집의 수록작 전부가 독자분들의 마음을 먹먹하게 만들지 않았을까 합니다. 「잉글리시 하운드 독」이나 「기진의 마음」

은 두 부부가 만나는 짧은 저녁을 배경으로 하고 있죠. 하룻저녁의 식사와 예측할 수 없었던 친구 부부의 안타까운 죽음의 암시, 서른일곱에 죽을 수도 있었지만 병실의 친우였던 '윤'을 먼저 떠나보내고 서른아홉에도 살아 있는 '기진'의 이야기. 두 작품을 읽으면 인간은 속을 꿰뚫어볼 수 없이 견고하지만 삶은 얼마나 깨어지기 쉬운 것인가에 대해 생각해보게 돼요. 그러니 우리는 매 순간 기운과 힘이 다한 채로, 헝클어지고 풀어진 그 마음을 또 여미고 채비하느라 인생의 시간을 쓰고 또 쓰는 거죠. 「기진의 마음」을 처음 읽고 제가 전화로 그런 말을 했던 것이 기억나요. "많이 지쳐 있어? '기진맥진'의 기진이지?"라고 말이에요. 이 소설을 쓸 때의 그 기진한 마음에 관해 새삼스럽지만 듣고 싶어요.

정 이 소설 제목을 직접 지어줬잖아요. 당시에 정말 내가 링거 좀 같이 맞으러 가자고 입버릇처럼 말했을 정도로, (웃음) 너무 힘에 부쳤던 기억이 나요. 그때 둘째가 한참 어렸었고, 생각이 이어질 틈 없이 툭툭 끊겨서 괴로웠죠. 그러니 '기진의 마음'이 맞아요. 소설에는 필연적으로 쓰는 사람의 마음 풍경이 녹아들어가니까.

염 하필이면 소설 속 주인공인 기진이 유방암 환자잖아요. 투병생활을 하며 의지할 사람이라곤 남편도 아이도 아닌, 같은 병으로 같은 병실에 입원해 있던 예술가 윤뿐이었고요. 그 기댈 곳 없는 마음, 온 마음이 다 빠져나간 듯한 기진맥진의 상태라는 것이 너무나 인상적이어서, 이건 제목이 '기진의 마음'이어야 한다, 그랬던 거죠. (웃음) 그럼에도 불구하고 이런 장면들이 있어요. "눈뜨자마자 하는 생각— 그것이 나다, 라고 쓰인 강렬한 문구를 기억했다. 당시 기진은 잠에서 깨자마자 주로 '뭘 먹이나'를 생각했다. 다른 건 몰라도 식구들 아침밥만은 꼭 먹게 하는 것이 주부로서 그녀가 가진 원칙이었다."(177쪽) 잠에서 깨자마자 '뭘 먹이나'를 생각하는 건 엄마라면 누구나 크게 공감할 만한 행동이지 않나요?

정 아이를 키우면서 밥 해 먹이는 게 정말 일이니까요. 난 사실 주부로서는 능력이 없는데 아이들을 먹이는 건 생명과 성장에 직결돼 있으니까 자연히 신경을 쓰게 돼요. 덜 크고 아프면 안 되니까. 요즘엔 둘째가 좀 크니까, 밥 해 먹이는 게 조금 수월해졌어요. 예전엔 진짜 끼니때마다 밥 두 번씩 따로 짓고 반찬도 다 따로 하고 그랬는데. 네가 보고 놀랐었잖아.

염 맞아요. 안 먹고 만다, 그랬죠. (웃음)

정 그런데 와, 갑자기 나 또 미안해진다. 예전에 내가 결혼하기 전에 우리 만났을 때, 네가 밖에서 파스타 먹자고 했는데 내가 집밥 먹고 싶다고, 밥 해달라고 졸랐잖아. 너는 그걸 또 해달란다고 해주고. (웃음) 나 진짜 몰랐어요, 밥하는 게 얼마나 힘든 건지. 내 손으로 밥을 해 먹어본 적도 없었고.

염 생각나네요. (웃음) 재밌는 추억이에요. 그날 파스타 먹으려고 했었는데 만나자마자 집으로 돌아가서 밥부터 했잖아요.

정 어, 그때 소고기와 버섯을 잔뜩 넣고 고추장볶음을 해줬잖

아. 정말 맛있었어요. (웃음) 요즘엔 첫딸이 나랑 떡볶이를 같이 먹거든요. 그럴 땐 정말 재밌어요. 아이가 컸다는 게 신기하기도 하고. 나의 소울 푸드를 함께 먹을 수 있다는 게.

염 하, 나는 언제…… (절망)

정 금방 오지. (웃음)

염 생각해보면 참, 태어난 지 아직 몇 해 되지 않은 아이들이 얼마나 많은 종류의 먹거리들을 감당해내고 있는 건가 싶어서 신기해져요.

정 그리고 엄마로서 아이가 한 끼를 잘 먹으면 내가 그날 하루를 잘 산 것 같고, 아이가 조금이라도 못 먹으면 부채감, 죄의식 같은 게 따라오잖아요.

염 왜냐하면 그 한 끼를 잘 먹이기 위해서 내가 들이는 시간과 품과 노동력이 있거든. 그것을 보상받고 싶은 심리도 있는 것 같아요.

정 맞아요.

염 그런데 가끔은 그런 생각도 들어요. 우리는 엇비슷한 처지인데, 우리의 글쓰기의 양태는 어째서 다를까. 동료 작가이자 친구가 인간 존재로서 가지고 있는 태초의 기억이 뭘까 궁금하기도 해요. 나의 경우엔 어린 시절 기억이 많이 없는데, 다섯 살 아니면 여섯 살 즈음 아파트 상가 앞 화단에 혼자 앉아서 그냥 주변을 둘러보았던 게 기억나요. 오가는 사람들이나 시멘트 바닥에 햇빛이 닿아서 이글이글 아지랑이가 올라오는 걸 그저 바라만 봐요. '심심하다'라는 기분 그 자체가 최초의 기억을 지배하는 감정인 것 같아요. 별것 아닌데 자꾸만 되감아보는 필름 같은 기억이죠. 이런 이야기를 왜 꺼내느냐면 어쩌면 내가 소설 속에 자의적으로 부려놓는 말도 안 되는 상상의 궤적이나 설정들이 사실은 이 심심함에서 비롯된 게 아닐까 이따금 생각하기 때문인데요. 정한아 작가의 태초의 기억을 떠올려보면 소설쓰기 방식의 태동을 짐작해볼 수 있지 않을까 하는 호기심이 생기네요. 가장 최초의 기억이랄까, 지금껏 간직하고 있는 생의 첫 장면이나 감상이랄 게 있다면 무엇일까요?

정 음…… 아르헨티나로 떠나던 날이었던 것 같아요.

염 떠나는 날? 공항?

정 어, 일곱 살 때. 그 기억이 정말 선명해요. 사실은 「마테의 맛」(『나를 위해 웃다』, 문학동네, 2009)에도 썼었는데 그날 엄마가 너무 많이 울었거든요. 부모님이 나를 데리고 투자이민을 떠나시는 날이었는데 언제 돌아올지 기약이 없었어요. 실제로는 일 년 반 정도 있다가 다시 돌아오시긴 했는데 남미를 경유해서 미국이나 캐나다로 가서 아예 정착할 계획을 세웠던 터라 그 당시 엄마가 불안감이 컸던 것 같아요. 다시는 형제들을 보지 못할 거라는. 엄마의 슬픔을 달래지 못해 아버지가 어쩔 줄 몰라하던 것도 기억나고, 그 와중에도 젊은 부모에게서 느껴졌던 기대감, 알 수 없는 해방감 같은 게 어린 내게도 그대로 전해졌어요. 나로서는 지금 어디로 가고 있는지도 모르겠는데, 그 여정이 끝도 없이 길게 느껴졌어요. 승무원 언니들이 건네주던 예쁜 롤리팝 같은 것들도 기억나고.

염 그 불안감 속에서도 롤리팝은 얼마나 예뻐 보였을까. 그런 기억에 영향받은 소설 장면이 있는 듯이 보이기도 하네요. 새로운 미래를 꿈꾸는 부부들이 등장하는데 그 가정 안에서 벌어지는 균열과 파동이 감지되기도 하고요. 그때 지구의 반대편으로 멀리 떠나는 것에 대해 부모님이 충분히 설명해주셨어요?

정 아마 해주셨겠지만 기억나진 않아요.

염 뭔가 그런, 도래할 미래에 대해 느끼는 애매모호함과 불안감이 보다 정확한 언어를 끄집어내고 싶다는 욕망과 연결되는 게 아닐까 싶기도 하고. 흥미롭네요. 내 안의 어느 부분을 길어올려서 글을 쓰지 않는 작가는 없으니까. 그것을 작가가 인지하든 못하든.

정 그런데 태초의 기억이라니, 생각지도 못한 부분이야. (웃음)

염 소설에 이런 구절이 있어요. "숲은 거대한 동물의 뱃속 같았다. 별똥별 따위는 볼 수 없었지만, 기진은 검은 허공을 향해 눈을 감고 소원을 빌었다. 그것은 정말 오랜만의 일이었다. 뭔가를 바라고, 염원하고, 기도하는 일. 하지만 조금도 어색하지 않았다. 자신에게 그런 소원이 있었다는 것이, 늘 마음속에 그 소원을 간직

해왔다는 것이 새삼 놀라울 뿐이었다."(208~209쪽)

「기진의 마음」의 마지막 부분인데 너무도 인상적이에요. 뭔가를 바라고 늘 심장 속에 소원을 간직하기에 인간은 언제나 애처롭고 애잔하며 그럼에도 끈질긴 삶의 의지와 연속성을 가지죠. 가슴에 품은 것을 잊지 않고 들여다보는 것. 기도란 얼마나 인간다운 것인지. 그와 동시에 아무리 낯모르는 타인일지라도 누군가의 속도에 맞춰 걸음을 늦추고 손을 붙잡아주는, 어쩌면 그것이 기진의 마음이자 우리 모두의 마음이 아닐까 생각했어요. 새벽 기도를 자주 가는 걸로 알고 있는데, 마음속에 간직하고 있는 소원처럼 늘 하는 기도가 있나요?

정 음.

염 기도하러 가는 거 맞죠?

정 아니, 나 빵 사러 가. (웃음) 음, 일단 나는 불안이 굉장히 큰 사람이라 무너지지 않고 살아가기 위해서 기도한다고 할 수 있어요. 무엇을 위해서 기도하느냐고 묻는다면…… 예전엔 나 자신을 위해서였다면 지금은 기도를 하지 않고는 아이들을 키울 수 없다는 걸 알아가는 것 같아요. 이 아이들의 삶이 불확실성으로 가득 차 있어서 바라만 봐도 조마조마해지는 거죠, 마음이.

염 그런 의미에서는 「할로윈」에 나오는 '문'이 자신의 불안을 형상화한 인물일 수도 있겠네요. 누군가의 끈끈한 손을 잡으면서 "나는 살아가는 것이 무서워요"(216쪽)라고 말하는. 정말 그 살아

숨쉬는 존재 자체로서의 참을 수 없는 불안이 있는 거잖아요. 「할로윈」은 그런 사람을 사랑하게 된 '세희'가 주인공이에요. 그와 어떻게 사랑하고 이별하는지 덤덤하고도 애틋하게 서술되면서도 이따금씩 그 사랑이라는 게 너무도 냉혹하리만치 아리송한 '암호'처럼 느껴져서 세희와 나란히 앉아서 고개를 갸웃대보고 싶은 그런 이야기인데요. 이 소설은 돌아가신 할머니가 세희에게 한평생 일군 시장의 점포를 유산으로 남긴 것으로 시작하죠. 「할로윈」뿐 아니라 「참새 잡기」에도 할머니가 등장하고요.

정 그래, 네가 나한테 할머니 특집이냐고 했었잖아. 소설 속에 할머니가 많이 나온다고.

염 (당황) 아니 내가 그런 말을 했단 말이야? 미안해, 사과한다. (일동 웃음) 농담이었어요. 소설 속의 할머니들이 언제나 강인하게 한평생 제 몫의 노동을 해내고 자신만의 완고한 철학으로 가족을 건사하는 인물로 등장해서 더 도드라져 보였을 테고요.

정 할머니를 많이 등장시키긴 했어요. (웃음)

염 맞아요. 오랜 시간 끄떡없이 가족을 지켜온 할머니들은 그러나 또 가족과 불화하고 담담히 죽음에 이르죠. 오랜만에 본 손녀딸에게 "코트를 한 벌 사줘라"(「참새 잡기」, 91쪽)라고 말하는 쇠약해진 할머니라든가 불온한 사랑으로 멀리 도망쳐버린 손녀딸에게 "죽음에 이르러 부탁하니"(「할로윈」, 213쪽)라는 유서를 남기는 할머니 외에도 나이 많은 이들이 자주 등장하는데요. 아들 율이를 돌봐주는 「술과 바닐라」의 이모님, 월세방에서 죽음을 예비하는 「바다와 캥거루와 낙원의 밤」의 병든 노파, 유성우를 보러 간 천문대에서 마주친 노인. 이들은 모두 분명히 "삶에서 내쳐진 자의 성마름과 초조함"(「기진의 마음」, 207쪽)을 갖고 있어요. 이들을 통해 그려내고 싶었던 건 무엇인가요?

정 일단 나는 조부모님과 함께 성장했기 때문에 노인들에 대해 가지는 감각이 다른 또래들보다는 좀더 친밀한 것 같아요. 나의 할머니께 실제로 느끼는 경외심이 있고요. 그분은 나보다 긴 삶을 살아왔고, 아는 것이 많았고, 여자인 것을 극복한 것처럼 보였지만 끝까지 여자였고, 모순적인 면면이 많은 분이었어요. 이상화하고 싶은 마음은 없지만. 소설 속에 그려내는 노인들에게도 조금씩 다 결함이 있어요.

염 공감해요. 소설들을 읽으면 삶을 강렬히 이끌어온 생명력에 대한 존경심이 느껴지는 동시에 한편으로는 대단히 냉철하게 이 노인들의 삶을 복기하고 결과론적으로 바라보게 되는 면도 있는 것 같아요.

정 최근 들어서 죽음에 대해 자꾸 생각하게 돼요. 아니, 죽음을 앞둔 노인이 되는 것에 대해. 한참 요양병원이나 실버타운에 대해 알아봤던 때가 있어요. 노인이 되는 것이 두려웠던 것 같아요. 가난하고 무력하고 의탁할 데 없이 내던져진 노인이 되는 것이. 정도와 때의 차이가 있을 뿐이지, 삶을 조금씩 잃어버리면서 처치

곤란의 존재가 되어가는 것은 결국엔 우리 모두가 다다를 수밖에 없는 종착역일 거예요. 아이를 낳아 기르면서 그런 생각을 더 많이 했던 것 같고요.

염 맞아. 환영받지 못하는 세계로 진입하게 되는 거지, 끝끝내. 이해가 돼요. 아이의 성장을 확인하는 순간마다 나의 노화를 발견하고, 아이의 생일은 축하하지만 나의 생일은 달갑지 않은 기분이 들잖아요.

정 그래서 내가 노인이 되면 어떤 모습일까, 그때 내 삶의 자세는 어떠해야 할까 반복해서 생각하게 돼요.

염 그런 마음도 있지 않아요? 나 또한 노인이 되겠지만 나보다 더 먼저 늙어가는 나의 부모를 마주해야 하는 두려움. 점점 더 그런 걸 떠올리게 되는 것 같아요. 나 같은 경우엔 아버지가 돌아가신 지 벌써 십 년이 넘었고, 나의 아버지는 노인이 되기 이전의 상태에 항상 머물러 계시거든요. 멀지 않은 때에 아버지의 나이를 넘어서는 때가 오겠죠. 그리고 나의 어머니는 천천히 늙어가실 테고요. 뭐 이런 멈출 수 없는 시간에 따른 상념과 걱정이 몰려온다고 해야 할까요. 그래서 소설 속의 노인 캐릭터가 눈에 많이 들어왔어요. '삶에서 내쳐진 자의 성마름과 초조함'을 계속해서 느끼고, 그런 부분들을 꾸준히 그려내는 모습에서 글쓰는 사람으로서의 철학도 느껴져요. 그건 내면의 공포를 반복해서 바라보고 소설화하는 작업이기 때문에.

5. 삶은 고통을 통해 확장된다

염 「고양이 자세를 해주세요」도 참으로 흥미로운 소설이에요. 이 소설집에서 혼자 살아가는 여성의 삶을 그리고 있는 몇 안 되는 소설이잖아요. 강제된 선택이었으나 이혼 후의 패배감과 고립감을 요가로 해소하며 삶을 재배치해나가죠. 비정규직으로 일하던 세무서에서 면직된 뒤 요가 수업을 맡아 지도하면서 "원하는 게 뭔지"(164쪽) 열심히 생각해보는 삶으로요. 수련의 마지막엔 언제나 큰 소리로 구령을 외치며 '고양이 자세'를 하는데 이때 주인공이 "모두 편안히 잠들 수 있기를 기원"하는 장면이 나와요. "그것은 내가 이전에 한 번도 가져본 적 없던 선의이다"(172쪽)라는 표현이 특별해 보입니다. 나를 위한 기도가 모두를 향한 기원으로 전환되는 장면이랄까요.

정 요가에 대한 소설을 처음 썼는데, 알고 있겠지만 요가는 나에게 이십대 시절부터 아주 중요한 삶의 부분이었어요. 처음에 요가를 시작했을 때 느꼈던 감동이 소설을 쓰기 시작할 때 느꼈던 감동과 비슷해요. 고통을 통해서 이루는 확장이 있거든. 나의 감각과 육체가 가로막혀 있을 때 수련을 계속하다보면 확장감과 해방감이 몰려와요.

염 소설 속에서 주인공이 후굴 자세를 하다가 갑자기 우는데, 그럼 실제로 경험한 일인가요?

정 맞아요. 그런 때는 인생을 짓누르던 무게들이 사라지는 느낌을 받아요. 쓰지 않았던 근육을 썼을 때 몸이 펴지면서 오는 해방감. 문학을 읽고 쓰면서도 같은 맥락에서 어떤 기쁨과 감동을 느꼈던 것 같아요. 인간은 고통을 통해서 자신의 한계나 인간됨의 지경을 확장한다고 생각하는데, 이 소설에 나오는 '선의' 역시 내가 읽으면서 자란 문학에서 늘 경험했던 것이거든요. 우리가 사랑한 문학작품. 그 작가들은 스스로 느꼈든 느끼지 않았든 인류에 대한 어떤 선의를 가지고 있다고 생각해. 정말 고단한 작업이잖아요. 그럼에도 그 작업을 통해 공동의 삶에, 정신에 기여하는 것이고요.

염 그렇게 말하니까 나까지 어떤 고양감이 느껴지네요. 내가 이 세계에 기여하는, 착한 사람이 된 것만 같은.

정 우리도 운이 좋아서 그런 기회와 영감이 주어진다면 언젠가는 그렇게 '기여하는' 작품을 쓸 수 있지 않을까요? (웃음)

염 이건 정말 진부한 질문일 수도 있겠지만, 그렇게 '선의'로 다가왔던 작가는 누구였나요? 토니 모리슨을 좋아하는 건 알고 있는데.

정 맞아요, 토니 모리슨을 좋아하고, 최근에는 마거릿 애트우드의 소설을 따라 읽으면서 그런 경외심을 느꼈던 것 같아요. 제 작업실에는 『시녀 이야기』의 커다란 포스터가 붙어 있답니다.

염 그렇군요. 마지막으로 "전혀 다른 국면"(173쪽)의 인생에 이르게 되는 '기쁨'으로 마무리되는 이 소설이 갖는 의미라든가, 혹여 비밀스레 숨겨두었지만 독자분들이 은근히 알아주었으면 하는 메시지가 있다면 무엇일지 궁금해요.

정 이 소설집에 수록된 작품들의 결말이 '엄마가 된 여성'들에 대한 어떤 전망을 보여주지는 않는데, 그럼에도 불구하고 그것으로 끝이 아니리라는 기원을 담아 썼던 것 같아요. 글쓰는 엄마로서 내가 실패할 수밖에 없는 싸움을 계속해나간다고 하더라도 어떤 관계의 확장과 또 뭐랄까, 실패에서 오는 자유가 있다고 생각해요. 실패한 그 자리에서 또다시 시작할 수 있다는. 그런 위로를 줄 수 있다면 좋겠어요.

염 「고양이 자세를 해주세요」를 읽고 이런 질문을 던진 이유가, '이제 내 인생은 전혀 다른 국면을 맞게 되는데, 그래서 기쁘다'라고 적힌 마지막 대목에서 왠지 반가움이 느껴졌기 때문이에요. 지금까지와는 다른 지점으로 건너갈 사다리 같은 작품이라고 느껴져서. '기쁘다'라는 것 이상의 감정에 대해서도 바라보고 싶은 게 아닌가 하고요.

정 최근에 '엄마됨'에 대해 긍정적으로 그리는 서사가 거의 없는데 나부터도 그게 달갑지는 않았어요. 엄마로서의 나는 이렇게 소모되고 착취당하고 있어, 라는 뉘앙스들이 굳어진 정서가 돼버릴까봐 두렵기도 하거든요. 엄마가 됨으로써 얻어지는 새로운 감각—관계 맺음을 통한 시야의 확장, 유연함이라는 무기, 물리적

삶의 극복이라는 측면이 분명히 있으니까요. 이 소설집에서 그것이 제대로 쓰였는지는 모르겠지만 그런 이야기를 하고 싶었고 계속 해나가고 싶다는 생각이 들어요. 행복이라는 것이 꼭 쾌감, 불쾌감의 두 가지 감각만으로 가늠되는 것은 아닐 거예요. 아주 복합적이고, 세밀하고, 또 매 순간 새로운 것이죠. 삶도 같을 거예요.

염 다음 소설집에서는 다르게, 또다른 방향으로 확장된 행복을 읽어볼 수 있지 않을까 기대가 됩니다. 오늘 우리의 이야기가, 『술과 바닐라』를 읽는 모든 독자분들에게 작가 정한아의 소설세계와 그 이면을 엿보는 기회가 되었기를 바라고 있어요. 우리 또 웃고 울며 함께 해나가요. 실패할 수밖에 없는 싸움을요. (웃음)

염승숙_ 2005년 『현대문학』 신인추천에 소설, 2017년 경향신문 신춘문예에 평론이 당선되어 등단. 소설집 『채플린, 채플린』 『노웨어맨』 『그리고 남겨진 것들』 『세계는 읽을 수 없이 아름다워』, 장편소설 『어떤 나라는 너무 크다』 『여기에 없도록 하자』 등이 있다.

작가의 말

작년 2월에 새집으로 이사를 했다. 이사를 하자마자 전국적으로 코로나19가 퍼지면서 분위기가 흉흉해지더니 큰아이 초등학교 입학과 작은아이 어린이집 입소가 전부 취소되었다. 모든 게 낯선 환경에서 나는 아이들과 집안에 갇혀 하루하루를 보내야 했다. 등교가 재개되었다가 도로 취소되는 상황이 일 년 내내 반복되었다. 나는 글을 쓸 수 없었다. 쓰지 않았다. 그렇게도 살 수 있다는 것을 처음 알았다. 별로 기분좋은 일은 아니었지만 그렇다고 매일 우울했던 것은 아니다. 아이들과 놀고, 먹고, 가책 없이 잘 잤다. 소설이 전부는 아니라는 것을 깨달은 한 해였다. 이제 나도 소모적인 감정을 낭비하지 않는 쪽으로 단련이 된 것 같다. 바야흐로 마흔인 것이다.

전염병으로 모두가 힘든 시간이었고, 지금도 그 시험이 끝나지 않았으나 삶은 계속된다. 이렇게 화창한 봄날에 나는 한 권의 책을 더 보태게 되었다. 이 책은 나의 여섯번째 책이다. 좋아하는 일을 할 때 그렇듯, 시간이 아주 빨리 지나간 느낌이다. 여기까지 오는 도중 이탈하지 않은 것이 놀랍고 감사하다. 이제 나는 그것이 나의 소관이 아니라는 것을 안다. 바람이 부는 방향에 따라 많은 것들이 뒤집어진다. 우연이야말로 가장 큰 은총이다. 이 변화무쌍한 세상에서 변함없이 가슴 뛰는 일을 하며 살아갈 수 있다는 것이 기쁘다. 소설이 전부는 아니지만, 여전히 내게는 거의 전부이므로. 기회가 주어지는 한 더 좋은 글을 쓰고 싶다.

2021년 5월

정한아

| 수록 작품 발표 지면 |

잉글리시 하운드 독 …… 문장 웹진 2018년 5월

술과 바닐라 …… 『한국문학』 2020년 하반기

참새 잡기 …… 문장 웹진 2021년 2월

바다와 캥거루와 낙원의 밤 …… 『릿터』 2019년 8/9월

고양이 자세를 해주세요 …… 미발표작

기진의 마음 …… 『현대문학』 2017년 6월(발표 당시 제목은 '밤의 아이들')

할로윈 …… 『한국문학』 2016년 가을

문학동네 소설집
술과 바닐라

1판 1쇄 2021년 5월 21일
1판 4쇄 2021년 12월 29일

지은이 정한아
책임편집 정은진 | 편집 김필균 김내리 이상술
디자인 김현우 최미영 | 마케팅 정민호 이숙재 우상욱 정경주
홍보 김희숙 함유지 이소정 이미희
제작 강신은 김동욱 임현식 | 제작처 상지사

펴낸곳 (주)문학동네 | 펴낸이 염현숙
출판등록 1993년 10월 22일 제406-2003-000045호
주소 10881 경기도 파주시 회동길 210
전자우편 editor@munhak.com | 대표전화 031) 955-8888 | 팩스 031) 955-8855
문의전화 031) 955-3578(마케팅) 031) 955-8864(편집)
문학동네카페 http://cafe.naver.com/mhdn | 트위터 @munhakdongne
북클럽문학동네 http://bookclubmunhak.com

ISBN 978-89-546-7973-2 03810

www.munhak.com